臥竜は漠北に起つ

金椛国春秋

篠原悠希

角川文庫
22336

臥竜は漠北に起つ

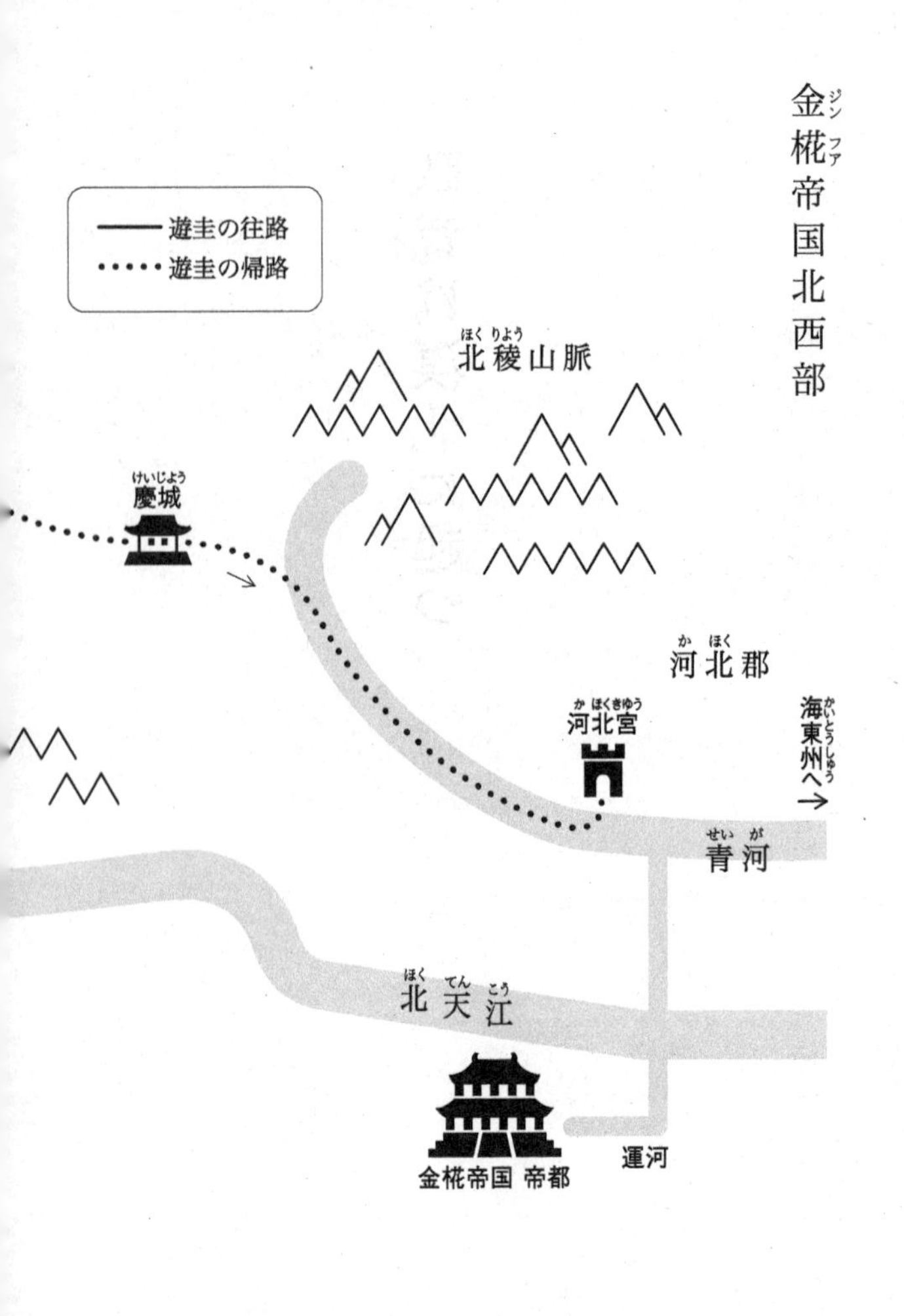

金椛（ジンファ）帝国北西部
遊圭の往路
遊圭の帰路
北稜山脈（ほくりょう）
慶城（けいじょう）
河北郡（かほく）
河北宮（かほくきゅう）
海東州（かいとうしゅう）へ
青河（せいが）
北天江（ほくてんこう）
金椛帝国 帝都
運河

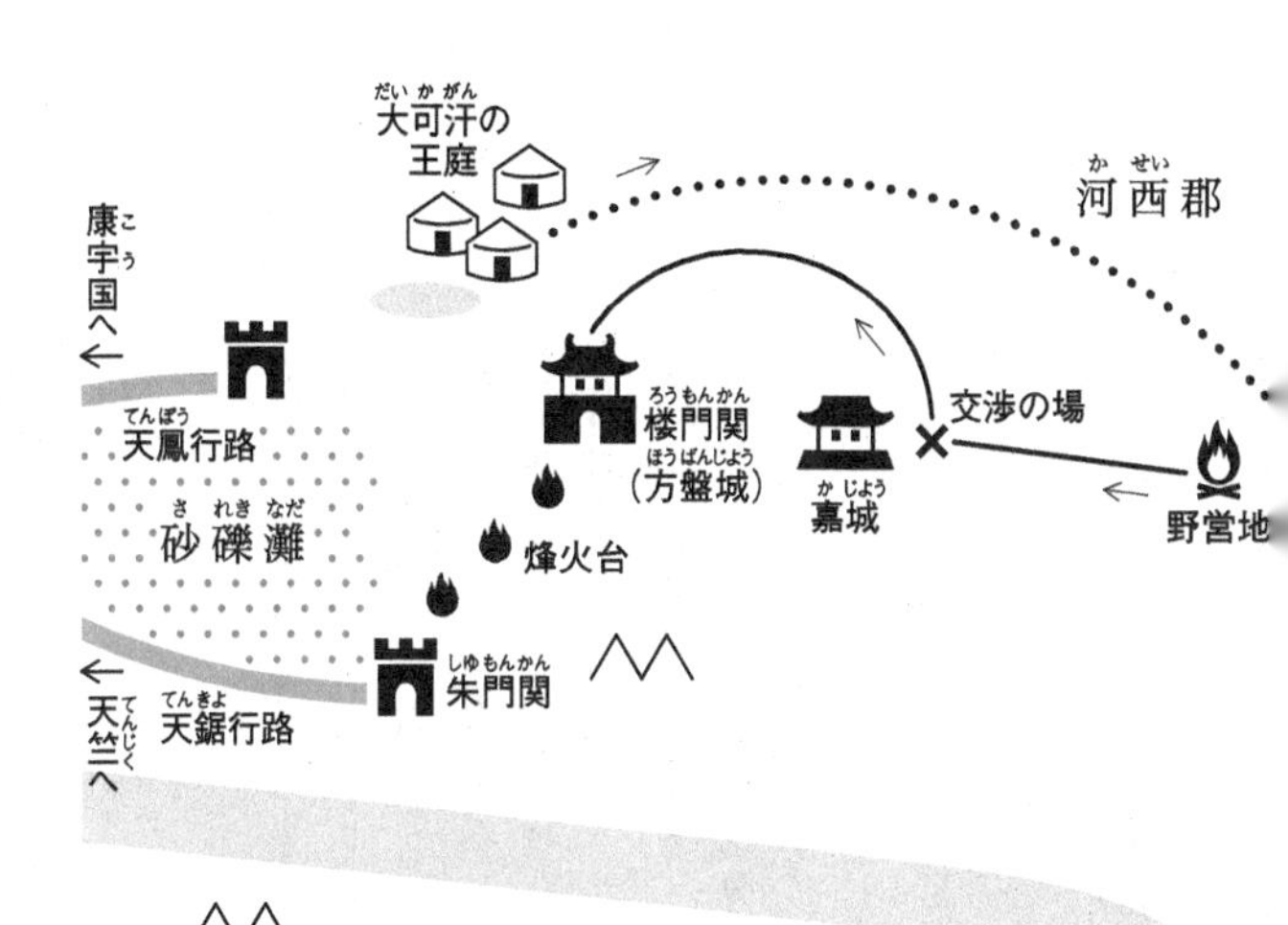
大可汗の王庭
河西郡
康宇国へ
天鳳行路
砂礫灘
楼門関
（方盤城）
嘉城
交渉の場
野営地
烽火台
朱門関
天鋸行路
天竺へ

N

おもな登場人物

星 遊圭（せい ゆうけい）……名門・星家の御曹司で唯一の生き残り。
生まれつき病弱だったために医薬に造詣が深い。
書物や勉学を愛する秀才。

明々（めいめい）……少女のときに遊圭を助けたことから、
後宮の様々な苦労を共に乗り越えてきた。
現在は遊圭の婚約者。

胡娘（こじょう）
（シーリーン）……西域出身の薬師で、遊圭の療母。
星家族滅の日からずっと遊圭を助け、見守り続けてきた。
現在は玲玉に薬食師として仕えている。

陶 玄月（とう げんげつ）……皇帝陽元の腹心の宦官。
遊圭の正体を最初に見抜き、後宮内の陰謀を暴くための
手駒として遊圭を利用してきた。

ルーシャン……西域出身の金椛国軍人。
国境の楼門関の一城を預かる游騎将軍。

ラシード……ルーシャンの配下。雑胡隊の隊長。
星玲玉……遊圭の叔母。
司馬陽元……金椛国の第三代皇帝。
蔡才人……安寿殿の内官。
遊圭が後宮に隠れ住んでいたときの主人であり恩人。
天狗……遊圭の愛獣。
外来種の希少でめでたい獣とされている。
橘真人……かつて遊圭を騙して命の危険に晒した、東瀛国出身の青年。
郁金……玄月の侍童。雑胡の少年。

序

　天気の良いある日の午後、星遊圭が退城する父を待ちながら、見慣れた宮城の濠端を歩いていると、青龍門の橋の上に佇む小柄な人影が目に留まった。

　宮城に勤める官吏にしては背が低く、自分とあまり変わらない未冠の少年のようだ。

　逆光に目を細めて見つめているうちに、微動だにしないその人物の袍は明るい青、縹色であることに気がついて、心臓がどくりと跳ねた。

　縹色の袍に雉の尾羽を立てた金鶏羽冠は、国中の秀才を集めた官僚予備軍の通う国士太学の制服だ。ほとんどは二十代から四十代の壮年期の男子が籍を置く学府ではあるが、受験資格の年齢には、上限も下限も定められていないので、ときに十代の、それも未冠の少年の姿も見られる。

　もしかしたらと思い、橋のたもとまで小走りで駆けてゆき、縹袍の少年に近づいたものの、声をかける勇気はない。

　国士太学の学生は、いまだ童生に過ぎないかれにとっては憧れであり、雲の上の存在である。そして橋上の学生が自分の予想した人物であれば、同年の童生たちの誰よりも先を行き、全帝国の童生が渇望する栄光を独り占めにしている陶一族自慢の令息だ。

　同じ日に試験を受けて、合格どころかかすりもしなかった自分には、嫉妬と羨望でまともに対峙することのできる相手ではなかった。

声をかけるのを躊躇しているうちに、視線かあるいは気配に気づかれたのだろう、少年はこちらへとふり向き、目を見開いてあたりを見回した。

評判のとおり、人形のように整った可愛らしい顔立ちではあるが、通常なら美の代名詞である白い肌も、このときは生気のない病人を思わせる。

遊圭に視線を戻した少年の、羽冠に挿した雉の尾羽がゆらゆらと揺れる。杏の蕾のような淡い色の唇が開いて、声変わり前の高く澄んだ声が滑り出る。

「星公子」

なぜ縹袍の少年が自分を知っているのかと、遊圭はぎくりとして身を硬くした。

「星大官を迎えに来たの？」

童試の最年少合格者記録を塗り替えた神童に、顔と名前を覚えられていたことに、驚愕のあまり言葉が喉につかえる。

「え、ああ、そうだけど。陶秀才も、お父様を待っているのかい」

そう応えて、思わず口を押さえそうになる。同い年とはいえ、国士に対して対等な口を利いてしまった上に、なんという愚問を返してしまったのか。宮城内の学府に通っている少年が、この時間に橋を渡っているということは、講義を終えてこれから帰宅するところに決まっている。

かろうじて上位者に対する揖礼をこなし、遊圭はふと自分の両手を見つめた。十二歳くらいの未熟な少年の手だ。ついさっきまで、自分が未冠の童生であることに疑問を持っていなかったが、十二歳当時にひとりで宮城の近くをそぞろ歩いた記憶などない。まして、目の前の少年が陶玄月ならば、遊圭はまだ七つかそれくらいで、家を出ることも許されず、離れで療母の胡娘と手習いをしているはずである。

　あたりの風景はどことなくぼんやりとして、季節さえ定かではない。遊圭はこれは明け方の不条理な夢なのだろうと自覚した。それにしても、なぜこれほどまで鮮明に少年時代の玄月を描くことができるのだろう。

　縹袍の少年はさびしげに苦笑した。

「私の父様は、こんな時間には退城なされない。滅多に家にも帰ってこないしね」

「太学の帰りですね。馬鹿なことを訊ねて申し訳ありません。それにしても、よく私のことを覚えていましたね」

　ぼりぼりと首を掻きながら、言葉遣いを整えつつ照れくさそうに弁解する仕草と、すでに声変わりした声が自身のものではないことに気がつき、遊圭は戸惑った。そういえば、先ほどから玄月に対して抱えている意識や記憶など、遊圭には馴染みのないものだ。少年の玄月が親しげに話しかけている自分は、いったい誰なのだろう。

　さきほど、玄月は自分を『星公子』と呼んだ。だがその星公子は星遊圭ではないようだ。しかし自分も玄月も『星大官』を星公子の父と認識している。

　玄月はうっすらと微笑んだ。

「同じ講堂で童試を受けたじゃないか。たった五番違いで同じ年なら、すぐには忘れない。私語が禁じられていたから、挨拶もできなかったけど」

遊圭はようやく、自分はすでに他界した兄の伯圭の記憶に宿り、少年時代の玄月と伯圭の会話を傍観しているのだと知った。

受験勉強にいそしむ官家の子息らは、家庭教師につくか、一族によって運営される私塾に通うので、他家の競争相手とは童試の日まで顔を合わせることはほとんどない。

それでも、どの家から何歳の童生が何人受験をするのか、という情報は行き渡っているので、玄月も伯圭も受験の日には互いの名を知り、意識し合っていたはずだ。

玄月と言葉を交わすまでは、自分が落ちた童試に首席で合格した少年に対する嫉妬と羨望、敵意と憧れが、伯圭の胸中で渦巻いていた。しかし、あたかも以前からの知り合いであるかのように声をかけられたことに、伯圭は戸惑いと興奮を抑えきれずにいる。

「陶秀才は顔色があまりよくありませんね。童試のときに比べると、少し痩せたように思われます。太学の学問についていくのは大変なのですか」

顔色を指摘された玄月は、白磁を思わせる頰に片手を当てた。青ざめた頰は本物の白磁のように体温などなさそうだ。冷えた頰を自覚したように、玄月は曖昧な面持ちでうなずいた。

「未冠の童生の試験内容は、已冠のよりも易しくしてあるけど、一度入ってしまった太学の講義は、私たちに合わせてくれるわけじゃない。書を丸暗記したことには答えられても、解釈や自分の考えを問われたら、どう答えればいいのか誰も教えてはくれない。世間では神童は大成しないって言いならわすけど、急にいままでとは異なる、おとな相手の学び方を押しつけるだけの国士太学についていえば、それは当然のことだと思うよ」

栄光に彩られた神童が抱える困難を諭されても、伯圭は懐疑的であった。あれだけ世間にもてはやされ、宮中でも名を響かせ、皇帝の謁見も賜るほどの栄誉に浸った人間から、不合格であったほうが良かったなどと言われても、説得力がない。

同年の陶家の子息が首席合格で、箸にも棒にもかからず不合格となった星家の嫡男は、むしろふさがりかけた瘡蓋を鋭い爪で剝ぎ取られたかのような痛みを覚える。

このとき、伯圭も玄月も十二歳の子どもに過ぎない。どちらも幼いころから学問を仕込まれ、並みの少年たちよりは賢いかもしれないが、知らない世界については想像もできず、拠って起つ場所の異なる相手の心情にも理解は及ばない。

一歩も十歩も先を行く玄月の見てきた国士太学の実態を、伯圭が理解できるはずがないのだ。

むしろ玄月が、学府の体制を批判していると、伯圭は受け止めてしまったのではないか。

遊圭は、伯圭が一時的な興奮に駆られて、玄月に的外れな反論をするのではないかと心配した。しかし、伯圭は相手への羨望と批判、自分に対する劣等感と自負という、複雑すぎる感情のもつれに、言葉を紡ぐことができずに黙り込む。

相手は身内ではない。家族や従兄弟を相手にする時のように思いついたことをそのまま口にしたり、家の下僕のように感情をぶつけたりしていい間柄ではなかった。官家の跡取りは、童子のころからすでに互いの言葉尻や表情から、腹の探り合いを始めているものだ。ましてすでに国士の資格と官人の籍を持つ陶玄月に、無官の童生でしかない星伯圭は、天と地ほどの差をつけられている。伯圭は彼我の差を自覚しているだけに、うかつなことを言って侮られまいと要心しなくてはならなかった。

伯圭の沈黙をどう受け取ったか、玄月は自分の羽冠から羽根飾りを引き抜いた。少しの間、二本の尾羽を手の中でもてあそんでから、濠川へと放り捨てる。

伯圭が「あっ」と声を上げて止める暇もなかった。

玄月は少しばかり頰を紅潮させ、高く澄んだ声で言い放つ。

「太学に通わなくても学問はできる。官僚登用試験を受けるには、国士の資格さえあればいい。私はもう少し知恵がつくまで、学問は家で続けることにした」

玄月は伯圭へと向き直った。この当時から表情が乏しかったのだな、とずっと伯圭の目を通して玄月を観察していた遊圭は思ったが、ときに瞳の放つ鋭さは十年後のそれと変わらない。

「今日は、休学届を出してきたところだった。いつ戻ってくるかは、決めてないけど。元服してからもう一度童試を受ける。次は已冠の試験で首席をとるつもりだ。そしたら、もう誰にも見かけ倒しの暗記人形などと言われずにすむ」

伯圭は圧倒されて、返事も相槌も返す余裕がない。

我が子が未冠のうちに童試を受けることを親が強いるのは、已冠のそれよりも試験内容が易しいからである。試験の難易度がどうであれ、合格してしまえば国士太学への入学が認められ、官位である国士の地位が与えられる。いったん合格した学生が童試を受け直してはならないという決まりはないが、そんな必要がそもそもない。

だが目の前の、叩けば壊れる人形のように脆そうな少年は、自分には已冠の試験でも最高の点を叩き出せる力があると宣言した。それを証明するために、成人まで待つことすら厭わないとも。

遊圭は伯圭の目の端に映った欄干に、固く握りしめた玄月の拳が置かれているのを見ていた。

会話終了の合図か、軽く首をかしげて濠端へと足を踏み出した玄月に、伯圭はかろうじて社交辞令を返す。

「では、次の童試で」

伯圭の言葉に、玄月は立ち止まりふり返った。にこりと笑う。遊圭が知っていた玄月の微笑のどれとも違う、好敵手の挑戦を受け取るときに自然と口元に浮かぶ、朋友への親しみを込めた微笑。

「次の童試で。星公子」

立ち去る玄月の背中を見つめながら、同時に濠川に漂う雉の尾羽を目の端で追う伯圭の思考のゆらぎを、遊圭はあきれて眺める。

いつだったか、伯圭の部屋に入ったときに、ひどくくたびれた二枚の尾羽が書棚に置かれていたことを、遊圭はたしかに覚えていたからだ。

だが、遊圭は知っている。

この橋で二公子の会話が交わされた数ヶ月後に陶家が弾劾され、父ともども宮刑に処された玄月が、次の童試を受けることはなかったことを。そして猛勉強の末、三度目の童試でようやく合格した伯圭は、その同じ年に叔母が皇后に選ばれ、外戚族滅法によって一族もろとも先帝のために殉死させられたことを。

兄の伯圭が玄月とともに国士太学で学ぶ未来は、決して実現しなかったのだ。


ゆっくりと覚醒しながら、遊圭は明け方の夢について考える。

少年たちの邂逅は、遊圭の記憶ではもちろんない。伯圭が玄月とのかかわりについて話したことはなかった。玄月も伯圭を覚えている素振りを見せたことはない。ではふたりの少年の、橋の上の出会いと短い交流は、遊圭の想像だろうか。

遊圭の知る限り、玄月は顔見知りにすぎない他家の公子に気軽に声をかけ、太学への不満を口にするような人間ではない。しかし、十二歳という年頃は、官家の嫡男とはいえ、同年が語らう機会があれば率直なやりとりがあっても不思議ではない。

まして、遊圭の知識と併せて考えれば、同じ年の童試で玄月に首席を奪われた劉宝生からの、しつこく陰湿な嫌がらせに耐え抜いた玄月が、ついに国士太学を休学すると決意したときの解放感や興奮もあったはずだ。伯圭は知らぬことではあったが、玄月が成人まで復学を待つと決めた理由は、劉宝生と正面から対峙するには、心身ともに成長する必要があると悟っていたからでもある。

ふだんから眠りの浅い遊圭は、日常の延長や過去の夢を繰り返し見ることが多い。だが、他者の記憶をのぞき見るような夢を見たことはなかった。

「どういう夢見だろ」

起き上がろうと寝返りを打った遊圭は、ぼふんと顔に当たった毛の塊に驚いて飛び起きた。

「天狗！　じゃなくて、これは天伯、なわけないか。じゃあこいつは」

遊圭の愛獣天狗は、慶城で留守宅を預かる下男の竹生が世話をしている。その天狗が産んだ六匹の仔天狗で、前線まで連れてきたのは三匹。そのうち『天真』は、星家の居候で現在は天河羽林軍に勤める橘真人に引き取られた。兄の字にちなんで名付けた『天伯』は遊圭の手元に残したが、いまは手違いにより楼門関に残った玄月とともにいるはずだ。

するとこの仔天狗は玄月に引き取られた『天月』に違いない。天月は現在、ルーシャンの三男芭楊とともに慶城に残った玄月の侍童郁金が世話をしている。

郁金はまだ十五、六といった雑胡の少年だが、無口ながら玄月に信頼されていたこともあり、玄月の不在中はルーシャンの従卒を務めたり、最近では居残り組として、慶城とルーシャン本陣の間の伝令も務めている。

見渡すと寝床がひとつ空になっているので、昨夜のうちに天月を連れて本陣を訪れた郁金がこの天幕で休み、遊圭より先に起きて出勤したのだろう。日が暮れてしまうと、すでに眠っている同僚を起こさないように、薄暗い天幕では声をかけ合うことはない。

未明に郁金が出ていったあと、天月は馴染みのある遊圭の寝床にもぐり込んで暖をとろうとしたものらしい。

「おまえが、あの夢を見せたのかい」

真っ白な冬毛を撫でながら、遊圭は天月の耳にささやく。天月はきゅるきゅると喉を鳴らしつつ、遊圭にすり寄ってきた。

帰らぬ主人を想う天月が、天の涯てで兄弟の天伯と暖をとりつつ眠る玄月の夢を共有したのではと、遊圭は感傷的な想像をしてしまう。

――いや、玄月が兄様の夢を見るはずもないか。わたしに兄がいたことも、覚えているかどうかあやしい。

ではなぜあのような夢を見たのかと、遊圭は固い野営用の寝台から起き上がり、伸びをしつつ自問する。

ルーシャン游騎将軍の幕僚に与えられた天幕には、まだ眠っている者もいれば、すでに起きだして出て行った者もいる。事務方の遊圭は、日の出には身支度を済ませて本陣へと赴かねばならない。夜勤のためにまだ眠り続ける同僚を起こさぬよう、遊圭は天幕の垂れ幕を細く開いて外へ滑り出る。

三日の間、荒れに荒れた雪嵐のために、漠北（ばくほく）の平原には雪に埋（うず）もれるようにして野営する、無数の天幕が林立している。

金椛（ジンファ）軍を構成する河西（かせい）軍、天河羽林軍、海東（かいとう）軍のそれぞれの本陣を、かろうじて人ひとりが通れる狭い塹壕（ざんごう）のごとき道が繋（つな）いでいる。遊圭は白い塹壕から顔をだした。雪原の彼方、東の地平に、淡い紫色の曙光（しょこう）が広がりつつある。

空はすっきりと快晴で、夜明けに輝きを失いはじめた無数の星を頭上に仰ぎながら、遊圭は吐く息がきらきらと凍って宙を舞うのを眺める。

朔露可汗（さくろかがん）国の人質となったルーシャンの家族を奪還するために、ラシード隊とともに楼門関へ潜入した遊圭が、任務に成功して生還したのが三日前。一方、負傷した身で楼門関に残った玄月が、いかにしてこの雪嵐をやり過ごしたのか。やり過ごしたとして、先の戦闘に敗北し、撤退する朔露軍に遭遇し、想像したくもない悲運に巻き込まれたのではと、不安な想像ばかりが湧き上がる。

ラシードと玄月の無事を確かめるために、すぐにでも楼門関に駆けつけたくても、間には朔露全軍と、馬も駱駝（らくだ）も走らせることの不可能な雪の深い荒野があるために、遊圭は為（な）す術（すべ）もなく時が過ぎるのを待つことしかできない。

この無意味な焦りと、玄月の無事を祈る思いが高じて、あのような夢を見せたのだろう。それぞれの人生が人の世の悪意にねじ曲げられる前の、まだ健やかな少年であったころに出会っていたら、また今日のかかわり方も異なっていたのではないか。そんな想像することさえ虚しい望み、まさに夢物語を、眠りのうちに描いてしまったのだ。

　再会を約して二度とその軌跡が交わることのなかった陶玄月と星伯圭の運命が、遊圭と玄月の間で繰り返されるという暗示でも予知夢でも、決してない。

遊圭はそう固く信じ込もうとした。

一、砂塵の使者

　雪嵐がおさまってすぐに、金椛軍を構成する三軍の将が、その全軍を指揮する蔡太守のもとに集まって軍議を開いた。

　最初に意見を述べたのは、海東軍の将である沙洋王だ。

「この年明けの一戦で決着がつくという、ルーシャン将軍の言葉を信じて、我が海東軍は長引く防衛戦に耐えてきた。ルーシャン殿の作戦通り、ついに朔露大可汗は大敗して撤退した。勝利は喜ばしいが、そのために気の緩んだ我が軍の兵士は、長く故郷を離れていたために士気も落ちている。帝国の東端から長駆して西沙州へ駆けつけ、半年以上も海東州を不在にしたせいで、国許では東夷に対する備えに、不安の声が上がっている。朔露大可汗の軍を楼門関まで押し戻したいま、海東軍は帝国への義務を果たした。我々はそろそろ暇乞いをさせてもらう」

金椛国の皇帝司馬陽元に似た面差しで、さらに陽元よりひとまわりは年上の威厳を以て宣言する沙洋王は、先々帝の孫であり、陽元には再従兄にあたる。言動は傲岸であるが嫌味はなく、むしろその尊大さが兵士らの崇敬を集めている。

皇孫の郡王という地位と、河西軍よりも多い兵数を誇って楼門関奪還の主導権を要求することもできたが、防衛戦ではルーシャンに采配を譲り、長丁場ではあるが朔露大可汗の油断を誘う作戦を受け入れた。蔡太守の就任後は、三軍の将から突出することなく、作戦通りルーシャンとの不仲を演じきり、決戦では朔露本軍を縦深の罠に引き込むために、全軍の矢面に立って進軍した。

事務的な報告以外では、遊圭は沙洋王と口を利いたことはない。しかし、沙洋王がときに見せる豪快な笑顔に、陽元を思い出す。この日も、天幕の隅で議事録をとる遊圭は、陽元が年を重ねれば、沙洋王のように人望を集める君主になるだろうかと夢想する。

ただ、生まれた時から禁城の奥で宦官と女官に囲まれて育ち、即位後は外廷で文官を相手にして日々を過ごす陽元に、辺境で軍事と政務の両方に奔走する沙洋王と同じような、幅広い経験を積み上げる機会はない。

活発な性向の陽元は、もし選ぶことができるのなら、皇帝よりは郡王の人生を望んだのではないかと、不敬ながら思ってしまう遊圭だ。

いっぽう、全軍の責任を背負う蔡太守は、暢気な想像に浸っている余裕はない。沙洋王配下の軍に撤収されては、防衛力が大きく削がれてしまう。朔露軍はいったん退いただけで、金椛軍は楼門関を奪い返したわけではないのだ。

「沙洋王のおっしゃるとおり、東の守りも重要である。が、いま少しお待ちいただきたい。ルーシャン将軍が西へ出した偵察隊が戻って朔露軍の損害が明確になり、また決戦前より要請している援軍が到着するまでの間」

「朝廷は、何万出せるのか」

沙洋王の問いは容赦がない。楼門関の攻防戦では、陽元が即座に派遣できたのが、河北郡の直轄地で練兵していた天河羽林軍二万だけであった。

「遊圭、帝都からの報せを読み上げてくれ」

名前を呼ばれて、遊圭は急いで手元の紙切れを拾い上げた。

「今朝、慶城より届いた伝書によれば、二万の増援が春節明けに帝都を出ております。また、江北郡の朱門関から二万の応援も慶城に向かっているとのことです」

沙洋王は朱門関からの派兵に、眉を上げる。

「朱門関の守りが手薄になるのではないか」

楼門関と同じく、西方諸国への玄関口である国境の関所、朱門関もまた、西大陸の制覇を遂げて東へと転進した朔露南方軍の脅威に晒されていた。

「朱門関は、そこから発する天鋸行路の三千里先にある劫宝都まで、金椛帝国の軍が駐在しています。現状では劫宝国の二万と、天鋸行路に展開する呉亮胤昭威将軍配下の二万。行路上に点在する各都市王国の軍備は省略しますが、天鋸山脈の山岳民族の多くは中立。しかし、劫宝城における先の対朔露戦で金椛軍につき、イルコジ小可汗率いる朔露南方軍の撃退に貢献した戴雲（たいうん）王国からは、朔露の再侵略時には一万の歩兵を提供するとの確約を得ています。五万で劫河（こうが）を渡り劫宝城を攻めたイルコジ軍は昨夏、その半数を失って撤退しました。大可汗の率いる朔露本軍がこちらに進軍しているいま、イルコジ小可汗の再起までは、しばらくの間があることでしょう。こうした事情が朱門関の防壁となっているので、江北郡は帝国領内の軍をこちらに割く余裕があります」

　手元の書類に目を落とすことなく、すらすらと天鋸行路と北天江（ほくてんこう）上流の辺境事情について答える太守の年若い秘書に、一同の目が集まる。蔡太守に信頼された無官の秘書は、ルーシャンと蔡太守の幕僚にはすでに馴染（なじ）みの存在であった。しかし、遊圭のひげもたくわえぬ、文官としてもおよそ経験不足な見た目と、落ち着いた報告ぶりの落差は、やたらと周囲の注意を引いてしまう。

　思いがけなく沙洋王と目が合ってしまった遊圭は、先に目を逸（そ）らすきっかけを探して手元の書類をかき集める。

　蔡太守は遊圭の報告から話を引き取った。朔露軍の動向が明らかになり、援軍が到着するまで、あとしばらく慶城に留（とど）まることを沙洋王に要請した。

　軍議が解散され、手早く議事録を仕上げて蔡太守に提出し、ルーシャンの帷幄（いあく）へ向かおうとする遊圭を、沙洋王が呼び止める。

「そなたは、蔡太守の秘書官であったな」

遊圭は反射的に身を硬くした。

というのは、沙洋王はかつて、皇帝陽元の異母妹、麗華（れいか）公主の夫候補であったからだ。

宗室と辺境の皇孫領主との、紐帯（ちゅうたい）を強化するための政略結婚となるはずであったが、麗華公主は実母と異母弟妹の企（たくら）んだ謀反（むほん）の巻き添えになり、祖国を逐（お）われるようにして遠国へと嫁がされた。さらに降嫁先では戦争に巻き込まれ夫を失い、乳飲み子を抱えて砂漠の奥にある伝説の郷（さと）へと逃げ延びた。

遊圭はその麗華公主の数奇な運命に関わった当事者であり、同時に何もできないまま見守り続けてきた傍観者でもあった。

そうした金椛皇室の内情について、深く知り過ぎていることを他者に知られるのは危険である。皇室の確執に巻き込まれないためにも、沙洋王には近づかないのが得策であった。

だが、向こうから声をかけられたら、最上級の揖礼（ゆうれい）とともに応対しないわけにはいかない。

「星遊圭と申します。官人ではありませんが、蔡太守の公私における事務処理を任されております」

「蔡太守の幕友にしては、ルーシャン将軍の帷幄でよく見かけるようだが」

自分ではそれほど目立っているつもりはないのだが、軍議で集合しない限りは別々の陣営にいる沙洋王にまで見られているのかと、遊圭はわけもなく汗をかいてしまう。

「蔡太守に、ルーシャン将軍の体調について管理、報告するように命じられております。わたしは鍼や医薬に多少の知識がありますので、過労や感冒の徴候が見られる前に、ルーシャン将軍の食養などに気を配るようにと」

「それはまた便利な人材だな」

陽元が辺境の雄として育っていれば、こうであったろうという威厳とおおらかさで、沙洋王は破顔した。

「だが、星――家といえば」

「今上帝の皇后、星氏はわたしの叔母です」

詮索される前に、遊圭は自分から身元を明らかにする。沙洋王は豊かな黒いひげを指先で梳きながら、『なるほど』といった表情でうなずいた。

「外戚族滅法が廃止されたのは聞き及んでいたが、今上帝が廃止を決めたのは、そなたを救うためか」

遊圭は口を閉じた。真実を答えることはできない。

先帝の崩御後、殉死を免れるために、女装して後宮に隠れ潜んでいたことはもちろん、外戚族滅法の廃止が、身を偽り女官を装っていた遊圭が、新帝陽元との賭けで勝ち取った結果であることも、決して口外できない秘密であった。

しかも、表向きでは外戚族滅法が廃止されるまで、遊圭と陽元は対面したことがないことになっている。

遊圭はあたりを見回し、声を低くして応えた。

「陛下は、ご生母の宋皇后が崩御されたいきさつについて調査されたのち、外戚族滅法は人道にもとるとお考えになり、廃止をご決意なされたと聞いております」

慎重に言葉を選んだ遊圭に、沙洋王は口の端を軽く上げて微笑む。

沙洋王に降嫁するはずであった麗華公主が、理由も明らかにされず出家し、代わりにより位の低い先帝妃の公主に変更になった。その後しばらくして還俗した麗華公主は、やはりなんの説明も沙洋王にはなされないまま、遠い西国へ嫁がされた。

こうした一連の不可解な流れの真相を、当の沙洋王がどれだけ把握しているのか知らない遊圭は、うかつなことは言えない。言うべき立場でもない。

「どちらにしても、金椛帝国は有為の人材を失わずにすんだというわけだな」

沙洋王は従者に持たせていた書類から、薄手の冊子を引き抜いてその題字を見せた。

遊圭はあっと声を漏らし、顔を赤くする。遊圭が国士太学に在籍して最初の年に提出した論文『朔露論』であった。

「当時は、だれも脅威と認識していなかった朔露可汗国の詳細を調べ上げ、警鐘ともなる論説文を書いたのが十六歳の少年と聞いたときには、耳を疑ったが」

自分の書いた若気のいたりの塊が、どのようにして東の辺境を治める沙洋王の手に渡ったのかと、遊圭は耳まで真っ赤にして、しどろもどろに応える。

「国士監の図書寮にあった古い文献を集めて、まとめただけの論文です。朔露の脅威については、陛下より妹公主さまの降嫁された夏沙王国が、朔露の侵攻を受けていたことを伺っておりましたので、お役に立てることがあればと、記録を集めたのです。しかし、記録が古すぎて、むしろ現在の朔露可汗国を理解する妨げとなったのではと、いままでは書いたことを後悔しております」

この寒い季節に、汗が噴き出しそうな勢いで、遊圭は弁解した。

「うむ。河西郡のほかに、多少なりとも北朔露との交戦を経験している我が海東州に、陛下から情報を求められたのが三年前だ。この冊子にまとめられた朔露という民について、記録と実際との整合を明らかにして欲しいと」

自分の書いた論文が、宮城の英臨閣における対朔露策の講義や討論にも使われていたと知ったときも、遊圭は冷や汗が止まらなかった。いま、沙洋王の手元にまで配達されていたと知って、遊圭は外へ走り出て雪に埋まってしまいたい衝動に駆られる。いったいどれだけの写本が、金椛の有識の人々の間にばらまかれているのか。

遊圭は、論文を陽元に提出した玄月と、それを転写させて広めた陽元を恨めしく思う。

「我が州には、朔露の強勢に東へ逐われ、金椛国に帰順してきた北方の異民族も少なくない。かれらより得た知識だけでなく、朔露高原近くまで探索させ、北辺に出没する朔露について調べたのち、陛下に注釈をつけてお返しした。論文はよくできていたので、送り返す前に転写させて、手元に残しておいた」

羞恥心の暴走が収まってきた遊圭は、朔露軍が天鳳行路の東進を始めたときから、陽元は非戦論に傾く朝廷の官僚をあてにせず、辺境の軍人領主らに警鐘を鳴らしていたことを悟り、あらためて驚く。

「そしてこの論文の著者が、朔露南軍の小可汗を撃退した英雄であるとも、畏き筋から知らされたので、機会があれば会ってみたいと思っていた」

「えっ、英雄ではありません。朔露南軍を撃退したのは、呉将軍です。わたしはイルコジ小可汗の別働隊が、金椛軍の背後を突く作戦をたまたま知って、将軍に報せただけですから」

朔露南軍の動向やイルコジの作戦について詳細を知り得たのは、人質にされた戴雲国王の母妃の近侍として、敵陣に潜入した結果だ。女装して間諜の真似事をしたことなど、公に知られてはたまったものではない。これからの遊圭の政治生命が、生まれる前に断ち切られてしまうではないか。

「とはいえ、損害の少ない勝利に金椛軍を導いた功労は、星公子なる一庶人に帰することを呉将軍が言明しているのだから、謙遜もほどほどにされるがいい」

口元だけに笑みを這わせ、目は笑わずに見おろしてくる沙洋王が、何が目的で自分に話しかけてくるのかと、遊圭は困惑するばかりだ。

「それは、わたしが太子の外戚であることから、呉将軍が気を遣ってくださったのでしょう。あの、職務の最中ですので――」

沙洋王の思惑が見えてこないために、目に見えて緊張し、声音も震えがちな遊圭だ。目上の人間に対して、礼に適った暇乞いの作法すら思い出せない。

「ああ、それでは今宵、星公子のために一席をもうけよう。ぜひとも我が帷幄に来て、劫宝城戦の詳細について話してくれないだろうか。朔露と対戦を経験した、あらゆる人物の証言を聞いておきたい。特に一庶人でありながら、大局を動かし得た人物の話であれば、なおさら細かく聞く価値がある」

「蔡太守の許可が得られましたら、伺います」

遊圭は形ばかりは恭しく応えて、急いでその場を逃れた。

その後、書類整理を終えて、蔡太守に退勤を告げた遊圭は、沙洋王の幕営へ夕食に誘われたことを相談する。蔡太守はおおいに喜び、沙洋王に気に入られてくるようにと、遊圭を励ます。

「行ってこい。朔露との決着がつくまでは、海東軍をとどめ置く気になってもらうよう、できるだけ沙洋王の歓心を得てくれ」

それは自分には荷が重過ぎると遊圭は思った。本拠地を半年以上も離れている沙洋王の不安は、理解できるものだ。

本来なら帝国内からもっと援軍を寄越すべきなのに、朱門関方面に兵を取られていたことと、他の州からの軍は移動に時間がかかりすぎること、そして、朝廷内の非戦派から、各州の防衛がおろそかになると反対の声が多かったことから、最寄りの辺境領主に負担をかけすぎている。

「沙洋王を引き留めるにはそれなりの条件が必要です。わたしごときの説得でどうなるものとも思えませんが」

何の権限も持たない一庶人の遊圭に、沙洋王にとって魅力的な申し出など、できるはずがない。上司に対してはっきりと遊圭が自分の考えを述べることができるのは、十四歳のときから、公私においてつき合いのある蔡太守だからである。

「説得など期待しておらぬ。だが、人間というものは出世や褒美のためだけに戦うわけではない。遊圭はこれまで、条件ずくで陛下の敵と戦ってきたわけではないだろう？」

陽元の政敵や外敵を排除してきた遊圭の様々な功績は、表に出せない事情のために、その働きにふさわしい昇進や報賞を下されたことはない。

叔母玲玉と従弟妹らを守ることが、結果的に星家を再興し、自分自身を守ることになるのだから、遊圭の貢献はまったくの無私無欲というわけでもなかった。だがそのために正当な評価を受けることはないと知りながら、敢えて何度も自ら死線をくぐり、困難な試練を乗り越えてきたことは確かである。

「まあ、人脈を広げておくのはよい機会だ。遊圭が沙洋王の後ろ盾を得ることができれば、両陛下ともどもお喜びになることだろう」

辺境の郡王が、太守の一秘書をわざわざ食事に誘うはずもない。皇太子のただひとりの外戚が前線にいる理由や、遊圭のひととなりに興味があるのだろう。朝廷に人脈を持たない遊圭にとって、沙洋王の知己を得ておくことは、将来の役に立つ。そう蔡太守に背中を押されて、いっそう重たい荷を肩に乗せられた気のする遊圭であった。

「政界に出て行くための、はじめの一歩って、ところかな」

袖の中の拳をぐっと握りしめて、気持ちを落ち着ける。

遊圭が外戚として、叔母の玲玉とその子どもたちを守るためには、高位の官僚となって政界の中心に足場を確保する必要がある。だが、難易度が高すぎる上に、たとえ運良く次の官僚登用試験に一発で合格しても、中堅官僚になるまでさらに何年もかかるのだ。それよりは、ここでめざましい軍功を挙げて、一気に官職を得て政界に乗り込むことが近道であった。

一戦一戦に浮沈のかかった軍功によって立身出世を志すのなら、有力な将軍と友好的な関係を築かねばならない。

遊圭は深く息を吸い込み、ゆっくりと吐き出した。

沙洋王の幕営に行く前に、玄月の消息が気になる遊圭は、大急ぎでルーシャンの幕営へと戻る。深い雪の中に穿たれた細い道を歩いていると、どっちの方角に進んでいるのか心許なくなるが、嵐のあとの晴天に翻るルーシャン軍本陣の旗をひたすら目指した。

ルーシャンは自軍の見回りに出ており、まだ戻っていなかった。

暖かな幕営では、玄月の侍童、郁金に椅子を勧められ、熱い茶が出された。礼を言った遊圭は、茶をすすりながら郁金に慶城の近況を訊ねる。

「雪の中を大変だったね」

「いえ、もう晴れてますし、街道の雪は固めてあります。それもすぐに融けそうです」

郁金は小さく首を横に振った。

最初の繁殖期を迎えることから、慶城の鷹匠に預けられた遊圭の愛鷹ホルシードの調子や、慶城の兵舎に仮住まいしているルーシャンの三男、まだ幼い芭楊の成長ぶりについて訊ねると、簡潔な応えが返ってくる。

態度や表情は落ち着いた郁金だが、主人である玄月の消息を知りたがっているのは遊圭にも感じられる。しかし、ルーシャンがすでに説明した以上のことは、遊圭にも話せることはなかった。

「ラシードたちがついているから、大丈夫だよ」

明朝には慶城へ戻らねばならないという郁金に、確証のあることは何も言えない歯がゆさはどうしようもなく、遊圭は飲み干した茶碗を郁金に返した。

ほどなく帰ってきたルーシャンは、忙しい一日を休む間もなく軍議や兵士らの慰労、練兵に走り回った疲れも見せず、遊圭を朗らかに迎えた。

「軍議ではずいぶんと落ち着いて発言するようになったな」

蔡太守の秘書として足場を固める遊圭を、ルーシャンは屈託のない笑顔で褒める。

「あ、いえ、そんな。文書を読み上げるだけですし。それにまだまだ緊張します」

尊敬するルーシャンに褒められると、思わず舞い上がってしまいそうになる遊圭だが、謙遜しつつも感謝の言葉を返し、さっそく本題に入った。殲滅できなかった朔露本軍と、その真ん中に取り残された玄月の救出についてである。

「雪嵐のせいで朔露軍追撃の好機を逃してしまい、楼門関まで攻め寄せる口実がなくなってしまいました」

楼門関まで朔露軍を追撃できれば、どさくさにまぎれてラシード隊と合流することもできたのだがと、遊圭は憂い顔になる。

「なに、この季節の雪はすぐに融ける。朔露軍の後を追わせた偵察隊には、ラシード隊との連絡地点は指図した。問題は玄月の不在が長引くことだ。人質奪還作戦が金椛側に知られては、いろいろまずいことになる」

ルーシャンが大判の手で額を叩きながら、難しい顔で言った。

本来の役職が監軍使である陶玄月は、河西軍の軍政や軍法、そして戦略などを監督するのが仕事である。自ら最前線に出て、潜入を伴う作戦に参加するなど論外であった。

しかも楼門関の陥落が、朔露大可汗とルーシャンとの間で交わされた密約による茶番劇であったことと、決戦の趨勢が朔露の人質に囚われていたルーシャン一族の奪還にかかっていたことは、極秘事項である。

ルーシャンの背信未遂とその回避に、玄月と遊圭の関与があったことも、決して公にしてはならないことだ。

「さっきも蔡太守に、玄月さんが軍議に出なかった理由を訊ねられました。どう返答しましょう」

遊圭も途方に暮れた目で、天幕越しに楼門関の方角を眺める。

「楼門関へは、以前から定期的に偵察を出している。それに玄月が加わったことにしてもかまわんが、なぜ玄月がそうしたのか、という理由がいるな。一兵卒ではないあいつの仕事ではないのだから」

実際は単なる偵察ではなく、潜入先のひとつがルーシャンの妹が閉じ込められた方盤(ほうばん)城内の後宮であったため、宦官(かんがん)の玄月が手を貸す必要があったのだ。

はっと閃(ひらめ)いた遊圭は、ルーシャンに視線を戻した。

「玄月さんが自ら危険な任務に飛び込んだ理由なら、考えがあります。人質救出とは無関係に、蔡太守なら納得し、秘密にしてくれる口実が作れます」

「そんな都合のいい話があるのか」

懐疑的なルーシャンに、遊圭は自信ありげにうなずく。

「ですが、玄月さんの不在は、公には体調不良などとして、しばらくは伏せておいた方がいいでしょう。その方が信憑性(しんぴょうせい)の高まる口実です。その間に帰還されるかもしれませんし」

ふだんから体を鍛えている玄月だ。胸の打撲が肺の深部に達していなければ、時を待たずして回復することだろう。遊圭にはそう祈ることしかできない。

遊圭は立ち上がり、この後は沙洋王の幕営に招かれていることを告げる。

「あまり行きたくないです。わたしは玄月さんほど腹芸が得意ではないので、痛い腹を探られると、すぐに顔に出てしまいます。しかも、意外というか、わたしが知らなかっただけですが、皇帝陛下と沙洋王は、頻繁に書簡をやりとりする親しい間柄なのですね。どれだけわたしのことをご存知なのかと思うと――」

「そりゃ、親戚でしかも婚姻によって義兄弟なのだから、やりとりはあるだろう。郡王も地方の官僚と同じように、定期的に上京もする。臣下として地方の治政や軍政について論じ合うこともあるさ」

言われてみれば確かにその通りだ。遊圭が後宮に隠れていたときも、受験勉強に励み国士太学に通っていた当時も、異国や辺境を渡り歩いていた間も、陽元は粛々と国事と向き合い、政務をこなしてきたのだ。

後宮の宮殿でくつろぎ、妻子と戯れる陽元しか見たことがない遊圭は、叔母の気さくな夫という印象が固まりつつあったが、それは大きな間違いであると心に刻む。

ふたたび、雪の壁に挟まれた細い道を、遊圭は迫る夕闇に追われるようにして沙洋王の幕営をめざす。朝から忙しい一日で、もはや疲れているのだが、遊圭は呼吸を整えてから自らの訪ないを告げた。

食事の用意ができているかと思いきや、天幕の中心には盾を並べた大卓がしつらえられ、その上には地図が広げられていた。その周りを沙洋王とかれの幕僚が囲んでいる。一応、そばの小卓に軽食と杯が並べられてはいたが、だれも手を付ける気配はない。

「こちらが劫河戦で我が金椛軍を勝利に導いた星公子だ」

沙洋王の大袈裟な紹介に、幕僚たちの視線がいっせいに遊圭へと注がれる。

沙洋王の配下は、どれも歴戦の将といった風情で、武装していない遊圭はひどく場違いな気がして身がすくんでしまう。大柄な胡人の多い、それも偉丈夫のそろったルーシャンの幕僚に囲まれても、それほど緊張しなくなっていた遊圭だが、沙洋王の陣営には甲冑は金椛風でも袍や頭巾の形、そして髪の結い方が、朔露の風俗によく似ている者も少なくない。そのために、朔露の将兵に囲まれ、追い詰められたときの恐怖が蘇ってしまうのだろう。

先だって沙洋王の口からも聞いたことではあるが、北方の異民族は朔露人だけではないのだ。

沙洋王は酒を満たした杯を遊圭に手渡し、大卓上の地図を指さした。

「さあ、イルコジをどのように撃退したのか聞かせてくれ」

遊圭は卓上の地図に意識を集中させた。一同は遊圭が語る天鋸行路での体験と、劫宝城の戦いについて耳を傾ける。その後はイルコジ小可汗の戦いぶりと、戦況の推移などを地図を示しつつ検証させられた。

「わたしのような若輩の素人が、お役に立てるような意見を述べることなど、できないと思うのですが」

学生時代は兵法の書など読み漁って、多少の知識は培った遊圭だが、嵐のように予測不能な戦争の機微について分析や予測をしたところで、経験豊富な沙洋王を満足させられるとは思えない。

沙洋王は喉を潤すために持ち上げた酒杯を干して、おおらかに笑った。

「私の役に立ってくれるつもりであったか」

周りを囲む沙洋王の幕僚も、失笑を抑えかねて無骨な頬をゆるませている。

遊圭は、自分の拙い意見を求められているのではないことに思い至り、恥じ入る。

「劫宝城の戦いについては、覚えていることはできるだけ正確にお伝えできたと思います。ただ、わたしが劫宝城にたどりついたときは、すでに戦闘は終わっていました。呉将軍から聞いた話と――、あの、そのときに呉将軍との伝令を務めた橘真人という異国出身の軍官吏が、イルコジ小可汗の戦いぶりをより知っているはずです」

沙洋王はうなずきながら、卓上の地図を河西郡のそれと置き換えさせた。今回の朔露大可汗軍との決戦について、遊圭の意見を訊ねる。

その場にいなかったこともあり、遊圭に語れることはあまりない。

帰還したのちにルーシャンとその幕僚から聞いた話と、蔡太守のもとに提出された文書には一通り目を通してあったので、公式に自分が知っていて不審に思われないであろうことは、丁寧に答える。それにもし参戦していたとしても、事務畑の遊圭は後方部隊だ。戦況の仔細など、知るよしもなかったであろう。

遊圭はできるだけ誠実にかれの考えを述べ、礼を尽くした。

沙洋王が自分に好印象を持ってくれたら嬉しいが、ルーシャンの秘密の片棒を担がされているいま、遊圭は気を抜くことができない。うかつなことを言って、ボロや尻尾を出さないようにするのが精一杯だ。

沙洋王の幕僚はひとり、またひとりと退出してゆき、気がつけばほんの数人の側近が残り、従卒が酒食の給仕を始めている。

分厚い縮絨布を二重に重ねた天幕は、厳寒の外気を遮断している。二基の鉄筒炉に赤々と火が燃えてはいるが、屋内で吐く息は白く、鼻も冷たくなっていく。

事務方の遊圭は、勤務中も筆を執る手がかじかみ、指を温めるための懐炉が手放せない。酒にはあまり強くない遊圭だが、温めた酒を差し出されれば否やとは言わなかった。

翌日の午後、ラシードの帰還を聞いた遊圭は、ルーシャンの幕営へと駆けつけた。しかし、幕内にいるのがラシードただひとりであることを見て取り、息を呑む。

「玄月さんは――」

くたびれ汚れた兵装は言うまでもなく、ラシードの煤けて垢じみた顔やぼうぼうに伸びたひげ、窪んだ眼窩が、ラシード隊が潜り抜けてきた苛酷なこの数日間を雄弁に物語っている。

ラシードは何度も唾を呑み込み、言葉を選びかねて首を振る。

「我々が墓室を不在にしていた三日の間に、玄月殿はいなくなってしまいました。墓室には我々のものでない大人数の足跡と、棺室には数人が落下した跡があり、玄月殿は闖入者に連れ去られたものと思われます」

争った跡や、血痕などはなかったことから、生存の希望はあると思われると、ラシードは苦しげに報告した。

「あなた方は、どうしてすぐに我々のあとを追って帰還しなかったのですか」

遊圭の問いに、ラシードはルーシャンと顔を見合わせ、発言の許可を求めた。ルーシャンはうなずき、ラシードは語り始める。

遊圭には知らされていなかったが、もともとの計画では、ラシードとその部下だけが、楼門関奪還工作のために残り、玄月は人質とともに帰還する予定であったという。しかし、胸の打撲傷が悪化していたため、厳寒の荒野を何日もかけて走り抜けるよりも、作戦が終了するまで安静にしたほうがよいと、ラシードはともに残ることを勧めた。

人質たちと遊圭の道案内に立った兵士は、玄月が方盤城に残った理由を遊圭に問われた場合、追っ手がかかったときに囮を演じるためであったと、言い含めるように命じられていた。

胸の打撲傷とは無関係の理由を挙げることで、余計な心配をさせまいという心積もりであったのだろう。

ラシード隊がふたたび方盤城に潜入する準備ができたころには、雪嵐がすでに西天を覆い尽くす勢いで迫っていた。ラシードは玄月に墓室から動かないように念を押した。

「俺たちの水と燃料、食糧は置いていく。方盤城に入ってしまえば適当に調達できるから、俺たちのために残しておこうなどと考えず、遠慮せずに使え。食って暖をとって寝ていれば、たいていの怪我や病気はすぐ治るものだ」

隊の縮絨布や毛皮も聖火壇のそばに積み重ね、居心地の良い寝床を作って、玄月にそこで休んでいるように指図する。

「ここなら煙出しの孔が外へ通じているから、薪を燃やせる。雪嵐の間は城壁から煙は見えない。火を焚いても安全だ。無煙炭は、孔が雪でふさがれてしまうまで節約しろ」

この荒野のどこにこれだけの木々があったのか、と驚く量の灌木の枯れ枝を祭壇の横に積み上げて、まだ言い残した事はないかとラシードは墓室を見回した。

「私のために、時間を無駄にさせたな」

動けない自分に気を遣わせて、不要な仕事を強いたことを詫びる玄月に、ラシードは快活に笑い返す。

「気にするな。負傷したときはお互い様だ。あと、雪嵐のときに注意すべきは、出入口の横穴に雪が積もることだ。雪の壁ができたら、あっという間に氷の壁になって春まで出られなくなる。柔らかいうちに雪を掘り出して、脱出に備えてくれ」

そう言って、鋤の代わりになりそうな幅広の矛を玄月に手渡した。玄月は申し訳なさそうに礼を言った。

「ラシードには、いつも世話をかける」

「なに、兄弟だからな。互いの面倒を見合うのは当然だ。とにかく、嵐が去るまでは身動きはできず、してはならない。生きたければ」

早春に漠北を襲う雪嵐の恐ろしさについて、ラシードは繰り返し玄月に念を押す。

西大陸より長駆して楼門関を攻めた朔露大可汗に、年明けの決戦を挑んだのは、この地の気候に不慣れな朔露軍を、天佑によって退ける意図もあった。

天鳳行路の住民が、黄砂の恐ろしさを充分に朔露大可汗に吹き込んでくれたお陰で、大可汗は春を前に一気に決着をつけようと出陣してきたと、ラシードは高笑いする。

「天の時、地の利を知るルーシャン将軍の罠に、常勝の戦神が見事にはまったわけだ」

横穴から外の天気を窺ってきたラシードは、もう一度玄月に念を押した。

「三日おきにようすを見に戻るから、じっと待ってろ。医者も連れてくる」

「私のことはいい。任務に専念しろ」

そして棺室に下りたラシードたちを、縦穴からのぞき込むようにして見送る玄月の顔を見たのが最後だったという。

三日後、約束通りに地下道を通ってラシードが方盤城から戻ったとき、墓室は無人であった。横穴の雪は広く掻き出され、墓室内の床には無数の足跡、雪嵐の去った戸外には、日向はぬかるみ日陰は凍った地面に、重なり合う馬蹄や橇の跡が残っていた。

二、漠野の虜囚

時は人質奪還が成功し、遊圭がルーシャンに合流した数日前に遡る。

方盤城へとラシードたちを送り出した玄月は、地下の棺室へ下りる縦穴に数枚の板を渡し、絨毯を被せ終えた。荒い息を吐いてその場に座り込む。

この墓室に朔露兵が入り込んだときの備えだ。このような偽装で抜け道の存在を隠せるとは思えないが、何もしないよりはましであろう。

胸を押さえて痛みと息苦しさをやり過ごす。天伯が足下にまとわりついて、心配そうに鼻を鳴らした。

呼吸のたびに差しこむ胸の痛みがおさまるのを待って、玄月は立ち上がった。

陵墓の築かれた丘の横穴から見える景色は、ごうごうと風の音で満ちた、ただひたすらに真っ白な世界だ。雪の嵐に一寸先も見えない白い闇に、たちまち小さな丘は雪に埋もれてしまうだろう。

入り口の横穴が雪でふさがってしまうと、夜になって凍ってしまう危険性を思いだした玄月は、少し休んでから入り口の雪を掻いた。しかし、すぐに息が上がり、鋤代わりの矛を置く。

棺室を隠した絨毯を踏み抜かぬように迂回して、奥の聖火壇に薪を足す。沸かしておいた湯に薬を溶かして寝床に運び、胸の痛みを刺激しないよう慎重に腰をおろした。

白い冬毛に覆われた天伯が、待ちかねたように玄月の膝に乗って丸くなる。

咳き込みながら薬湯を飲み干して、まぶたを閉じる。

咳が出るときは横にならないほうがいい、と言ったのは遊圭だ。移動中の野営で、夜中に咳き込む玄月を見てラシードにそう教えていた。玄月に直接言っても無駄だと思っていたのだろう。

その遊圭は咳が出ない夜も座ったまま眠るのが得意なようで、野営中に体を横たえたところを見たことがない。

遊圭の助言に従ったラシードが、聖火壇の横に縮絨布と毛皮を積み上げた座椅子型の寝床は、皇帝の玉座もかくやというほどの居心地の良さだ。着替えを丸めた枕を肩に当てて首を休めているうちに、薬が効いて微睡んでくる。

まだ昼のはずであったが、外光の入らない洞窟は、揺れる聖火が近くの空間を橙色に照らすのみで、隅の方は闇に呑まれている。

座って体を休めるほかに、何もすることのない時間を持つのは何年ぶりだろう。

もう何年も、ゆっくりとただ座るだけの時間などなかった。風邪や過労で寝込んだときでさえ、書物を手放したことはない。しかし、ここには手に取る書物もなければ、覚え書きをとろうにも充分な灯りはなかった。前後のことを考える必要はあるかもしれないが、天候が回復し朔露との戦いの結果を知るまでは、あれこれ考えるのも無駄なことであろう。

穏やかな呼吸に上下する天伯の背中を撫でながら、玄月は静かすぎる時間を持て余す。

長く寝入ってしまうと、ラシードが警告した通り、雪で横穴がふさがれ、閉じ込められてしまう。眠っている間に聖火が消えてしまえば凍え死ぬ。あるいは排気孔が雪でふさがれてしまえば、煙が墓室内に充満して煙死してしまう。

火が燃え続けている限りは排気孔が凍らないと考えるのは、楽観に過ぎるだろう。玄月にとって楼門関の冬はこれで二度めだ。天鳳山脈の北麓から西沙州へ吹き下ろしてくる雪の量と、戸外で飲もうとした白湯がみるみる凍ってしまう寒さを知っている。

小さな焚き火の熱など、一本のろうそくのように頼りない。

閉ざされた洞穴のような墓室で火を焚いても、吐く息は白い。この寒さでは熟睡も難しく、体が衰弱さえしなければ数刻おきに目を覚まし、聖火と積雪を見張ることはできるだろう。そう考え、気持ちを落ち着ける。

ぼんやりとした淡い闇の中に、最初に浮かび上がるのは都に置いてきた許嫁の面影だ。

「小月」

陽元の妻妾のひとり、蔡才人の幼名を声に出して呼びかける。

「そなたを置いてひとりで逃げたと、恨みに思っているのだろうな」

ふたたび河西郡へ赴任することを告げに見舞った日に、小月は後宮から連れて逃げてくれと泣きついてきた。小月の望みならなんでも叶えてやりたかったが、さすがにそれは不可能だ。後宮からの脱出は身重の体に負担がかかりすぎ、母子の命にかかわる。失敗すれば大罪は免れず、陽元がふたりに温情を賜り不問にしたいと考えても、周りが許さない。

陶家も蔡家も一門が滅せられ、周りじゅうを巻き込んでの悲劇しか生まないのだ。

そうした理を諄々と説いても、小月の嗚咽は止まなかった。

そのあと、駆け落ちを懇願したときの真意はむしろ、『いっしょに死んでくれ』ということではなかったかと、玄月は都を出てから思いいたった。

常に前向きで、あきらめることを知らない小月が、そこまで思い詰めていたことが驚きだった。それに気づいてやれず、ただ『大家を信じろ』とだけ言って励ましたのは、逆効果であったかもしれない。

玄月を妬み、陥れようとした王慈仙の嘘を信じ、そのために玄月を失うところであったことを激しく後悔する陽元が、小月を粗略に扱うはずがない。慈仙とその一派によって、陽元と玄月の関係に修復不可能な軋轢を生むための道具にされてしまった小月の、心の傷と絶望に思いがいたらないわけではなかったが――

手の甲をかりかりと引っ掻かれた玄月は、天伯を撫でていた手が止まっていたことに気がついた。

玄月は苦笑して、天伯の首を掻いて頭を撫でる。天伯はごろんと仰向けになって腹を見せた。天狗という西域に生息する獣は、腹もみっしりと体毛に覆われている。もともとは寒い気候の土地に住む生き物なのだと思い出させるほどに、特に冬毛は深く厚い。だがその体温は重ねた衣の上からも伝わってくる。ほかにすることもないので、玄月は天伯にねだられるままに腹も胸も撫でてやった。

「そんなに触れられて撫でられることが、気持ちよいのか」

玄月の問いに応えるように、天伯はぴんと伸ばした四肢をぶるぶると震わせる。

金椛国では、もともと家族ですら体を触れ合わせる習慣がない。抱き合って戯れるのは幼い兄弟姉妹、成長したのちは愛を交わす相手くらいで、ふざけて肩や背中を叩くのも同性の親しい友人に限られる。

いいおとなが抱擁や接吻で信頼や親密さを表現する、ルーシャンやラシードら胡人の風習にはまったく慣れることができない。しかも玄月は、陽元はもちろん、親にも見せたことのないこの性別不詳な体を他人に知られたくないのだから、他者との接触を避けるのはなおさらのことだ。ルーシャンには、胡人の宗教に問答無用で入信させられた夜に見られてしまったが、気づかぬ素振りでほかの将兵と同様に接してくる。

ああした押しつけがましくないさりげなさも、人望を蓄える秘訣なのだろうと考えさせられる。

玄月は上着の下に手を入れて胸に触れ、痛みの強い打撲痕を探った。腫れは引いてきたように思われる。遊圭の用意した軟膏が効いているようだ。あとでまた塗ろうと思いつつ、脇から腰へと掌を滑らせる。

王慈仙や玄月のように、性徴が現れる前に宦官にさせられた少年たちを通貞という。通貞は成長しても筋肉がつきにくく、骨格も女性のように細く、肉付きもまろやかな者が少なくない。声も高いことから、変装するには女装の方が都合がよいのだが、方盤城に潜入するときは兵士を装った方が安全だろう。

玄月の口元に苦笑いが浮かぶ。

さきほどまで小月のことを思い出していたのに、いまは作戦の続きを考えている。

とりとめのない思考が、まとまりもなく浮かんでは移ろうのは、集中力が欠けているためだ。痛みか、空腹か、寒さのせいか。体が火照る気がするのは、服用した薬湯のせいばかりでもあるまい。体がだるいのは発熱の症状だ。

いや、体調不良でも仕事をこなしてきたことはいくらでもある。これは話に聞いたことのある『退屈』というやつのせいだ。

玄月はこれまで、ひとの言う『退屈』が理解できなかった。学ぶべきこと、片付けるべき課題や仕事は絶え間なく目の前に置かれ、何もすることがなくて困るとか、ぼんやり何も考えずに過ごす、などといった時間はひとときもなかった。

皇族や上役の宦官の側に起立、あるいは拝跪の姿勢のまま、何時間も無言で控えていなくてはならないときも、絶えず周囲を観察して、宦官や女官らの顔と名を覚え、宮中の人間関係を把握するように努めた。

宮中に上がってしばらくの間は、着飾らされて人形のように日がな一日窓辺に座らされていたこともあったが、そのときはかつて覚えた書経をひとつひとつ記憶から引き出し、忘れないようにさらい続けた。

五つのときから七年もかけて覚えた大量の書籍を頭の中でさらうのに、ただじっとしていることを求められていた時間だけでは充分ではなかった。なにしろ筆も墨も書き付けるための手帳もない。頭の中で文字も文章も鮮明に思い描き、袖に隠した指を小さく動かしながら、ふたたび記憶に畳み込んでいるうちに、あっという間に一日が終わる。

ひとはみな、玄月の記憶力を天与の才と褒め称えるが、自ら課した訓練の賜でもあるのだ。

宦官になるための見習い修業をしていた当時や、宮中に配属されたはじめのころは、常に周囲を観察、新しい知識を吸収して反芻し、記憶に刻みつけては分析することに集中していた。そのため、何を考えているかわからない、気味の悪い子どもだと思われていたことには、慈仙と出会い辛辣なやり方で指摘されるまで気がつかなかった。

もともと内省的な性向で、身内ばかりの席でも、自分をさらけ出すということがなかった。官家や富裕の家に生まれた男子の多くが、両親と一族の期待という重圧に耐えて、心身を削りながら学問に打ち込むなか、玄月は単純に書を読むことを好み、書いて覚えることを楽しみ、学んだことが自分の世界を広げていくのが喜びだった。

そして学びの成果を形にすればするほど、父母は手放しで喜んでくれた。

家族も親戚も玄月はそういう少年だと認識し、また学問に集中できるよう、周りが気を配っていた。

　ところが宮中は何もかもが違っていた。誰もかれの気分や体調に気を遣わないのに、絶えず上司や主人の機嫌をとっていないと罰を受ける。忖度のツボを間違えて相手を怒らせるとひどく折檻される。要心しなければ、すぐに同僚に足をすくわれて食事を抜かれる。

　後宮は無限に広く、自分に出仕を命じたはずの陽元はどこにいるのかもわからない。周りの顔色を窺いながら、その日その日を生き延びるのに、精一杯であった。

　すうっと息を吸い込み、吐く。胸郭を動かしても耐えがたい痛みは起きない。

　玄月はかぶりを振った。

「昔のことを思い出すなど、かなり弱気になっているようだ」

　天伯を膝から下ろし、玄月は手をついて立ち上がる。矛を杖にして横穴から顔を出し、雪を掻いて積雪の深さを試してみる。すでに五尺（約一・五メートル）は積もっていた。外はうっすらと明るく、まだ日は沈んでいない。このままでは、夜のうちに横穴はすっかりふさがれてしまうだろう。

　玄月は柔らかな雪を掻いてみたが、真冬の粉雪と異なり、春の接近を告げる湿気を含んだ杏の花びらのような雪は重く、あとからあとから降ってくる。いつ降り止むともわからぬ雪との戦いは、負傷していなくても無駄な作業と思われた。これぞまさに嵐に向かう蟷螂の心境になった玄月は、閉じ込められたら閉じ込められたときのことと、あっさりとあきらめて墓室へと戻った。

　少し眠ろうと、聖火壇に太い薪を足し、火にくべておいた石炭を懐炉に入れて蓋をする。薪が炎に包まれパチパチと音を立てる。聖火壇の煙が排気孔へ吸い込まれていくのを見てから、寝床に腰をおろす。

　雪掻きの無理が祟ったか、胸の打撲傷がふたたび痛み、咳が込み上げる。薬の入った袋を探っていると、短い煙管が手に当たった。煙管には小さな布袋が結びつけられ、中には乾いた薬草が油紙に包まれていた。

「麻勃か」

　喘息を鎮め、呼吸を楽にすることが第一の効用。さらに傷病による痛みを抑え、寒気を利し、七傷を治す妙薬ではあるが、ひとによっては幻覚や嘔吐、頭痛など様々な副作用もあるので、あまり勧められないというのが遊圭の言い分だ。過剰摂取すれば、醒めたときの脱力感とひどい倦怠感がいつまでも残り、回復するのに丸一日かかってしまうという。健康な人間が服用すれば多幸感に満たされて気が大きくなり大言壮語し、心に隠していたことまでさらけ出してしまうので、人前では使えないとも。

　墓室には天伯のほかに誰もいない。なにをさらけ出したところで、困ることはひとつもなかった。玄月はろうそくを取り出して聖火から火を移し、膝元に置いた。手元を明るくして麻勃をほぐし、煙管に詰めて火を点ける。はじめは少し咳き込んだが、慎重に煙を吸い込むと、息苦しさが和らぎ、痛みが薄らぐ。頬がゆるみ、ひとりでに口元に微笑がのぼる。

麻勃の煙を吸い込んだ天伯が楽しげに飛び跳ね、縦穴をふさぐ絨毯の上を駆け回る。玄月は止めようとしたが、思い通りに体を動かせない。くゆる煙の向こうに、はしゃぎ回る天伯をただぼんやりと眺める。

幸い天伯は絨毯を踏み抜くには軽すぎたようで、軽快に踊り続けた。

そのありさまに笑いだす自分の声を、少し残った正気の意識が聴いている。これが副作用というやつか、と水筒から水を一口含み、玄月は二服めの麻勃を煙管に詰めた。

駆け戻ってくる天伯のつぶらな黒い目が、涙に濡れた小月の瞳を思い出させる。

別れ際に小月に言うべきだったのは、赤ん坊が生まれた時のあれこれであるとか、こうした事態が起きたらこうせよとか、陽元や玲玉とは話がついているから何も心配することはない、などといった指示ではなかったと、いまさらになってわかった。

小月こと蔡月香を知ったのは、合歓の花が満開の初夏のころ、陶家の庭園でささやかな宴が催された日のことだ。小月の叔父、蔡大官の昇進かなにかの祝いだった。玄月は十歳。父親の蔡大人に連れられた少女に会釈をするよう親に言われ、そのようにした。可愛い子だなと遠目に眺め、宴が果てて客が帰ってから、父親に『あの娘がおまえの許嫁だ』と教えられた。『月香という名だ。気に入ったか』と眼を細める父に、玄月は素直にうなずいた。

宴の間はしおらしくしていた少女が、数日していきなり陶家の庭に入り込み、玄月の部屋を探し当てて顔を見せたときは、その大胆さに驚き慌てたものだが。

玄月はそのときの自分の狼狽ぶりを思い出し、笑いが込み上げる。くぐもった笑い声に、話しかけられたと勘違いした天伯が、玄月の膝に戻ってぴょんぴょんと跳ねた。

麻勃は服用する者を陽気にさせるというが、それは幸福だったころの記憶を引き出して幻を見せてくれることなのか。

小月の行動力は、良家の女子としてあり得ないはしたなさではあったが、玄月は不快ではなかった。何年も先の婚儀まで、ろくに話もできないのはどうなのかと考えていたこともあり、小月も同じ気持ちであったことは察せられたからだ。

互いの家はそれほど離れておらず、その後も小月はたびたび陶家の広い庭に入り込んでは、玄月の勉強部屋のある離れに、季節の花や菓子を届けにきた。

小月の朗らかさは、常に玄月の支えであった。童試に合格できたのも、勉強漬けの毎日に季節の風を運び続けてくれた小月のお陰だ。学問好きが生来の資質であったとしても、遊び盛りの年齢を勉強部屋に閉じ込められた玄月が、従兄弟や使用人の子どもたちが遊び回っているのを見て、なんとも思わなかったわけではない。

父親の名聞が皇太子の教育役に就き、その責任の重さが家中にのしかかっていた時期でもあり、自身の受験にかけられた一族の期待といったもろもろのことを、玄月は誰にも吐き出すことができずにいた。

『私にだけは、なんでも打ち明けていいのよ。誰にも話さないから』

その約束を、小月は陶家が栄えていたときも、陶家が弾劾されて玄月親子が官奴(かんぬ)に落とされてからも、変わらず果たし続けてきた。

彼女の至誠に自分は充分に応(こた)えてきただろうかと、玄月は昔をふり返る。

ルーシャンの危機であろうと、国家存亡のときであろうと、望まぬ出産に苦しむ小月を、置き去りにすべきではなかったかもしれない。

だが、小月が他の男の赤ん坊を産み落とすのを見届け、新たな貴種の誕生を無心に祝うことが自分にできただろうか。

覚えている限り、玄月の姉や親族の女たちは、自分の産んだ子に夢中になった。会えば赤ん坊の自慢ばかりした。いまは胎児を重荷としてしか感じられない小月も、我が子をその手に抱けば愛(いと)おしく思い、その父親を受け入れる気になるかもしれない。

日陰者の自分についてくるよりも、皇帝の寵姫(ちょうき)として生きる道もあったはずだと、いつか小月に後悔させてしまう日がくるのではないか。

やはり自分は、逃げてきたのかもしれない。

『わたしが玄月さんだったら、怒ります。相手が皇帝だからって、許せません』

唐突に耳に甦(よみがえ)ったのは星遊圭の言葉だ。

「そなたに何がわかる」

玄月はつぶやきを煙とともに吐き出した。

あれは仕組まれた罠(わな)であり、陽元にとっても小月にとっても、避けることのできない事故であった。誰を責めたところでなんの解決にもならない。まして――

喉の奥から、こらえきれない笑いが込み上げる。

玄月が小月――陽元の内官であり、安寿殿の『耳』であった蔡才人――との関係を告白したときの、陽元のうろたえぶりを思い出したからだ。

蔡才人が貴種の堕胎を試みた理由をうやむやにはできず、玄月は陽元にすべてを打ち明けなくてはならなかった。

蔡才人が子どものころに定められた玄月の許嫁であること。玄月が十二歳で宮刑を受け宦官にされてからも他家に嫁がず、玄月のあとを追って、陽元が皇太子宮へ移った折りの女官募集に応じて後宮へ入ったこと。玄月は官位が上がったら下賜を願い出るつもりであったこと。陽元の即位時に、小月が宮官から妻妾たる内官『才人』に昇進したのは、若い恋人たちにとって、青天の霹靂であったこと。

ふたりで知恵を絞ったすえ、妃嬪を監視する役割、後宮の『耳』となることで、蔡才人が閨の務めから除外されるように図ったところまで耳にした陽元は、それまでの狼狽もどこへやら、ひどく気分を害して文句を言った。

『紹はずっと私に隠し事をしていたのだな。そなたはこの私をまったく信用していなかったというわけだ！　わかっていれば決して蔡才人を閨に召したりはしなかったし、そもそも内官に推薦されたときに、取り立てることもなかった』

主君に対して不誠実であると逆に責められれば、玄月には反論の余地はない。むしろ謝罪すべきは玄月のほうだ。

しかし、恋愛の機微に疎い陽元に、何を相談できたというのか。

陽元が女性や我が子に情愛や執着らしきものを示したのは、即位後に皇后に立てた玲玉が初めてであった。それまでは気に入りの寵姫さえおらず、毎夜閨に送られてくる妃嬪の名前も、ろくに覚えようとはしなかったのだから。

外戚族滅法のために、寵を得て皇太子に選ばれかねない男児を産むことを怖れた内官たちが、ことさら陽元の気を引く努力をしなかったという側面もある。それにしても、百人近い美姫をそろえ、子どもを何人も作っておきながら、誰にも心を惹かれなかったとは、どういう心理なのか。

玄月でさえ、長いあいだ陽元が妃嬪や子どもたちに興味を示さないことを、天子に係累なしと疑問に思ったことはなかった。だがこの数年で、少年時代からともに育ってきた陽元が玉冠をおろし龍袍を脱げば、迷いもあり間違いも犯すひとりの人間であることも理解するようになった。ひとを操ることを得意とする王慈仙に、容易く手玉に取られてしまうほどに、他者を疑ってかかる習性も持ちあわせない。

皇帝を務めるには、短絡的で純粋過ぎるきらいはある。

だが決して無能ではなく、むしろ謙虚に自身の能力を測りながら、いかに国を治めるかを学び、外敵に備え、少しずつ前に進もうとしている。

その陽元が、蔡才人の名誉を守りつつ、折りを見て後宮を下がる理由と機会をみつけると約束した。それもこれも、生まれてくる赤ん坊の性別によって、とるべき手段が変わってくる。いまは小月が健康な赤ん坊を産んで、母子ともに健やかに回復するのを待つだけだ。

だが、小月の絶望を癒(い)やすには、それだけでは充分ではなかったのだ。

遊圭もまた、辺境へ舞い戻ることを決めた玄月に対して非難口調であったが、そうした心理に思いが及ばないところに、玄月にも人間として欠落したところがあるのかもしれない。

欠落とは、嫌な言葉だ。

欠けたる人間という、この拭(ぬぐ)い去りがたい侮蔑(ぶべつ)の響き。

不快感が胸を満たす前に、煙管(キセル)の灰を叩(たた)き落とし、さらに麻勃を詰める。

痛みが治まったらそれが適量であり、それ以上の服用は毒にしかならないという遊圭の忠告が頭をかすめる。深く息をすると、上下する胸の奥に、いまだぐずぐずと重たい痛みを感じるような気がした玄月は、煙管に火を点(つ)けた。

甘く苦い煙を深く吸い込み、ゆっくりと吐く。

まとまりのない考えや思い、そして記憶を筋道立てて追うことは、もはや不可能になっていた。

泡のように誰かの言葉、そして幻影が浮かんでは、伸ばした指先に触れる前に弾(はじ)けて消える。

　この薄暗い場所、ほの暗い灯り。蚕を育てる蚕室に喩えられる、外光の差し込まない密閉された空間と、少し背を倒した半臥の姿勢は、むしろよくない記憶を呼び起こす。

『陶公子』

　両脚を押さえられ、背後からも腰を押さえられて、公子と呼ばれた少年はまっすぐに目前に立つ執刀人を見つめ返した。

『後悔しないな』

　すると答えれば、刑場へ連れて行かれて陽根ではなく首を斬り落とされる。

　生殖器を失うのは不名誉で、頭を失うのは名誉なのかと、失笑しかねない疑問が頭の隅をかすめる。命など惜しくはなかったが、両親を後に残して先に逝くことは考えられなかった。官家に生まれた男子にとって、男を捨てて官奴に落とされることが、どれだけ不名誉かつ屈辱的であろうとも。

　父はこの国のために一生の恥を顧みぬと言った。ならば息子が父の覚悟を否定できるはずがない。

　もはや官僚を目指し、国の柱となる道は断たれた。

『後悔しない』

　少年の、澄んだ明瞭な声が応える。

　術中に動けぬよう、背後から腰を支える助手の両腕に力が入った。

　貧しさから逃れるための自宮であれ、死罪を免れるための宮刑であれ、わずかでもためらいや恐怖が表情や声音に出れば、手術は中止される。

強制されて宦官になったのではない。

自ら選んだのだ。

天命を受けた者に生涯寄り添う、伴天の星となる道を。


どれだけ時間が経ったのかもわからない。目を開いても眠りと区別のつかぬ真闇のなか、玄月は頭痛と吐き気、倦怠感、そしてひどい渇きに目を覚ました。

聖火壇の埋み火さえ消えていた。手探りで背中に当てていた懐炉を探す。真鍮の懐炉がすっかり冷え切っていたことに、丸一日以上の時が経過したことを知った。

鼻を摘まれてもわからない闇の深さに、どうしたものかと考え込む。下手に動けば縦穴に落ちる。壁に沿って出口を探しても、つまずいて転べば怪我に響く。ここから出たくても、横穴はおそらく雪で閉ざされているだろう。

気持ちを落ち着けてから手探りで煙管に触れ、ならば火を打つ道具も近くにあるはずと、寝床に掌を這わせる。薬袋はすぐそばにあった。袋を摘まみ上げたときの、燧石と火打ち金の触れ合う小さな音に、心の底からほっとする。

糸のように細かく割いた麻の塊に火花を飛ばして火を熾こし、手の内に包んで息を吹きかけ、ふわりと立ち上がった炎をすかさずろうそくに移す。

ぼんやりと周囲が見えるようになって、玄月はようやくひと安心した。

椀に残された水は凍ってはいないものの、墓室内の寒さは耐え難い。重くだるい体をひきずるようにして立ち上がり、ろうそくを排気孔に近づける。小さな炎はゆらりともせず、空気の流れはない。聖火壇に火を焚くのは安全と思われなかった。

ひとつ難題を解決しても、次から次へと問題が出てくる。

「天伯？」

寝床にいないことは気づいていたが、墓室のどこにも小獣のいる気配を感じない。玄月はろうそくを掲げて墓室内を見回した。闇の奥へ灯火をかざし、壁に沿って並んだ作りかけの彫刻や壺、積み上げられた材木と瓦礫の影を照らしてゆく。

膝をついて地面に灯火を置いたとき、不意にろうそくの火が大きくゆらいだ。すぐに手をかざして火の消えるのを防ぎ、風の来た方向へ目を凝らす。横穴はすっかり雪でふさがれ、白いはずの雪壁は闇に呑まれていたが、灯火を近づければ、光の反射でそれが白く冷たい壁であることがわかる。地面の近くに赤ん坊の頭ほどの穴があり、風はそこから流れ込んでいた。

急いで硝子の火屋をろうそくに被せ、ふたたび横穴へ戻る。

現在が夜なのか、あるいは光も通さないほど雪の壁が厚いのか。闇に囚われたひとの身に知ることはできないが、天伯は自力で隧道を掘り貫き、外へ達したようだ。隧道に顔を近づけ、清涼な空気を吸い込んだ玄月は我知らず微笑み、聖火壇まで戻って食事の支度を始めた。

かなり長時間眠り込んでいたらしく、ひどく空腹であった。呼吸も腕を動かすことも難しかった胸の痛みは、いくらか和らいだようだ。息苦しさはあるが、それは墓室内のよどんだ空気も原因と思われる。

聖火壇に火を点けても煙が出て行かないのですぐに消し、あきらめて無煙炭でぬるい湯を沸かす。固い麵麭(パン)と干し肉、干した豆を浸して麵麭粥(がゆ)を作り朝食とする。いまが朝かどうかも不明ではあったが。

麻勃の副作用が薄れ、体調がいくらか回復したほかは、眠りに落ちる前と状況はあまり変わらない。時間の経過すら定かでない薄暗い墓室で、ラシード隊が帰ってくるのをひたすら待つだけだ。

目を閉じ、外へ出て行った冬毛の天伯が、真っ白な雪の平原に遊ぶところを想像する。しがらみなど存在しない、果てしなく広大な雪原を跳ね回り、伸びやかに走り続ける純白の獣。青く晴れ渡った空の下、遮るもののない自由の大地を、どこまでも駆けてゆく無垢(むく)なる魂。

打撲傷のためではない痛みが胸を刺す。こうした心臓を締めつけるような、やる瀬ない感傷は、もうずいぶんと覚えたことがない。その感傷に名前があることすら、思い出せなかった。

あまりにもすることがないので、玄月は赤く静かに燃える無煙炭に練り香を入れて空気を浄化し、ラシードたちと毎朝のように唱える祈りの歌を詠唱する。異国の民謡や祈りの詞（ことば）というのは、その民の言語を学ぶのに最適でもあった。

墓室内に反響する自身の声にまぎれて、戸外の騒音に気づくのが遅れた。横穴の向こうに、少し明るさが増したかと思うと、白い塊が矢のように地面を横切り、玄月の膝に飛び乗る。馬の嘶（いなな）きや男たちの怒号、打ち合わされる金属音が雪に吸い込まれることなく響き渡り、たちまち雪の壁は崩れ落ちた。

太陽の光が、墓室に差し込む。

墓室の入り口までしか届かない、弱い冬陽の光でも、闇に慣れた玄月の眼を刺した。斧（おの）や弓矢を携えた兵士らが墓室に駆け込み、玄月を指さして怒鳴りつける。装備や言葉から、朔露の兵と見て取れた。外の騒音も入れれば一小隊の人数はいると思われる。

考えつく限り、最悪の事態である。

金椛軍の者と知られ、間諜（かんちょう）であることを疑われれば、ここにいる目的を白状するまで拷問を受けるだろう。こうした事態に備えて、鎧（よろい）や武器は棺室に隠してあった。墓室に持ち込んだ道具や、玄月の服装と装備は、西沙州の牧民のそれである。

金椛側の在地住民であれば、掠奪（りゃくだつ）の対象だ。持ち合わせた財産は没収され、捕らえられたのち、身ひとつで奴隷として兵士らに分配されるであろう。女と見做（みな）されれば陵辱は免れない。

玄月は体の横に置いていた短剣を引き寄せ、夜具代わりに肩にかけた外套（がいとう）の下に入れて、上着の帯に差し込んだ。

朔露兵が怒声を上げながら指さしているのが自分ではなく、天伯であることに気がついた玄月は、膝の上でふるえている天伯を抱き上げて外套の下に庇い入れる。

そうして初めて、兵士らは暗い洞穴の奥に、生きた人間が座っていることに気がついたようだ。兵士は怒鳴り、罵りながら大股で前に進む。かれらが棺室の縦穴を隠した絨毯の上に足をかけるのを見て、玄月はとっさに片言の胡語で叫んだ。

「止まれっ、落ちるぞ！」

警告の語尾に達するより前に、木材の割れる音と絶叫とともに、朔露兵らは棺室へと埃を立てて落下した。

落下した兵士らが、たとえ玄月の警告を理解していたとしても、止めようはなかっただろう。かれらの背後から、さらに多くの兵士が押し合い圧し合いしつつ、墓室内へ殺到してきたからだ。玄月は、朔露兵のなかに胡語を理解するものがいることを祈りつつ、縦穴を指さして叫ぶ。

「落ちた。助けろ。穴には、毒蛇、蠍、百足、死ぬ！」

中でも赤く染めた革鎧をまとい、この隊の隊長とおぼしき整った装備の男が、兵士らをかき分けて前に出て、縦穴をのぞきこんだ。

玄月は声を上げて、縦穴には危険な蟲があふれている、急がねば落ちた兵士らは毒針に刺されて死ぬと繰り返し叫んだ。絨毯に巻かれるようにして落下した兵士らが、真っ暗な縦穴の底ですぐに抜け道を見つけることはないだろう。だが方盤城への抜け道は、朔露兵に見つかってはならなかった。

朔露の将は玄月に目を留め、警告を理解したようだ。周囲の兵士らに何やら命じる。兵士らが縦穴に縄を落とし、ひとりずつ引き上げている間に、朔露の将は縦穴を迂回して玄月に向き合った。

「何者だ？　ここで何をしている？」

訛りはきついが胡語が通じるようだ。こうした事態にいくつかの筋書きを用意していたが、相手の素性がはっきりしないうちは、どれを選んだものか迷う。金椛名ではない偽名を考え出さねばなるまいと、ルーシャンの率いる雑胡隊の兵士たちが、玄月につけた渾名を名乗った。

「マーハ」

どういう意味だとラシードに尋ねたとき、ラシードは微妙な笑みを噛み殺しつつ、『月』という意味だと答えた。字をそのまま訳したと解釈した玄月は、胡語が通じる相手にはこの名で通すことに決めた。

とはいえ、玄月は胡語にはそれほど堪能ではない。西国の言葉はひとつではなく、どれも微妙に混ざり合って、方言も無数に枝分かれしている。康宇語が公用語として広く話されているが、異民族同士では互いの訛りに阻まれて正しく聞き取れず、相互理解には大変な忍耐力を要求される。胡人の通訳がいれば、発音や訛りからたちまち金椛人であることは見破られてしまうだろう。

朔露の将は薫香の匂いに鼻をひくつかせて、薄暗い墓室を見回す。地下の空洞の壁は、崩れた煉瓦(れんが)やタイルで覆われている。朔露人の目には、それが造りかけの建造物であるのか、崩壊しつつある古代の神殿なのか、はっきりとしないようだ。

怪しげな地下の建造物に、不審な人物と獣。朔露の将は眉(まゆ)を寄せ、玄月の顔をじろじろと見つめた。

「おまえは、神官か」

警戒の響きを帯びた問いかけが聞き取れず、玄月はただ相手を見つめ返す。朔露の将は聖火壇を指さし、もう一度同じ問いを発した。

玄月は遊圭の著した『朔露論』に、朔露人は神殿や宗廟(そうびょう)、陵墓を建造しないと書かれていたことを思い出す。だが、多くの民族をその支配下に加えてきただけあって、この地下の施設が、なんらかの宗教的な施設であることは察したのだろう。

金椛人の間諜であると知れるより、在野の宗教関係者であると誤解させておけば、生き延びる確率は上がりそうだ。だが下手に認めては、本物の胡人の神官(マギス)なり巫(シャーマン)なりが出てくれば、やはりすぐにばれてしまう。

玄月は聖火壇を見上げてから、朔露の将に視線を戻し、かすかに微笑んだ。朔露の将は瞬(まばた)きをして、咳払(せきばら)いした。

「まあいい。その白い獣をこちらに渡してくれ」

玄月の懐を指して、こころもち丁寧な口調で要求してくる。かれらは天伯を追ってこの墓室を探り当てたらしい。衿の合わせから鼻をのぞかせ、つぶらな瞳で見上げてくる天伯の首を撫でてから、玄月は首を横に振った。

天伯は安心したらしく、外套から体を半分だして玄月の膝にうずくまった。

鎧に汚れも傷もない朔露の将が、暢気に兵士らと狩猟をしているということは、金椛と朔露の決戦は、朔露の勝利に終わったのだろうか。そうなるとラシード隊の任務の筋書きも、いささか修正が必要になる。

「そいつはおまえの獣か」

うなずき返す玄月に、朔露の将は思案げに首を回した。獣の名を訊かれて、玄月は考え込む。金椛語名の天伯そのままでは具合が悪い。

ルーシャンの鷹はアスマンという名で、天とか空という意味であることを思い出す。

「アスマン――」

無意識に頭上を指さし、一語つぶやいてから、ふたたび考え込む。狗は胡語でどう呼ばれているのか、玄月は知らない。

「それはまた、たいそうな名であるな」

朔露の将は鼻白んで言った。

縦穴に落ちた兵士らはみな引き上げられ、墓室内の兵士の半数は外へ出て行った。朔露の将は部下に松明を持ってこさせる。うずくまる虎に忍び寄るように歩を進め、玄月に近づいた。

朔露の一隊が白い獣を追って雪を掘り起こし、丘の側面に開いた洞穴は、獣の巣穴ではなく見捨てられた墓室のようであった。

たったひとりで薄暗い墓室に座し、突然乱入してきた大勢の兵士に怯える風もなく、獣を守って淡々と朔露の将を見上げる人物。雪嵐を避けて墓穴に避難した土地の牧民であれば、力尽くで白獣を取り上げ、抵抗するならば殺し、おとなしく従えば殺さず奴隷にするために連行するところだ。

しかし、男とも女ともつかぬ声と秀麗な面差しに、あたりに漂う花のような果物のような香りも相まって、なにやら薄気味悪い。白狐にも白貂にも見えた獣も、よく見れば見慣れない野獣で得体がしれない。朔露の将の問いに答える声は高く澄み、『天』という名の、野生の獣を馴らし従わせる力もあるなど、人間であるかどうかも怪しかった。墓守を務める胡人の神官か土地の巫であれば、強引に扱って恨みを買い、朔露の呪術師がよくするように、不能や若死にの呪詛をかけられてはたまったものではない。

朔露の将は地面に膝を突き、配下に持ってこさせた松明で、玄月の顔を正面からじっと観察した。長い時間、無表情を保つことに慣れている玄月は、同じように朔露の将を見つめ返す。

大勢の兵士に囲まれても、まったく動じる気配もなく、中性的な美貌で見つめ返してくる。ますますただ者でないと判断した朔露の将は、嘆息して立ち上がった。

「その獣を手放す気がないのなら、いっしょに来てもらおう。おれの妻がその獣の毛皮を欲しがっているのだ。獲ってやると約束した以上、持って帰らぬわけにはいかん。その白い獣を譲る気がないと、おれの妻に言ってくれ」

朔露の将の申し出に、玄月は内心でほっとした。とりあえずは、いきなり捕らえられて殺される気配はなさそうである。怪我が治りきっていないところへ、天伯を抱いて歩くのは難しいが、この数では逆らっても勝ち目はない。

ここで死ぬ気のない玄月はおとなしく立ち上がり、背を向ける朔露の将のあとに従う。

勇猛野蛮な朔露の将が恐妻家であるという、何の役にも立たなそうな情報に興を覚えたというのもある。少しでも言葉の通じる敵の懐に飛び込める機会は、なかなかあるものではない。自ら人質としてイルコジ小可汗の陣営に潜入し、劫宝城の戦いを勝利に導いた遊圭に対抗するつもりはないが、これもまた天の配剤かもしれない。

朔露の将が肩越しにふり返る。

「おれは小可汗イシュバルだ。妻の名はヤスミン。夏沙王国を知っているか。そこの王女だ。難しい女だからな、怒らせるなよ」

小可汗は金椛国では王侯に相当する。朔露大可汗ユルクルカタンの息子か兄弟に与えられる称号だ。思いがけない相手の地位の高さと、ここで耳にするとは思わなかった女性の名に、玄月は胸の内で動揺する。しかも、玄月の顔と身元を知る相手だ。

降嫁した麗華の侍従として、ひと夏だけ夏沙国に滞在した玄月が、王女ヤスミンと直に接する機会はほとんどなかった。さほど聡明な王女ではなかったと記憶しているが、楽観はできない。もしヤスミンが自分を覚えていたら絶体絶命である。玄月は密かに息を吐いた。

三、都の春節

春節の祝賀空気もさめやらぬ金椛帝国の都。

皇帝の住む宮城は城壁に囲まれ、さらにその内側には幾重もの塀に守られた後宮がある。その後宮内に並ぶいくつもの宮殿のうち、皇帝に仕える妃嬪妻妾の筆頭たる皇后の永寿宮は、爆竹を鳴らしたり、雪を投げて遊んだり、鞦韆の順番を取り合ったりと、はしゃぎ回る子どもたちの声で賑やかだ。

永寿宮には現在、二歳から九歳までの五人の子どもたちがいる。玲玉は自ら産み落とした三人に加えて、産後の不予で母を亡くした陽元の子をふたり、永寿宮に引き取って育てていた。

皇帝のただひとりの正妻である皇后の役目のひとつに、後宮で生まれた夫の子どもたちの、すべての嫡母たることがある。

各妃宮の筆頭の妃嬪が、同じ宮に住む下位の内官の子を引き取り、養育することも珍しくはないが、形式上は玲玉ひとりが『嫡母』とされている。

皇太子の翔が、うるさくついてくる弟の瞭皇子を振り払い、同年の駿王と爆竹で遊べる場所を探して、永寿宮の奥庭へと駆け込んだ。

「瞭は火花に触りたがるから、いっしょに遊べない。また瞭の乳母が、雛のいるカササギみたいにギャアギャア大騒ぎする」

三日前に手を火傷した瞭皇子は手当てをされ、宦官に見張られて本殿から出してもらえないのだから、逃げ回る必要はないのだが、駿王は黙ってうなずいた。

翔太子がいたずらの共犯に駿王を連れ回すのは、叱られる役割を二ヶ月上の異母兄に押しつけるためだ。身分の低かった母を亡くし、宮中に有力な後ろ盾もいない駿王は、翔太子のあとを金魚の糞のごとくついて歩くことで、自身の足場を固めている。

駿王が教育係の宦官にお仕置きを受けた後は、翔太子は自分のおやつから駿王の好物を取り分けて持ってくる。詫びなのか謝礼なのか、あるいは口止め料なのかはわからない。どちらにしても、駿王は背もたれのある榻の陰に隠れ、ふたりでひっつき合うようにしてつまみ食いをするのは嫌いではなかった。

あまりひどいいたずらで騒ぎが大きくなると、玲玉がどちらを依怙贔屓することもなく両成敗してくれるし、そこまで揉めなくても薬食師のシーリーンと李明々が翔をたしなめてくれる。それに永寿宮では、前に母と住んでいた妃宮では一度も会ったことのない父親と、二日とおかず挨拶できて、声をかけてもらえるのが何よりの楽しみだった。

春節の前後は手習いも休みになるので、時間を持て余す少年たちは、宮殿じゅうを探検し、宦官や女官にいたずらを仕掛けては高笑いしながら走り去るのだ。今日は足手まといになる弟がいないので、翔太子は駿王を伴って出入りを禁じられた離宮の庭に足を踏み入れた。

雪のちらつくなか、梅林には赤い寒梅が開ききり、白と赤の幽遠な情景が広がる。

「辛気くさい離宮なんだよ。母さまのお気に入りの女官が、ずっと病に伏せっているらしい。明々がなかなか母さまの宮に来れないのも、そのせいだって宦官が言ってた。せっかくの春節までこんな静かにしているから、治るもんも治らないんだ」

翔太子は左手に火種の入った小壺、右手に爆竹の束を持って、低い塀の向こうをのぞきこむ。

「でも、病人を驚かせたら、明々に叱られませんか」

両手いっぱいに爆竹を抱えつつ、珍しく異論を唱える異母兄に、翔太子は頬をふくらませ、口を尖らせた。

「いいか、爆竹は悪霊や疫神を追い払うためにするんだ。音がたくさん爆ぜれば爆ぜるほど、幸運をたっぷり呼び込むから病気は早く治る。なにもかもうまくいくんだぞ」

離宮の住人の幸福を祈ってすることなのだから、叱られるはずがない。それならこそこそやる必要もないのだが、子どもたちは離宮に入ることを許されないのだから、こっそり忍び込んで福を呼び込むしかないのだ。

うなずき合ったふたりの少年は、爆竹の導火線に火を点け、ひと束ごとに離宮の露台に投げ込んだ。

けたたましい破裂音が連続し、女官や宦官の悲鳴が離宮に響き渡る。

翔太子と駿王は足音も軽く逃げ出し、近くの樫の木によじのぼってようすを見た。

露台に面した扉が勢いよく開き、なかから血相を変えた明々が飛び出してきた。弾けては飛び跳ねる爆竹を避け、誰の仕業かと叫んで離宮の庭を走り回る。

「やっぱり、とても怒ってるみたいですよ」

駿王はおずおずと翔太子にささやく。翔はふんとあごを上げて、「大丈夫だ」と言い切った。少し、自信なげな声音ではあったが。

若い宦官が全力疾走で永寿宮へと向かい、すぐにその宦官に引っ張られるようにして、侍御医が小走りで離宮に駆けつけた。

離宮は騒然とし、爆竹に驚き慌てる明々の前に両手を広げて『春節おめでとう！』などと笑いながら出ていけるような空気ではない。

「なんか大変なことになってます」

駿王に言われるまでもなく、翔太子の頬は徐々に青ざめていった。

その視線の先には、皇后たる玲玉が艶やかな曲裾袍の裾を両手で持ち上げて、回廊を走っている。あまりに急いでいるために、高く結い上げた髪から簪や歩揺がいまにも落ちそうだ。

翔は自分の母親が走るところを初めて見た。

樹上で途方に暮れていると、娘子兵や宦官がわらわらと庭に走り出て、繁みを棒で突いたり薙ぎ払ったりしつつ、爆竹を投げ込んだ犯人を捜し回る。

少年たちがさらに驚愕したことに、父親の陽元もまた、玲玉のあとから離宮へとやってきた。陽元は非常に険しく、恐ろしい顔をしている。

宮殿の外を知らない子どもたちとはいえ、父親が天下万民を支配する特別な人間であることは知っている。一女官が病だからといって、自ら病床に足を運ぶようなことが、想像を超えた異常事態であるということも。

自分たちが、とんでもないことをしでかしてしまったと理解した翔と駿は、枝の上で抱き合うようにしてすすり泣き始めた。

「太子殿下、駿王殿下、そこから下りてらっしゃい」

太い声で呼ばわるのは、林凜々という娘子兵だ。美形ぞろいの女官の中では珍しく、小さな目に小鼻の広がった顔立ち、骨張った頬に顎はいかつく首は太い。背も高く幅も厚みも充実した体格は逞しく、豊かに盛り上がった胸を見なければ、一見して女装の兵士とも間違えそうである。

無口で表情も乏しいが、陽元の側近であり翔太子も幼い頃から懐いてきた宦官、陶玄月のお気に入りで、明々やシーリーンとも仲良しの女官だ。彼女に泣きつけば両親に取りなしてくれるかも知れない。

少年たちが凜々に伴われて離宮の露台まで出頭すると、そこにはかれらの父親が両腕を胸の前で組み、仁王立ちになって息子たちを待ち構えていた。母の玲玉と、明々やシーリーンは奥にいるらしく、露台にはいなかった。

陽元が口を開く前に、駿王が数歩前に出て地面に両手と両膝をつき、床に額をぶつけて謝罪の声を上げた。

「悪いのはわたしです。春節だから、魔を払うために爆竹を鳴らせば、病人がいるという離宮から疫神を追い出し、ご嫡母様の女官も元気になるかもしれないと、太子に申し上げて、ここへお誘いしたのです」

翔は驚いて駿王の後頭部を見つめ、それから怯えた顔で父親を見上げた。陽元は駿王の嘘を見抜いたかのように、険しい顔で息子たちを見つめている。

「それは、真実であるか」

問いは翔に対して発せられていた。父親の眼光に射貫かれて、翔は体が震えて何も考えられず、声も出せない。このいたずらの主犯は自分だ。いつのときも、いたずらの主犯は翔であった。玲玉に問い詰められた翔が自分の罪を認めても、罰を受けるのは側付の宦官で、翔は鞭を打たれたこともなければ、おやつを抜かれたこともない。

だが、皇帝たる父親に嘘をつき、同じ宮の異母兄弟に罪をなすりつけようとしたとなれば話は違ってくる。父の逆鱗に触れて下される罰は、誰も代わりに引き受けることはできない。

それに、翔は駿王に罪を被せるつもりなど毛頭なかった。自分が真実を告白するまで、この場から解放されないことは明白だが、駿王の告白を否定すれば、翔を庇おうとして皇帝に嘘をついた駿王の罪が増える。父親の発する威圧感と、事態をややこしくしてしまった駿王への腹立たしさも加わって、翔の頭の中はひどく混乱するばかりだ。

翔は唇を舐めては嚙み、無意識に両手を握りしめる。

覚悟を決めて翔が拳を固めたとき、この世の終わりであるかのような女の絶叫が離宮に響き渡った。駿王は飛び起きて、翔にしがみつく。

刑罰か拷問でも受けているかのように、女の悲鳴は何度も繰り返す。翔も駿王も膝から力が抜けて、露台の冷たい石畳の上にへたり込んだ。

狼狽と憂いの瞳を宮殿の奥へと向けた陽元は、側近に子どもたちを永寿宮の本殿へ連れて帰ることを命じた。

「釈明はあとで聞く。それぞれの部屋から一歩もだしてはならん」

厳格に言い渡すと、踵を返して離宮へと入っていく。

露台には、ふたりの子どもたちと数人の娘子兵、それぞれの皇子付の宦官が残された。

離宮の内側では、慌ただしく女官たちが行き来している。

奥の間から出入りする人々が、一々立ち止まって拝礼して過ぎるのを煩わしく思いつつ、陽元は身近の宦官にようすを見に行くように命じた。

　奥から出てきたのは皇后の玲玉で、少し驚いた顔で、膝を床につかない略式の拝礼を捧げる。

「主上みずからが、こちらまで足をお運びにならずとも――」

「蔡才人の身に何かあっては、私の責任だからな。爆竹を投げ込んだ犯人どもは捕えた。賊が侵入したわけではなく、不明者によるただのいたずらであった。蔡才人の容態はどうだ」

　騒動の原因と犯人については言及せず、陽元は奥の間を気遣わしげに窺う。

「ええ、蔡才人は爆竹の音に驚いて、産気づいてしまったようです。侍御医の見立てでは、すでに赤子は下りはじめていますが、初産でもあることから、半日はかかるかと」

「しかし、産まれるのはもう少し先ではなかったか」

　玲玉もまた憂いを湛えた面を奥の間に向ける。

「半月前後のずれは、珍しいことではありません。ただ遅すぎる出産は母親の、早すぎるのは赤子の命にかかわります。蔡才人はずっと伏せがちでしたので、出産が長引けば体力が尽き、母体も危ういと侍御医は申しております」

「いざとなれば、母親の命を優先することだ。蔡才人は――」

　赤子を望んではいなかったのだから、とは口にしなかった。後宮に何人もいる我が子の名を覚えきれない陽元だが、それでもこれから生まれてくる自分の子の死を望む気にはならない。

女官が布を抱えて出入りした隙に、陽元は急遽産室と化した奥の部屋をのぞき見る。

柔らかな麦藁色の髪をした永寿宮の薬食師、シーリーンが寝台に上がり、蔡才人を背後から抱えて支え、産婦の耳に呼吸を指示している。寝台の左側には星遊圭の婚約者、李明々が蔡才人の額や首の汗を拭き取っては、しきりに励ましの声をかけている。

悲鳴と陣痛の波が去ると、シーリーンは蔡才人の体を横たえさせて、腰をさすってやる。汗をびっしょりとかき、後れ毛を頬に張りつかせた蔡才人の、いまにも儚くなってしまいそうな横顔から、陽元は思わず目を逸らした。

「主上、殿方のいらっしゃるべき場ではございません」

玲玉はさりげなく扉と夫の前に立ちはだかる。暗に立ち去るようにと言われたことに、陽元は戸惑った。たしかに、ここにいても陽元にできることは何もない。忙しい周囲の者に気を遣わせるばかりだ。

「名聞に聞いたのだが、市井の父親は赤ん坊が生まれるまで、産室の近くで控えているものだそうだな」

側近宦官の陶司礼太監の話を持ち出して、父親が我が子の出産に立ち会う正当性を主張してみる。もし陶家が弾劾されず、陶親子が宦官に落とされていなければ、玄月と蔡才人は夫婦となり、生まれてくるのは陶名聞の孫であるはずだった。

後宮入りしてくる女官たちの背景や家庭など、陽元は想像したこともなかった。しかし、このようにして引き裂かれた家族や恋人たちの事情を身近に見せつけられると、さすがに心が痛む。不幸な寵臣を、さらにどん底に突き落としたのではという罪悪感に、時に身の置き所のないいたましさを覚えて、どうにも寝付けなくなる。

「庶民と主上では、お立場が違いますから」

　玲玉が困惑気味に年下の夫を諭す。

「下々の者たちは、親子も夫婦もひとつの屋根の下に暮らし、赤ん坊を取り上げるのも、産婆の指示のもと、家の者が手分けをして行います。裕福な家でも、家族は寝食をともにし、夫婦の間には親密な絆がございます。出産に母子の命がかかっているのは、貧富にかかわらず変わりませんから、万が一に備えて、夫はすぐに妻子の枕元に駆けつけられるように、別室に控えているのです」

　陽元は何気なく奥の間へと顔を向ける。蔡才人の苦痛をこらえるうめき声が、床を這うようにして、陽元が玲玉と言葉を交わす居間に流れ込んでくる。

「そなたも子を産むたびに、あのようにして苦しんだのか」

　生まれてすぐに失った、四番目の子を早産しそうになったときの、玲玉の姿を思い出して陽元は訊ねた。

「瞭皇子と、蓮華公主のときはそうでもございませんでしたが……」

　玲玉は言葉を濁した。

「では、そなたが翔を世に送り出すために命を削っていたときに、私はそばにいるべきではなかったか」

玲玉は目を見開いて、夫を見上げた。陽元は玲玉の懐妊を知ったときも見舞ったことはなく、出産後も翔の顔を見るために訪れたのは一度きりであった。とはいえ、玲玉は陽元をことさら冷淡な男だとは思っていなかった。

　赤ん坊というのは、種を鉢植えに蒔いておけば、季節がふたつみっつ巡ったのちに花が開き、いつの間にか実が生るようにして生まれてくるものだと思っている男は、何も陽元だけではない。兄の星大官が初めての子を抱いたときに、感極まってそう義姉に謝っていたのだから確かなことだ。

　陽元は所在なげに言葉を続ける。

「誰かに聞いたことだが、男が戦死する割合と、女が子を産むときに命を落とす割合は変わらぬそうだ。平和な世が続けば戦死する男は減るが、女が子を産むのは日々変わらぬ。ならば命がけの戦いに赴いて、帰らぬ者となる女人はずっと多いのではないか」

　落ち着きなく帯に差した笏に触れる陽元の手に、玲玉は自分の手を重ねた。

「弱い者の痛みと哀しみに寄り添ってくださる主上のお優しさを、わたくしはとても嬉しく思います」

　陽元は玲玉の手にもう一方の手を置いて、妻の顔をのぞきこむ。

「蔡才人の望み次第では、赤子は私の子に数えられる前に宮中を去るであろう。そなたが許してくれるのならば、そのときはせめて一度はこの手で抱いてやりたいのだが」

　懐妊を知らされて以来、陽元は一度も蔡才人とは顔を合わせていない。永寿宮には常のごとく足を運び玲玉を訪ねるが、玄月と蔡才人の事情を慮って、シーリーンから日々の報告を聞くだけで見舞いを要求することはなかった。

好いてもいない男の子を宿し、二世を誓った相手への操立てに胎児を流してしまおうとしたほどだ。皇帝の胤を葬ることは、大逆にも等しい大罪ではあるが、事情が事情だけに陽元はことを公にせず、腫れ物に触るように蔡才人の妊娠を見守ってきた。

玲玉は目に涙を溜めて、夫の胸に額を預けた。

「ええ、もちろんですわ。生まれてくる子どもには、なんの罪もありません」

蔡才人が標準より目方の少ない嬰児を出産した時には、すでに深夜を過ぎていた。陣痛の激しさとは反対に、だんだんとか細くなる悲鳴に、侍御医が母子の無事をあきらめかけたころ、覚悟を決めたシーリーンが、いささか乱暴な手段で嬰児の頭をつかんで引きずり出した。

死産ではなかったが嬰児は泣き声を上げず、鼓動を確かめたシーリーンに尻を叩かれて初めて小さなため息をついた。あまりに長く産道に留まっていたために、自分が生まれ出たことにも気づかず眠り続けていたようであった。

「蔡才人、よくやった。かわいくて賢そうなぼうやだ」

何かを考えることにも感じることにも、疲労の極に達していた蔡才人は、胸に置かれたしわくちゃで赤紫色の、たとえて言えば猿の干物のような物体を、どう可愛らしいと思えばいいのかわからず、思わず目を逸らした。地獄絵に出てくるような餓鬼のごとく醜悪な生き物が、目を固く閉じたまま、首も据わらず髪もまばらな頭を這わせて乳房を探り当てる。だが小さすぎる口に乳を含む力はなく、ただ虚しく母の胸からずりおちてゆく。

　そこでようやく赤ん坊は声を上げて弱々しく泣き出した。

　シーリーンはひと肌に温めておいた麦芽糖湯を、小さな匙ですくって赤ん坊の舌にのせてやる。パクパクと、そこだけ必死に動かして小さな舌を伸ばしてくる赤ん坊を、シーリーンは蔡才人の視界に入るように抱いて、甘い糖蜜を舐めさせた。

　産湯を使わせられた赤ん坊は、清潔なおくるみに包まれて、居間で休んでいた玲玉と陽元のもとに連れてこられた。

　シーリーンは、陽元がこの夜更け過ぎまで、自分の宮殿に帰らずにいたことに驚いた。

「男の子だ」

　そう言いつつ、赤ん坊を玲玉に差し出す。

「蔡才人は、赤子を抱きましたか」

　受け取った嬰児を両手に抱いて問いかける玲玉に、シーリーンは首を横に振る。

「疲れすぎているのも、あるだろう。蔡才人は意識が朦朧として、水を飲ませても口の端からこぼしてしまう」

　陽元が、かれなら片手で持てそうな小さなおくるみを、横からのぞきこんで訊ねる。

「小さいな。赤ん坊とは、生まれたてはみなこのように小さくてしわしわなのか。ひどく痩せているようだが、ちゃんと生きるのか」

いままで目にしてきた赤子は、出産の報告がされてから吉日を選んで見舞いに訪れていたので、みなふくふくとしていた。

「妊娠中、蔡才人の食が細かったのと、生まれるのが早かったせいか、少し小さいようだ。だが、五体そろっているし、指は両手両足で二十本ある」

「游も生まれてすぐは、このようでしたわ。病気がちでしたが、いまではあのようにちゃんと育ちました。御子を、お抱きになりますか」

腕の中でゆらゆらとあやしながら、玲玉が微笑む。陽元はこわごわと両手を出した。

「毬を持つのとは違います。曲げた肘に、頭を乗せるようにして……そうです」

陽元は異様に肩に力の入った姿勢で肘を張り、嬰児を腕に抱いた。嬰児は広い左の袖にちょこんとおさまる。空いた右手の指をおそるおそる伸ばして、赤みを帯びた頬や額に触れてみた。

「羽根のように軽いな。本当に育つのか。乳母は用意できているのだろうな」

一瞬でも目を離した隙に、嬰児の息が止まるのではとでもいうように、ひどく心配げに問い続ける。

「まだ選考中でしたが、とりあえず手配はできております」

皇族の乳母選びは、身元の確認や親族に前科者がいないかの調査など、たいへんな手間と時間がかかるものだが、赤子の産まれた時に授乳能力のある女性の数はさらに限られている。実家が有力な一族であれば、条件に適った乳母を捜し出すのはそれほど難しくはないが、蔡才人は乳母の選出については実家に頼らず、玲玉に一任していた。

玲玉が短く応える間に、嬰児の一本の線にすぎなかった薄いまぶたがうっすらと開いて、磨き抜かれた黒檀のような瞳がのぞいた。まっすぐに陽元を見上げる。

「私を見ているぞ」

「主上、生まれてすぐの赤ん坊は、目がほとんど見えません。目の前に動く物が、ぼんやりとわかるだけだそうです」

待機させられていた乳母が連れてこられても、陽元はなかなか嬰児を手放そうとしなかった。袖に粗相をされて、濡れたおくるみの気持ち悪さと空腹に嬰児が泣き出してから、ようやく乳母に手渡して紫微宮へと帰って行った。

すでに朝議の時間が迫っていた。徹夜明けで朝廷に出て大丈夫かと心配する玲玉に、主上は若くて人並み以上に健康だから問題ない、とシーリーンは笑い飛ばした。

日が昇ってから目を覚ました蔡才人に、明々は「白湯をお召し上がりになりますか」と訊ねる。

蔡才人がかすかにうなずいたので、明々は蔡才人の肩を起こして厚手の枕を背中の下に差し入れ、吸い口のついた湯呑を差し出した。

ひび割れた唇に吸い口を当てて、蔡才人はこくり、こくりと白湯を飲み、ほっとため息をついた。洗顔の湯を使い、髪を梳いて、ようやく蔡才人がひと心地ついたところに、明々は糖蜜を溶かした葛湯を勧める。ひと匙ずつ明々に含ませてもらううち、蔡才人の顔に少しずつ血色が戻ってきた。

しかし、夜中に自分が産み落とした赤子については、ひと言も口にしない。

気を遣った明々は、玲玉と陽元が明け方近くまで離宮にいて、赤子を見ていたことを話して聞かせる。蔡才人は目を瞠った。

「主上が産褥の宮へおいでに？　聞いたこともないわ」

かすれた弱々しい声で、つぶやくように応える。

「主上が永寿宮で午後を過ごされるのはいつものことですし、ここと永寿宮は目と鼻の先ですから、爆竹騒ぎの犯人を捕まえるためにも、自ら足を運ばれたそうですよ」

残りの葛湯を飲み終えた蔡才人は、ゆっくりと息を吐いた。

「どっちだった？」

赤ん坊の性別を訊ねているらしい。シーリーンが伝えたはずだが、出産直後は精根尽き果てていたためか、聞き取れていなかったようだ。

「皇子さまです」

明々の答に、蔡才人は両手で顔を覆った。

「聞き間違いだったら、よかったのに」

シーリーンの言葉は聞こえていたのだ。蔡才人はただ、認めたくなかった。

生まれたのが女児であれば、母親の進退はそれほど問題にならない。いずれ、どこかへ縁づけられる公主について、後宮を出て行くことも叶うだろう。生まれたのが男子であれば、蔡才人はやがて嬪の位に進む。皇位も期待できる男子が生まれたことで、歓喜に沸く実家と蔡一族を想像するのも恐ろしかった。

「でも、男子を産んだからといって、必ずしも位が上がるとは、限りませんよね。駿王のお母様は、お亡くなりになるまで宝林の地位のままでした」

後宮で肩身の狭い少年時代を送る駿王を思い浮かべ、明々は蔡才人を元気づけようとする。しかし蔡才人は取り合わずに薄く笑った。

「あの宝林の父親は、駿王が生まれる前に他界していて、実家に地位もお金も縁故もなかったから、宦官に付け届けもできなくて日陰に甘んじていたのよ。本人に野心があれば、美貌と身ひとつで主上の寵を得て、後宮で登りつめることもできたでしょうけど」

美貌や色仕掛けでどうにかできる陽元ではないと明々は考えたが、口にしたのは別のことであった。

「駿王がお生まれになった当時は、外戚族滅法がありましたから、家族を守るためには目立たない方がよいと判断されたのでしょうか」

「それもあるけど、すべての内官が出世欲と野心に燃えているわけじゃないの。後宮にいる限りは、衣食住に困らない暮らしができて、家族に仕送りもできる。内官は宮官と違って働く必要もないのだから、こんな楽な生き方はないわ。駿王だって母親を亡くしたあとも、不自由なく養われているでしょ」

　蔡才人はそこで息をついて、目を閉じた。

　確かに、頼れる家族のいない市井の女や子どもに比べれば、恵まれた環境ではある。

「もちろん、家族の末路など気にかけない、野心家の女官は大勢いたわ。地位が上がればお手当も増える。皇子が何人いても、玉座につくのはただひとり。自分と我が子はうまく立ち回れるはずだ、ってね。それこそ涙ぐましい努力をして美貌を磨いては、前の皇太后に取り入ったり、宦官に金銀をつかませて、主上のもとへ運ばれる緑牌に自分の名が何度も選ばれるように仕向けたり。でも誰ひとりとして、主上のお心を捉えた女官はいなかった。いつも周りに見目麗しい通貞を侍らせて、閨でお勧めされているときよりも楽しそうにしておいでだから、女には興味がないと信じられていたの。ご即位なさって、娘々に夢中におなりになるまでは」

　外戚族滅法が廃されたいま、父の蔡大人は、一人娘が後宮を去って宦官の妻になることを許さないだろう。いまや叔父の蔡進邦が河西郡太守の位まで上がった官僚であり、朔露可汗国との戦争に勝てば、押しも押されもせぬ朝廷の重鎮だ。後ろ盾となるべき外戚を滅せられ、無官の甥だけが頼りの玲玉皇后とその皇子たちよりも、蔡才人とその息子は優位な立場となるだろう。

「主上と娘々は蔡才人が玄月さんと添い遂げられるように、どのようにも方法を考えてくださると約束してくださいました。希望を捨ててはなりません」

　蔡才人は掌で隠した顔に、苦笑いを浮かべる。

　明々はいまだに、赤子の処遇が玄月と蔡才人、陽元の間だけの問題だと考えているらしい。産褥の宮にまで陽元が足を運び、生まれた直後の嬰児を抱いて、その小水に袖を濡らされたことを笑って許したことは、またたく間に後宮に広がってしまう。そして時を置かず、父の耳にも入るだろう。七日もしないうちに、寵姫・蔡月香が誕生する。

　陽元は蔡才人の出産に気を配ることで、玄月に誠意を示しているつもりだろうが、逆効果だ。係累なき天子として、これまで通り後宮の事象に無関心を貫いていれば、蔡才人の上に後宮の注目や、世間の目を集めることはなかった。

「もう、そんな簡単な問題じゃないのよ。だから、ここから連れて逃げてって玄月に頼んだのに。ふたつにひとつの幸運に賭けてはずれを引く前に。まだ逃げられるうちに」

「蔡才人」

　いつ赤子を連れてこさせようかと機を窺っていた明々だが、はっきりと我が子を『はずれ』と言い切ってしまう母親に、どう切り出せばよいのかと口ごもる。

「明々、どうしてあなたはそんなに暢気でいられるの？　このままでは、玄月と遊々が政敵になってしまうのよ。それでもいいの？」

「でも、玄月さんはそんなひとじゃ――」

「あのひとには、逃げ場はないの！　ここで生きていくしかないんだから。私を捨てるか、娘々を切るか、ふたつにひとつしかないのよ。後宮って、そういうところなの！」

出産の疲労のせいにするには、あまりにも危険なことを口走る。

蔡才人はこの何ヶ月もの間、恋人に皇統の男児が生まれた場合に、玄月が取り得るであろう、政治的決断に不安を募らせてきた。そして怖れていた皇子という札を引き当ててしまったことで、その胸の内に抱えていた苦悩があふれ出すのを、止めることができなくなっている。

明々には蔡才人を元気づける言葉は思いつかない。

「あれ、あれを取ってくれる？　早く仕上げなくちゃ」

蔡才人は傍らの小卓を指さした。薄青く細長い布と、裁縫箱が置かれている。布の表には色とりどりの花が刺繡されていた。

明々は蔡才人の視界から小卓を遮るようにして立ちはだかる。

「蔡才人、出産してすぐに針仕事をなさってはなりません。体が疲れているのです。どうか、もう少しお休みになってください。蔡才人が妃嬪に進むかどうかは、最終的には主上がお決めになるのですから、蔡才人がそう望まれない限りは、玄月さんが身を引いたり、蔡家と星家が対立したりすることはありませんよ」

「じゃあどうして！　あのひとは辺境に行ってしまったの？」

蔡才人は堰を切ったように泣き出した。

政治慣れしていない明々には、すでに皇后となり太子となっている玲玉と翔を差し置いて、他の皇子が次の皇位を奪い取ろうという未来は、想像することも難しかった。ただ、星家が外戚として非常に脆弱であることは自覚している。玄月が蔡家について、蔡才人の子に有利なように内廷の空気を変えていく可能性は皆無ではない。

今後、遊圭と玄月の関係がどう転ぶか、明々と蔡才人の友情がどう変化していくのか。はるか北西の国境に聳える楼門関を奪い合う、金椛と朔露の戦局がどうなっていくのか予測もできないように、後宮の先行きも暗雲が垂れ込めているように、明々には思われた。

* * *

朝政から戻った陽元に、側近の陶太監が、自室に謹慎を命じられた翔皇太子と駿王の処遇をどうすべきか訊ねた。

「ああ、すっかり忘れていた。ここへ連れてこい」

「こちらの紫微宮へですか」

陽元は額に拳をあてて嘆息した。午前中から后妃の宮へ行けるはずもなく、だからといって子どもたちを自分の宮へ呼び出すのも、輿を用意させたり宦官たちに支度をさせたりと、手間暇がかかる。

「いや、とりあえず食事と湯浴みをさせて、普通に過ごさせて良い。午後に永寿宮で釈明を聴くと、玲玉と子どもたちには伝えておけ」

　しかし、いつもの如く、正午を過ぎても陽元の政務が終わる兆しはなかった。ようやく永寿宮へ輿を出したのはすでに申の刻（午後四時頃）を過ぎており、徹夜明けでもあった陽元は、移動中の輿の上でうつらうつらする。

　この国で一番忙しいのは皇帝の自分ではないかと、ふと不満に思ったことはあるが、最近はそういうことすら考える暇がなかった。それより国政を盤石にして、一日も早く河西郡の防衛に力を注ぎたい。即位してもう八年、いや九年かと、記憶を遡るのも面倒くさいが、いい加減『新皇帝』を言い訳にして、停滞している諸問題を放置してはおけないのだ。

　陶太監に声をかけられて、永寿宮に着いたことを知らされる。別室に待機させられていたふたりの息子たちが神妙に並んでいるのを見て、陽元は微笑みそうになったが、すんでのところで厳格な表情を保った。

「そなたらがしでかしたことについて、申し開きがあるか」

　翔と駿は、申し合わせたように同調した勢いで両膝と両手を床につき、額を床にたたきつけるようにして「申し訳ありません」と声をそろえて叫んだ。

「そなたらは、内官のひとりと、産まれてくる弟の命を危険にさらしたということは、わかっているのか」

　ふたりは、まるで練習していたかのように、やはり一分の乱れもなく答える。

「いまは、わかっております。大変な罪を犯しました」

翔は顔を上げて、父親にすべてを打ち明ける。

「いたずらを仕掛けたときは、何も知りませんでした。病の女官がいるとだけ聞いていたので、ふたりで疫病神を追い払うつもりでした。誰かを傷つける気はありませんでした。いたずらを唆したのは私で、駿は私の命に従っただけです。罰は私が受けます」

睡眠不足の頭で、陽元はぼんやりと息子たちを眺める。

なぜか遠い日の、自分と玄月の姿が重なるのだ。

あの当時、自分は翔のように、きちんと釈明と謝罪ができただろうか。否、玄月といたずらをして内官たちを困らせていたのは、もっと大きくなってからのことだ。だとすると、自分の非を認めて謝罪できる翔は、なかなか見所のある子どもかもしれない。

「あの離宮にひとを寄せ付けないよう、玲玉が命じていたのには、理由がある。どのような動機であれ、それが善意から出た行為であろうと、禁を犯したことは許されない罪である」

母子とも命に別状がなく大事に到らなかったものの、どちらか、あるいは両方が命を落としていたら、皇太子と王といえども、位を剝奪されるほどの罪であったと釘をさしておく。ふたりの息子は蒼白になって唇を震わせ、ふたたび叩頭した。

陽元は厳格な声を保ち、子どもたちに宣言した。

「陶太監、このふたりに限っては、春節の休みを取り上げる。明日からいつもの倍の読書と書き取りを課せ。それが終わったら、鍛錬場の青蘭殿の掃除と武器の手入れを手伝わせよ。青蘭会の宦官どもには、皇子ではなく舎弟として扱うように命じておけ」

陽元は少し膝を曲げ、翔と駿に顔を上げるように言いつける。

「青蘭殿の宦官たちがそなたらに申しつけることに、一切の口答えはならん。他所の宮に関心を持ち、いたずら心を起こすことのないよう、日々頭と体を使って、誰かの役に立つことを学べ。以上」

あくびをこらえきれなくなった陽元は、くるっと踵を返してその場を立ち去った。玲玉の私室へ急ぎ、妻の寝台に横になる。

「主上、お迎えもいたしませず、大変申し訳ございません」

顔を赤くしているのは、離宮の見舞いから急ぎ帰ってきたせいだろう。陽元は子どもたちに与えた罰を伝えると、玲玉は眉毛の端を下げるようにして苦笑する。

「厳しすぎませんか」

「蔡才人の子は、死産していたかもしれない。軽いいたずらで弟を殺していたかもしれぬという事実は、忘れさせてはならぬよ。太子付の宦官や女官が甘やかすから、野放図なことをする。青蘭会の面々なら、体力と好奇心の有り余っている子どもらの相手に、ちょうどよかろう」

陽元は、そうしたしつけとはまったく無縁に、野放図に育てられた。そのために自分が蒙ってきた過去の不名誉な評判と、現在の苦労を思い、我が子には同じ轍は踏ませまいと心に決めた。

四、節義と欺瞞

　ラシードの持ち帰った楼門関周辺の情勢によれば、朔露大可汗は嘉城よりもさらに後退して、幕営を張っているという。雪で移動が難しくなっているとはいえ、防壁の強固な方盤城に急ぎ戻って籠城しようとはしないのが金椛人には不可解である。

「自らのものとして利用しないのならば、なんのために多大な犠牲を払って城を落としたのだろうな」

　楼門関方面の偵察報告に金椛本陣を訪れたルーシャンと遊圭を前にして、蔡太守は首をひねる。

「朔露軍は城を攻めることはあっても、籠城戦は例がありません。機動力を最大の強みとする朔露としては、包囲されてしまえば、どこへも逃げられないからではないでしょうか」

　遊圭の語る定番の説に、ルーシャンは別の意見を挟む。

「異民族の職人を移住させ、街を作り変えるということはしている。大量の武器を作らせたり、食糧を備蓄したりするには、都市の方が安全だ。朔露人の軍兵は絶えず移動しているが、征服された都市に連れてこられる異民族には、商工で生計を立てる都市生活者の方が多い」

　朔露に国を滅ぼされ、西方から逃げ込んできた難民から得た情報もまた有用だ。

　蔡太守はルーシャンから遊圭へと移した視線を、おもむろにルーシャンに戻す。

「ところで、このところ軍議に陶監軍の姿を見ないが、どうしているのだ。体調不良との報告も受けていないはずだが」

　ルーシャンは咳払いして一歩前に出た。

「実は、先の合戦の前に方盤城へ出した偵察隊に、陶玄月殿が加わることを志願しました。私は止めたのですが、どうしても朔露軍と楼門関の現状をその目で見てみたいと主張したのです。監軍使は皇帝直属の役職。本人が行くと言い張れば、私の権限では止めるわけにもいかず、ラシード隊とともに送り出しました。経過報告に戻った伝令によると、陶監軍は任務の最中に負傷し、治療のため別行動を取ったのち、消息を絶ちました。潜伏した現場のようすから、朔露兵に拉致された可能性が高いもようです」

　ルーシャンは赤みの差した頬を無骨な手で撫で、途方に暮れた態度で報告した。しかし、蔡太守はあっさりとは納得しない。

「皇帝の耳目たる己の職分を超えて、一兵卒がごとき任務のために命を懸けるなど、もっとも陶監軍らしからぬ言動だ」

　ルーシャンが何か隠しているのではと、胡乱げに赤毛の将軍をにらみつける蔡太守に、遊圭がすっと近づいた。

「それは、私も同意するところではありますが――」

言葉を濁すルーシャンを遮り、遊圭が一歩前に出る。

「玄月さんらしからぬ不可解な行動の原因について、わたしに心あたりがあります」

遊圭は袖の隠しから紙切れを取り出し、蔡太守に差し出した。

「昨秋、玄月さんの居宅に招かれた折りに、床に落ちていたのを見つけました。すぐに返すつもりでしたが、詩片のようでしたので、玄月さんがふだんどのような詩を詠むのかと、好奇心に負けてつい持ち帰ってしまいました」

紙切れを受け取った蔡太守は、小さな紙に書き付けられた文字列に目を走らせると、かすかに顔色を変えた。

「これは悲憤詩の一部だが、確かに玄月の手蹟か。似てはいるが、かれの手はもっとこう、筆圧も強く左右の幅も均一だ。この手蹟は玄月の性向とは一致しない」

遊圭は真顔でうなずいた。

「ええ、完全には一致しません。わたしも玄月さんの侍童か誰かが、彼の筆跡を真似て練習しているのでは、と考えました。いずれにしても、確証はありません。ですが、王慈仙の裏切りと、緑牌事件の受難が立て続けに起きた時期に、玄月さんの居間にあったのが、よりによってこの悲憤詩の一部です。今回の任務に志願される前から、いえ、いまにして思えば、わたしがこの書き付けを拾ったあの夜から、玄月さんのようすは以前のようではありませんでした」

遊圭はそこでいったん言葉を切って嘆息した。

「春から秋にかけて、いろんなことが立て続けにありましたから。わたしは玄月さんはよく持ちこたえているなと思います」

　ことさら声を低くして告げる遊圭に、蔡太守は紙片を見つめて口をつぐむ。

　遊圭はルーシャンに目くばせして、人払の合図を送った。ルーシャンはほっとしたようすで、蔡太守の天幕から退出する。蔡太守の幕僚たちも、ぞろぞろと天幕から出て行った。

　広い天幕は銅炉のうちに燃えさかる火と、爆ぜる薪、火にかけられた薬缶からしゅんしゅんと立ち昇る蒸気の音だけになる。

　蔡太守もまた、王慈仙が玄月の失脚を狙って仕掛けた一連の陰謀と、そのためにかれ自身の姪が窮地に陥ったことを、よく知っている。

「では遊圭は、あの玄月が世を儚んで、命がけの危険な任務に自ら身を投じたと言うのかね」

　遊圭は曖昧にかぶりを振った。

「あの玄月さんが現職の責任を放り出していなくなるなんて、ありえないことです。ただ、この書き付けを拾った日、蔡才人が一番つらいときに、どうしておそばにいて差し上げないのかと、わたしは玄月さんに訊ねました。なかなか腹を割って話をしてくれない相手ですが、わたしは玄月さんに頼まれ、自分の祝言を延期してまで、蔡才人のお世話のために明々を後宮に残してきたのですから、玄月さんの本心を知る権利はあるはずです。そのとき玄月さんは、蔡才人が陛下のご寵愛を受けることがあれば、その方が生まれてくる御子と蔡才人の幸福、そして蔡家の将来によいのではないか、ならば自分は都にいない方がいいのではと考えて、慶城への再赴任要請を承諾したのだそうです」

　玄月から聞いた話に、さらに脚色を加えて、遊圭は蔡太守に打ち明けた。

　蔡太守は紙片を卓の上に載せて、折り目をのばし、筆跡を指でたどる。遊圭は橘真人に教えてもらったその詩文を暗唱する。

「死にたくても死ぬこともできず、生きたくてもかすかな希望すらない」

　いったいどのような罪を犯したがために、自分がこのような災厄に遭わねばならないのかと、天を仰いで慟哭する。遊圭には、そんな玄月を想像することは難しかったが、玄月を幼い頃から知っている蔡太守は、詩文に込められた悲憤を聴き取ったように押し黙った。

　短い沈黙ののち、蔡太守は溜めていた息を吐いた。

「兄が月香の昇官について、陶太監に打診したのは知っている。玄月もそれを耳に挟んだのだろう。後宮に娘を入れた両親にとって、天子の寵を受けることは望外の幸運だ。一度は失ったと思った娘がそのような僥倖に恵まれたのだ。兄が月香の出世と我が一族の栄華を願うのは、当然のことではある」

　遊圭は高まる動悸を、ゆっくりと息を吐いて落ち着かせる。

「しかし蔡太守は、生まれてくる御子が男子でも、後宮に波風を立たせるおつもりはないとおっしゃいました」

蔡太守は思慮深い面差しを上げて、遊圭を見つめる。

「敢えて平地に乱を起こすのは私のやり方ではない。だが、私とて立身出世に汲々とする並の人間だ。月香が姪ではなく私の娘で、本人にも覚悟と野心があれば、陛下の寵を得て登りつめるところまで登りつめ、当家に栄華をもたらしてくれることを願うだろう。しかし、月香はいくらでもあった良縁には見向きもせずに家を飛び出し、許嫁の後を追って後宮に飛び込んだ。その後も玄月を支えてこの日まできたあれの一途さを知っているだけに、玄月と添い遂げられないと思い込んだときの月香がどうするか、そちらの方が恐ろしく、哀れに思う。兄にはそれがわからないようであるが」

蔡太守は嘆息し、紙片を遊圭に返す。

「とはいえ、月香の想い――というよりは執着を、誰よりも知る玄月だ。月香を見捨てて、ひとりで死に場所を探しにいくとは私には思えぬ」

遊圭は蔡太守の勘は当たっていると思う。遊圭の知る玄月もまた、あれこれ考えすぎて恋人と主君の前から身を退くことは考えたとしても、絶望して死地を求めるような人間ではないのだ。しかし、ルーシャンに命の借りを作った玄月が、その借りを返すために、かれでなくては果たせない任務を引き受けたという真相は、隠し通さなくてはならない。

遊圭は蔡太守の知らない玄月の側面を並べ立てて、上司の判断力を鈍らせようと図る。

「玄月さんもひとりの人間です。監軍使として辺境にいるとき、そして劫宝城までわたしを捜しにきたときの玄月さんは、後宮にいたときよりも生き生きしていました。蔡太守は、玄月さんが武器を取って戦うところを、ご覧になったことはないでしょう？　それはもう、鬼神のように情け容赦なく敵を斬り倒していきます。その一方で、雑胡隊のみなさんと戯れごとを言い合って楽しそうに笑っているところも、都にいた当時の玄月さんからは、想像もつきません」

蔡太守は驚きに目を瞠り、すぐに視線を下へ落とした。

王慈仙に陥れられた玄月を救うために、事情を知らされた蔡太守はすぐさま皇帝に働きかけたが、そのときにはすでにラシードらの手引きによって、玄月は後宮を脱出したあとであった。

ラシードの迅速な働きがなければ、玄月は陽元と再会する前に、王慈仙によってその口を永遠に封じられていただろう。

他者に対しては、身内にさえ容易に心を開かない玄月が、ルーシャンの幕下では宦官ではない普通の青年として扱われ、屈託なく振る舞っていた。その事実を知らされるのは、陶家が弾劾された日から為す術もなく姪の幸福を祈り、その許嫁を気遣ってきた蔡太守には、気の咎めることであったかもしれない。

「玄月さんの本心は誰にもわからないことですが、楼門関偵察の任務に自ら赴かれた真相は、関係者の名誉のためにも公表しない方がいいと思うのです」

関係者とは、蔡才人はもちろん蔡太守を含めた蔡一族を暗に指している。遊圭の言わんとするところを察した蔡太守は、苛立ちを滲ませて卓を拳でトントンと叩いた。

「それはそうだが、玄月が職分を超えて自ら敵地に残り、拉致された理由を公表できなければ、まるで私が姪の昇官の邪魔になる恋人を、死地に追い払ったようにも見えるではないか」

拳を上げて、こめかみを押す。

「どうにかして玄月の消息を知り、生きていれば呼び返す方法はないか」

ようやく待ち望んでいた言葉を蔡太守から引き出した遊圭は、内心で快哉を叫んだ。

身を乗り出すようにして朔露との交渉を提案する。

「休戦と捕虜の交換を求める使節を立てて、朔露に囚われている金椛人を取り戻すことができれば、話は早いのですが――」

蔡太守はうなずいた。

「それしかなかろうな。だが、休戦は沙洋王が承知すまい」

沙洋王は朔露を国境から叩き出し、後顧の憂いなく帰国したいのだ。もちろん、金椛側としては、誰もがそれを望んでいるのだが、力尽くで朔露を押し出そうにも、こちら側の犠牲が大きすぎる。

それに遊圭が講和使節の派遣を提案する目的は、戦闘に巻き込まれる心配なく、朔露軍の本陣に遊圭自身が近づくためなのだ。

「ルーシャン将軍が方盤城に潜ませておいた密偵の報告によれば、朔露大可汗の軍は、まだ十万は維持しているようです。方盤城内の備蓄食糧を焼き払って、朔露軍を窮地に追い込むこともできますが、死兵を作り出す可能性もあり、太守の深慮を仰ぎたいところです」

ただでさえひとりで金椛兵士の三人分の働きを誇る朔露の強兵が、死を覚悟した狂戦士と化して反撃してきたら、金椛軍はとても持ちこたえないであろう。

蔡太守は咳払い(せきばら)をして、現状の分析を始める。

「ルーシャン将軍は、雪嵐の繰り返す冬の終わりから、砂嵐が吹き荒れる春に戦争はできないと言っていた。砂嵐とは、かの朔露軍の進軍をとどめるほど、ひどいものなのか」

遊圭は重々しくうなずいた。

「西部の黄砂は、都から見える春霞(はるがすみ)とは桁(けた)が違います。雪嵐の雪がすべて砂になって吹き荒れ、我らの上に降り注ぐものとお考えください。春の間じゅう砂嵐が続くわけではありませんが、雲のように空に巻き上がった砂は、厚い壁となって天を覆い太陽を隠し、真昼ですら闇に覆われて一寸先も見えなくなります。埋まってしまうと、凍死のかわりに鼻や口に入り込んだ砂が詰まって窒息死もあり得ます。しかも雪と違って融(と)けませんから、生き延びた人々はすぐに全力で砂を掘り起こして、仲間や家畜を救い出さねばなりません。天鳳行路(てんぽう)に生きる人々なら誰しも知っていることで、朔露軍も去年の春を死の砂漠の畔で過ごしたのですから、この時季に無謀な賭けにでることはないでしょう」

「ならば、どのみち一、二ヶ月は膠着状態に入るということだ。わざわざ講和使節を出して、こちらの足下を見られるようなことは避けるべきという反論も出るだろう」

蔡太守の指摘に、遊圭は砂嵐についてしゃべりすぎたことを反省した。休戦に持ち込んでも、このまま睨み合っていても、夏まで動きが取れないのならば、蔡太守の言うとおり、講和の使者を出す利点はない。

蔡太守は独断専行の指令官ではないのだから、周囲を納得させる理由が必要であった。砂漠を背にした朔露軍を一気に攻めて勝利に持ち込みたいところではあるが、金椛側としても、三分の一の兵を有する沙洋王が帰国を願い出ている上に、朝廷が手配した援軍が、沙洋王配下の海東軍よりも精強であることは期待できなかった。

戦には不向きなこの季節に、両軍はただひたすら睨み合い、ともにいたずらに兵糧を費やすだけである。その兵糧を食べ尽くしたあとは、帝都や近隣の郡からの補給が頼りであった。

河西郡の大半の農地は荒らされて、昨年の秋には種も蒔かなかった冬小麦の収穫は望めず、牧民たちが家畜を養うための牧草も数ヶ月先までは育たない。

睨み合う間に相手を知り策を立て、うまくいけば講和によって兵を退かせることができれば、それは無駄な試みではないのではないか。

蔡太守が堅実な官僚であり、派手な戦功を求める軍人ではないことを、遊圭はよく知っている。朔露を完膚なきまでに叩きのめし、国土から追い出すのは不可能であることはとうに見越しており、行政官として軍兵の保全と、西沙州の復興を前提に戦略を立てるであろうことは予測できた。

遊圭は、蔡太守が内心で望んでいるであろう策を提案するだけでよかった。

「おっしゃるとおり、こちらが優勢なのに講和を持ちかけては足下を見られますが、休戦の協定に持ち込めば、朔露はいったん兵を退きます。こちらにとっても援軍を待つ時間稼ぎにもなり、捕虜の交換について話し合う席で、玄月さんが囚われているかどうかも明らかにできます」

一石で二鳥も三鳥も落とせそうな策に思える。

「青臭いと言われるかも知れませんが、少しでも敵について知るために、一度は話し合ってみるべきではと思うのです。朔露可汗国は、夏沙王国を併呑(へいどん)して我が国の国境へ迫るまで、あっという間でしたので、当方では朔露に関する充分な情報を持たないまま開戦に臨むことになってしまいました。敵を知らねば勝率は五割もあらず、というのは兵法の基本ですが、幸い西方出身のルーシャン将軍と、夏沙王国に滞在されたことのある玄月さんが朔露に対して危機感を覚え、天鳳行路に密偵を置くことで、朔露軍の規模や行軍についてある程度は把握できておりますが」

蔡太守は重々しくうなずいた。

「今日の軍議にて、諮ってみよう。玄月の不在については、特に公にする必要はない」

総司令官の蔡太守が玄月の特別任務を黙認した形になったのだから、監軍使の不在は問題にもならなくなった。とりあえず、目的のひとつは達成した。しかし、本番はここからである。

「お願いがあります。もしも講和使節を出すことが決定したときは、わたしを使節の一員に加えてください」

遊圭の申し出に、蔡太守は目を剝いて驚く。

「なにを言い出すのか。議親たる者に危険な任務を命じるわけにはいかぬ」

戦時交渉の使者というのは、こちらに有利な条件を締結して生還すれば大手柄だが、失敗すれば失脚確定、下手をすれば相手を怒らせてしまい、胴体から切り離された首だけが送り返されてくる。

相手国の使者に手をかけるのは野蛮な犯罪で、外交上もっとも許されない悪手ではあるが、それだけに交渉が決裂したときの意思表示にはこれ以上のものはない。朔露人と交渉するのは実に二百年ぶりであるから、無官ながら皇室の親属である遊圭が軽々しく出て行く場ではなかった。

父が子を諭すように、蔡太守は丁寧に遊圭を説得する。

「外戚として恥ずかしくない手柄を立てて官界入りしたい気持ちはわかるが、命を懸けてまで、危険な任務を背負い込む必要はない」

さらに、失敗した場合には、二度と金椛社会で浮かび上がれないほどの、信用の失墜と悪評が一生ついて回ることも言外に匂わす。

初代皇帝より三世代にわたって、外戚族滅法などという法律が定められていた金椛国である。それだけ外戚が嫌われているこの国において、ろくな手柄も立てずに議親というだけで前の王朝のように特権と高位官爵(かんしゃく)を授かれば、周囲からの嫉視(しっし)は免れない。

しかし、一軍を統率する指揮官はもちろん、兵士としても役に立たない遊圭が華々しい軍功をあげるような舞台は、戦場にほぼ皆無と言っていい。

「もちろん、実務方は地味で目立たぬが、必要な業務を滞りなく計らってこそ、軍隊は機能し戦に勝利をもたらす。そなたの働きぶりが論功行賞に漏れることはない。だが、使節の人選となれば話は別だ。私人のそなたを正式の使者には立てられない」

蔡太守が、わざわざ遊圭を名指しで幕友となることを依頼してきたのは、朔露南軍と戦った経験を活(い)かす意図もあったと思われるが、できるだけ早く遊圭を取り立てたい陽元の意向も含まれていたようだ。

可もなく不可もない功績が、遊圭に求められていたものだ。だが、この使節に遊圭が加わりたい理由は、蔡太守の推察とは違い、出世ではない。

「正使としてではありません。いくら手柄が欲しいからと言って、大可汗を舌先三寸で丸め込むような才覚がわたしにあるとは思っておりませんし、身に過ぎた任務を抱え込んで、さらに国を傾けるようなことはできません。わたしが朔露陣まで乗り込むのは、ひとつに玄月さんの消息を確かめるため、ふたつめに河西郡の地理も多少は知り、公用胡語も話し、方盤城の構造についてもいくらかの知識がありますので、お役に立てることもあるだろうと思うからです」

「この私を丸め込むには充分な才覚はあるようだが」

蔡太守は感心してうなずいた。

かれが太守として赴任し、初めて河西郡に足を踏み入れたその日から、遊圭は蔡太守の号令が政庁にも軍務局にも遅滞なく行き届くよう、よく努めてきた。領土が朔露に侵食されて辺境の体制が綻び、行政の秩序や治安の維持も難しい状況で、難民や移民らの使う胡語だけでなく、土地の方言も操って流刑時代に縁故を築いた地元の役人たちを使いこなし、ルーシャン配下の雑胡兵や、胡部の父老にも顔が利く遊圭の存在はとても重宝だった。

国を代表する正使は、敵に侮られぬよう年齢も官位もそれなりの人物でなくてはならないが、使節の相談役としてはこれほどふさわしい人材はない。しばらく考えに沈んだのち、蔡太守は首を横に振った。

「だが、遊圭の身に何かあっては、私の首も危なくなる。玄月だけでなく遊圭の消息まで途絶えてしまっては、私が蔡家と姪の栄華のために良からぬ小細工をしたようにしか見えぬ。申し出はありがたいが、考え直してくれ」

遊圭は落胆したが、顔には出さず話題を変えた。

「それでは、使節につける通詞に橘真人を加えてください」

数ヵ国語に堪能な異国出身の官人を採用することに、蔡太守に異論はない。

「かれなら、副使も務まりますよ」

真人の有能さは蔡太守も買っていた。さらに妻帯もしていない異国人の官吏であれば、もしも任務に失敗して命を落としたところで、蔡太守が責めを負うことはない。

「橘主事は慶城に残っていたな。交換する捕虜の護送もあることだ。遊圭、橘主事を迎えに行き、かれと諮って捕虜の護送も手配してくれ」

慶城に引き返す口実ができただけではなく、捕虜の護送まで遊圭に任された。将軍たちが集まり軍議の時間が迫っていたこともあり、得られた収穫に満足した遊圭は、その場はいったん退いた。

遊圭は、慶城の城代に宛てた蔡太守の指図や、前線の経緯について朝廷に提出する奏上文などの書簡を用意する。その朝廷へ送る包みに、遊圭は私用の書簡も滑り込ませた。慌ただしく実務を終えると、遊圭はルーシャンの幕営に立ち寄る。

「そうか、無理だったか」

使節には加われなかったという遊圭の報告を、ルーシャンは肩を落として聞いた。

「まあ、いろいろと手段はあります。わたしが正規の官吏ではないことが、役に立ちそうです。とりあえず準備のために慶城へ戻りますので、あとはよろしくお願いします」

遊圭は軍議に提出する使節人選名簿の写しを手渡して、ルーシャンを励ました。

「でも、深い雪の中を、どうやって慶城まで帰ればいいんでしょうか」

いくら金沙が名馬でも、騎手の遊圭が蹄を取られやすい積雪や、凍って滑りやすくなった雪の上を走り慣れていないのでは、転倒や落馬が恐ろしい。気が急いているだけに、不安げに東の方角へと目を向ける遊圭に、ルーシャンが知恵を授ける。

「遊圭は方盤城で冬を過ごしたことがなかったな。雪が積もったら、河西郡では馬橇で城と城の間を移動する。雪嵐が過ぎたあと、すぐに兵士を出して街道筋の雪をかかせて固めさせた。慶城からも守備兵を出して、おれたちの撤退に備えて街道の除雪を進めているはずだ。このまま晴れた日が続けば、早ければ数日で二尺の雪が融けてしまう年もある。今年がそうだとよいがな」

　橇に改造した荷馬車と御者を用意してもらった遊圭は、荒野の前線における天候の急変への備えもあったことに驚かされた。この苛酷な大地に生きて戦う人々の、知恵と備えを見せつけられる思いだ。

「朔露軍も、雪橇を用意してあるんでしょうか。本国である北の朔露高原も、雪の深い地方だと聞いていますが」

　ルーシャンは首をかしげた。

「朔露北軍は橇を使いこなすだろうが、この戦に大雪に対する備えがあったかどうかは怪しいな。朔露軍が戦に臨むときは、起動力重視の騎馬部隊が主力で、兵糧を運ぶのは砂地にも雪にも強い駱駝隊だ。車輪のついた馬車は移動の足を引っ張る。しかも大可汗は、この決戦ではおれの内応をあてにして金椛軍を蹴散らし、一気に慶城まで押し寄せる心積もりだったはずだ。食糧も金椛領内で掠奪すれば、補給隊は連れて来る必要がない。充分な食糧もなく雪嵐に遭遇した大可汗は、凍えた軍隊に食べさせ、休息させるためにも、方盤城まで引き返さねばならないだろう」

「すごいですね。あの朔露大可汗を翻弄するなんて」

遊圭が生まれる以前より常勝の戦神と大陸に名をとどろかせた朔露大可汗ユルクルカタンを、ルーシャンは手玉に取ったのだ。人質を取り返せるかどうかが作戦の鍵という綱渡りではあったが、金椛の将軍が朔露大可汗の築いた伝説に土をつけたことは、時代の流れを変えるかもしれない。

「康宇国が滅ぼされてから、密偵を放ち、やつらの常套手段を学び、対策を練る時間はたっぷりあったからな」

「ルーシャン将軍が金椛についてくださって、本当に良かったです。まさに天佑です」

遊圭は心底からルーシャンを褒め称えた。

「こっちは先に楼門関を抜かれているから、これで一勝一敗だ。次はどっちが勝つか、まだわからん」

ルーシャンは朔露軍を敗走させてすぐに、斥候隊を出して朔露主軍の足取りを追わせている。雪嵐で引き返してきた兵士、嵐を切り抜けて追跡を続けていた兵が続々と帰還し、方盤城の内部を偵察したラシードらの報告と併せた情報を、遊圭も共有していた。

「とにかく、充分な数の斥候は送り込んでいる。蔡太守に偽ってまで、遊圭自身が朔露本陣にまで乗り込まんでも、玄月は見つかるだろう」

遊圭は生真面目に首を横にふる。

「金椛の軍人捕虜として拘束されているのなら、交換のときに取り返せますから、わたしの出る幕はないでしょう。ですが、捕らえられたときの状況によっては間諜と思われその場で殺されたり、拷問を受けたりする可能性もありますので、玄月さんは素性を明らかにしていないことも考えられます。あるいは逃げ遅れた庶民にまぎれて捕らえられていれば、そのまま奴隷にされて将兵に分配されてしまった可能性もあります。朔露軍のどこにいるかわからない状況でしたら、使節団が朔露の要人と接触したときに、天狗を放って捜し出すしか方法がありません。ここで天狗を操れるのは、わたしか橘さん、そして郁金しかいませんから」

「おまえさんも、いろいろと気を回す質だな」

ルーシャンは苦笑する。

「自分の戦功や朔露戦の帰結よりも、玄月の身を案じるのか」

言われて初めてそのことに気づいたかのように、遊圭は少し驚いてルーシャンを見つめ返した。返す言葉に困り、しばし虚空をにらみつけて考えをまとめる。

「おかしいですか。わたしは玄月さんに命の借りがありますから、生死がはっきりしないかぎりは、玄月さんが敵地で孤立していることに知らないふりはできません」

それから、いもしない小バエを振り払うようにかぶりを振った。

「朔露軍がどれだけ、使節や休戦を尊重してくれるかわかりませんが、少なくとも正面から武器を取って戦うことが前提でなければ、わたしにもできることはあるでしょう。蔡太守はお怒りになるでしょうが、私人である以上、軍規違反に問うこともできません。ばれないようにこっそり行ってそっと帰ってきます」

遊圭はにっと笑い、会話を締めくくった。

「問題なく捕虜交換で取り返すことができれば、わたしの出る幕はないので、ばれる心配もないでしょう。そうなるように、祈っていてください」

馬橇の牽き馬は金沙馬よりはひとまわり小さく、期待したほどに速くはなかったが、慶城へは問題なく引き返すことができた。

遊圭の帰還に、宿舎で天狗と留守番をしていた下男の竹生は飛び上がって喜び、すぐにまた前線に戻ると聞いてひどく落胆した。

「それで、竹生には仕事を引き受けて欲しい」

「俺にできることなんか、あるんですか」

家族ぐるみで代々星家の召使いとして仕えてきた竹生は、読み書きもできなければ、武器もふるえない。星家が栄えていた当時の主な仕事は庭師の見習いであったが、その合間にあらゆる雑用をこなし、遊圭が外出するときは従者も兼ねていた。現在は料理もすれば馬丁もこなすが、遊圭の不在中は天狗の世話くらいで暇を持て余していた。

「髭を剃って、わたしのふりをして二十日ほど部屋に籠もってくれ」

竹生はあんぐりと口を開けて、次に大きな声を上げた。

「何を無茶なことを言われるんですか！」

「わたしは持病がでて、前線に戻れなくなったことにしたい。竹生が外出せずにすむよう、身の回りの世話をする者は手配する」

言い出したら強情な主人の気質が骨身に沁みている竹生は、泣きそうになって訊ねる。

「で、大家はどうなさるんですか」

「天狗と天月を連れて、ちょっとでかけてくるけど、行き先は話せない」

「ちょっとで二十日って、楼門関まで行って帰ってくる距離ですよ！」

下男の勘の良さに、遊圭は舌打ちしそうになったが、こらえて微笑む。

「それは平和で街道の治安が良いときにかかる日数だね。いまは嘉城から向こうには朔露軍が大勢いて、さらに天気次第ではもっとかかるかもしれない。いい機会だから竹生は家事はひとに任せて書を学ぶといいよ。竹生が手紙を書けるようになったら、わたしはすごく助かるしね。竹生だって、わたしの雑用係で一生を終える気はないだろう？趙爺もそろそろ年だし、竹生には家政も任せられるようになって欲しいね」

考え直してくれとかかとに追いすがってくる竹生を振り切り、遊圭はルーシャンにあてがわれている兵舎に向かう。

「郁金はいるかい」

顔見知りの雑胡兵に声をかけると、まもなく郁金が出てきた。周囲の胡人に合わせているのか、あるいは子ども扱いされないためか、髪は結わずに防寒頭巾の下から西方の牧民のように背に流している。

遊圭の姿を見るとぱっと顔を輝かせ、次いで心配そうに眉を曇らせて駆け寄ってきた。

「遊圭さん、芭楊様にお会いになりますか」

郁金もまた、変転する運命に身の置き場の定まらない少年であった。

帝都の陋巷で物乞い同然の生活をしていた雑胡の少年郁金は、胡語と金椛語に流暢なところを玄月に見込まれて陶家に引き取られ、家属としての教育を受けたという。その後は、監軍使を拝命した玄月の侍童として、楼門関についてきた。玄月が君命に単身で帰京し、遊圭を捜しに天鋸行路へ出かけていた間は、ルーシャンに預けられて軍属として務めた。玄月と再会してからは侍童の仕事に戻ったものの、ルーシャンの兵舎で雑用もこなし、遊圭が玄月に譲った天狗の仔、天月の世話と芭楊の世話をすることも多かった。

童子の髪型である金椛風の総角をおろしたのは、生年は不詳ながらも背はすでに成人の男子なみに高く、少年というには体の厚みや顎のたくましさが増してきたせいもあるのだろう。遊圭と並ぶと郁金の方が少し背が高く、肩幅も広い。再会するたびに追いつかれ、追い越されていく悔しさを、遊圭は笑顔の奥に押し込んだ。

「芭楊にも挨拶するけど、その前に君とラクシュに用があってね」

慶城に残された郁金は、監禁されたルーシャンの長男ラクシュの給仕も務めていた。

方盤城の落城寸前に、ラクシュはルーシャンの家族を人質にとった大可汗ユルクルカタンの使者として、投降を迫ってきた。方盤城の西壁に聳える楼門関の開門の手はずを整えていたラクシュのために、ルーシャンと河西軍は籠城をあきらめて慶城へ落ち延びなくてはならなかったのだ。

金椛で築いた地位を捨ててまで朔露に降参したくないルーシャンは、朔露側に寝返る約束と引き換えに、金椛帝都に囚われている人質の次男を取り返す時間を、ラクシュを通じて要求した。その実は、朔露に囚われていた家族を奪還する準備時間を稼ぐためであったが、ラクシュはそれを知らされず、父親は朔露についたものと信じて大可汗とルーシャンの間を取り持ってきた。

決戦の前に父親の真意を知らされたラクシュは激怒し、暴れて逃げだそうとし、止めようとした玄月の胸を突き飛ばして負傷させた。そして父親に利用されていたことに怒りのおさまらないラクシュは、人質奪還作戦への参加と協力を拒み、そのために兵舎の地下室に監禁されている。

「ラクシュさんに会いに来られたんですか。あの、玄月様はお戻りになりましたか」

上司の都合で身のおさまる場のない郁金ではあるが、直接の主人はいまでも、親を亡くした貧民生活から救ってくれた玄月なのだろう。何か新しい情報はないかと、不安げに玄月の消息を尋ねてくる。

遊圭は厳しい顔になり、郁金と入れ違いに帰還したラシードの報告を、簡潔に伝えた。

「玄月様が、朔露の虜に！」

郁金の顔色がさぁっと青ざめる。

「わたしは、もういちど方盤城へ行って玄月を捜したい。君の助けが必要だ。天月を連れて、わたしについてきてくれるかい」

「どこへでも、参ります」

ひと呼吸も入れずに、郁金は即答した。が、すぐに眉を曇らせて訊ねる。

「でも、ラクシュさんの給仕は誰に継がせましょう」

人並み外れた膂力を持つラクシュは、脱走防止のために地下室の壁に鎖で繋がれている。また複数言語に堪能で、東西の国を渡り歩く興胡でもあるラクシュは、愛想が良く話もうまいため、相手は知らず知らずにかれの魅力に引き込まれて言いなりになってしまう。

世慣れしていない兵士では、あっさり脱走の片棒を担がされそうであったため、主人を突き飛ばして怪我をさせたことを快く思わない郁金が、ルーシャンと玄月の留守中、ラクシュの食事を運ぶ役を担わされていた。

「ラクシュは、返事次第では解放してもいいと、ルーシャン将軍に言われた。もう、人質は取り返したし、戦局は決したからね。むしろ、ラクシュがルーシャンの帷幄にいないことが、不審に思われてしまう」

郁金は納得して、薄暗い兵舎の地下へと遊圭を案内した。

石畳に石の壁という、真冬を過ごすにはあまりにも苛酷な独房に、ラクシュは四肢を鎖で繋がれていた。とはいえ、将軍の息子だけあって、分厚く大きな藁束の寝台に毛皮を何枚も重ね、持ち込まれた鉄製の煖炉の火は絶やされることなく燃やされ、凍え死ぬ心配はない。

掃除は行き届き、食事は兵士らと同じ肉粥と麵麭、洗顔の湯は毎朝運ばれ、排泄用の桶もまめに交換するという厚遇ぶりで、鎖の音を耳にしなければどこか辺境の宿に滞在しているかのような錯覚に襲われる。

「あんたか。なんの用だ」

ふて腐れた声音で、独房に入ってきた遊圭を見たラクシュは悪態をついた。

このラクシュの背信と短気のせいで、玄月は重傷を負いながらも、無理を押して作戦に参加しなくてはならなくなったのだ。その結果として、遊圭までが本来は必要でなかった策を弄して上司を騙し、ふたたび危険を賭して、自ら敵地へ乗り込まなくてはならない。

さらに出会いまで遡れば、二心を抱いて接してきたラクシュを、恩のあるルーシャンの息子だと思い、都への道中や滞在中の便宜を細やかに図っていた自分が、馬鹿みたいに思えてくる。

こっちが悪態をつきたい気分であるが、遊圭は胸にわだかまる不快感を吞み込み、細い革紐に下げた鍵を掲げて見せた。

「あなたを釈放しに来ました。ラシード隊はルーシャン将軍とあなたの家族を朔露から取り戻し、河西郡東部の胡部にご案内しました。さきの決戦では金椛軍が勝利、朔露軍は楼門関まで撤退しました。追撃して壊滅させるつもりでしたが、雪嵐のために断念。現在は膠着状態とも言えませんが、まもなく春となり黄砂が舞えば、雪嵐以上に戦争どころではなくなります。遅かれ早かれ、朔露は楼門関の撤退を余儀なくされるでしょう。ラクシュさんは、お父上のルーシャン将軍の帷幄に合流されるのもよし、ご家族のおられる胡部へ向かわれるのもよし、と将軍は仰せになっています」

淡々と、事務的にルーシャンの言葉を通告する。

ラクシュは顔を歪めて歯ぎしりをする。かれこれ半月以上は拘束されているはずだが、肩や胸の隆々とした厚い筋肉は、まったく衰えた気配はない。ぼうぼうに伸びた黒褐色の髭と髪だけが、最後に会ってからの時間の経過を実感させる。

「俺が親父の言う通りにすると思うのか」

「わたしはただの伝令です。親子のことに口を挟む立場ではありません。ただ、お父上の幕僚として働くおつもりなら、それなりの待遇を用意するそうです。特に朔露の事情に通じたラクシュさんには、すぐにでも参加していただきたい作戦があります」

「大可汗を裏切らせておいて、顔の知られた俺にまた朔露軍へ潜入しろというのか。俺を知る朔露の将兵に見つかれば、とっ捕まって八つ裂きにされてしまう。それでよくひとの親と言えるな」

「親子でだまし合ったのはお互い様ではありませんか。それでも——、おっと、わたしは口を挟む立場ではありませんでした。次の任務に赴くにあたって、わたしは武勇に優れたラクシュさんの助けを喉から手が出るほど欲しいと考えています。ですが、ラクシュさんは、玄月さんに重傷を負わせて作戦の成功を危うくさせたために、幕僚の間では評判があまり良くありません。ですからこのまま胡部のご家族のもとへ帰られて、戦争が終わるのを待つことをお勧めします」

ラクシュは眉間にしわを寄せた。

「玄月に怪我をさせたのは、悪かったと思っている。そんなにひどいのか」

ラクシュのまとう空気が少し和らいだことに、遊圭はそっと安堵の息を吐いた。

遊圭は、人質奪還からラシードが玄月の消息を失ったところまでを、かいつまんで説明した。そして、楼門関からの撤退を促すために、捕虜交換の使節を出すことも話す。

「玄月さんが捕虜交換で戻ってくれれば問題はありませんが、依然として行方がわからないときは、我々は方盤城に赴いて玄月さんの捜索をします」

ラクシュは咳き込むようにして笑う。

「朔露兵に拉致された敵国人が幾日も生きていると思うのか。生きていたとして、心身を損なうことなく五体満足で戻ってくると、本気で考えているのか」

「朔露は捕虜を人質にとって身代金を要求したり、要人捕虜の交換を休戦交渉の条件にしたりしないのですか」

「王族か貴族でもない限り、だいたい殺してしまうな。間諜ならば死ぬまで拷問される。

ましてや玄月は宦官だ。金椛人と知れれば、兵士らの手で死んだ方がましだという目に遭わされているだろう。そうなる前に、とっくに自害しているかもしれんぞ。運が良ければ後宮に放り込まれて、可汗らの女たちの世話をさせられている可能性はあるが」

かたわらの郁金が、ぐっと拳を握り、緊張した気配を醸した。遊圭もまた歯を食いしばり、絶望的な想像をむりやり脇に押しやった。

「玄月さんはひとたらしですからね。兵士を手玉に取って後宮に逃げ込み、女官たちを籠絡して悠々と生き延びている方に、百銀を賭けてもいいです」

遊圭はなんだか本当にそんな気がしてきた。玄月ならば、おとなしく敵兵の思い通りにはされないだろう。ただ、言葉が通じなければ、相手を手玉に取るのは難しいということは、考えないことにした。

「わたしはこれから回るところがありますので、戻ってくるまでに考える時間を差し上げます。わたしと来るか、胡部に引き上げるかの返事をください」

そう言って、遊圭は枷の鍵をラクシュに渡した。

不安そうな郁金に、ついてくるように目配せをする。父親に欺かれ監禁されたことに腹を立てているにしても、ラクシュには朔露へ戻る利点はない。朔露から見れば離反工作に失敗した無能か、もしくは裏切り者だ。家族はすでに金椛領に保護され、帰る場所はこちら側しかない。父親を朔露に内応させるために、必死で働いてきた苦労がみな水の泡になってしまった悔しさを乗り越えれば、そのうちルーシャンの幕僚としてやり直す気になるだろう。

『ユルクルカタン大可汗に心酔して、ルーシャン将軍を寝返らそうとした、という可能性はありませんよね』

　前線を発つ前、ラクシュの釈放を依頼し、枷の鍵を渡すルーシャンに、遊圭は念を押した。

『そうだとしても、もはや戻ることはできん。俺を説き伏せようとしたのも親父——あいつには祖父さんの命令に従った結果だからな。もし祖父に合わせる顔もなく、父親の顔も見たくないっていうなら、好きなところに行かせてやれ』

　情が厚いのか薄いのか、遊圭には量りかねるが、それこそ他人の立ち入る問題ではない。ラクシュが心を入れ替えて玄月の救出を手伝ってくれれば、とても心強い。なにせ、ラクシュは朔露語からあらゆる胡語、そして金椛語を流暢に操る上に、新月の闇夜に方盤城の城壁を膂力だけで登り、乗り越えることができるのだ。もしも玄月が自力で動けないほど傷ついていたら、ラクシュに運ばせるのが一番手っ取り早い。

　遊圭は次に、橘真人を訪れた。

　副使に推薦されたことに、橘真人は緊張で顔を強張らせる。

「僕みたいな外国人が、任じられちゃって、いいんでしょうか」

「戴雲国に遣わされた朔露の使節も、康宇人が通詞と副使を兼ねていましたから、別に珍しいことではありませんよ。場合によっては命がけの任務ですが、それだけに成功すれば二品の特進昇官は確実です」

真人は目を輝かせたり、失敗したときのことを考えて青ざめたりと、激しく表情を変化させた。ここまで考えが顔色に出るようでは、交渉には向かないかもしれないと遊圭が思い始めたとき、真人はぐっと身を乗り出した。

「引き受けます！　武器も使えず、戦では手柄を立てられない僕が周秀芳さんと結ばれたければ、これが最初で最後の機会ですよね。負ければ命を落とすのは、戦場で敵に立ち向かう兵士も将軍も同じですから」

真人はかつて、後宮から駆け落ちを図って失敗した、恋人の名を口にして立ち上がった。決断と覚悟に両手を握りしめ、引きつった笑顔で武者震いする真人を、遊圭は少し見直す。

「橘さん、そこで、折り入ってお願いがあるのですが」

「なんでも言ってください」

遊圭が用件を切り出す前に、真人は胸を叩いて請け合った。

「わたしをあなたの従僕として、交渉の場に連れて行って欲しいのです」

真人は円い目をさらに大きく開き、口をぱくぱくさせてから「は？」と問い返した。

「遊圭さんが、僕の従僕をするんですか」

「ええ、そうです。それも星遊圭ではなく、そうですね。潘竹生とでもいう名で」

いつもの茶飲み話の途中であるかのように、遊圭は気安い口調で提案した。

五、漠野のハーレム

雪の荒野を、小可汗イシュバルの幕営地へ連れて行かれた陶玄月は、特に警戒の厳しい穹廬群へと通された。警備に配置された朔露兵は武装しているが、行き交うのは女が多く、羊があちこちに群れ、戦場の野営地という雰囲気ではない。

中でももっとも大きく壮麗な穹廬の扉を開いて、イシュバルは妻の名を呼びながら入っていった。

玄月はついて入っていいものかと判断しかねたが、背後から朔露兵にダミ声で怒鳴りつけられ、おとなしくイシュバルのあとに続いた。

幾重にも帳を垂らした穹廬の中は、水も凍る真冬の荒野とは思えないほど暖かい。くゆらせた薫香は、かつて夏沙王国の宮廷で使われていたのと同じ香りであった。

イシュバルは半分ほどおろされた帳の奥へと声をかける。

「ヤスミン、あの白い獣には飼い主がいる。貂でもなければ狐でもない、『天の獣』とかいう、毛皮のために殺すには惜しい稀少な瑞獣だそうだ」

「そんなの、関係ないわ。わたくしが欲しいのは、あの尻尾のふさふさした真っ白な毛皮なの。買い取るなり奪い取るなりしてください」

イシュバルと妻が交わす言葉は公用胡語であった。

　帳をめくって現れたのは、玄月の記憶に比べると面差しも体つきも成熟した、女性の色香にあふれたヤスミン姫であった。夏沙王国が朔露可汗国に従属してのち、先王イナールの王女として朔露王族の小可汗イシュバルに娶されたのであれば、姫ではなくヤスミン妃とでも呼ぶべきなのだろう。

　イシュバルは獰猛な戦闘民族として知られた朔露人とは思えないほど、優しげな声で妃の機嫌を取る。

「このように、とても人間に馴れている。殺して皮を剝ぐより、生きているのを愛でた方がよいのではないかと思うが、どうだ」

「でも、わたくしに馴れるとはかぎりませんわ。わたくしは動物など飼ったことはございませんもの」

　ヤスミンは苛立たしげに夫に口答えをする。イシュバルは玄月へとふり返り、前に出るように命じた。玄月はイシュバルの横に並び、天伯の姿がよく見えるように抱き直す。白い獣よりも、獣を抱いた背の高い人物に目を留めたヤスミンは、目を瞠った。

「前に会ったことがあるかしら」

　玄月は聞き取れないふりをして首をかしげ、もぞもぞと動く天伯を撫でて落ち着かせる。

　天伯はためらいつつも顔を上げ、鼻先をヒクヒクさせつつ穹廬の空気を嗅いだ。黒水晶のように輝くつぶらな瞳で、ヤスミンをじっと見つめると、怯えたように玄月の懐に顔を突っ込む。予期せず打撲傷に頭を押しつけられた玄月は、苦痛に肩を丸めて小さく呻いた。

「そういえば、そなたは怪我をしているのであったな。ひとりでは馬に乗れないというので、急ごしらえの橇を作らせて、兵士らに牽かせなくてはならなかった」

玄月は怪我のために動けないふりをして、置き去りにされようと試みたのだが、イシュバルはどうでも玄月ごと天伯を持ち帰ることを主張し、気の毒な兵士を働かせた。

イシュバルは近くにいたヤスミンの侍女に、医師を呼ぶように命じた。ヤスミンは眉を上げて玄月の顔を見つめる。

「その者は、どこから来たのですか。この雪の荒野に一匹の獣だけを連れて？　少年という年頃でもないのに髭もたくわえず、女にしては背が高すぎますわね」

「言葉がなかなか通じぬ。白獣が珍しい種であるほかは、この者の名がマーハということしかわかっておらん」

「女の名ですわね」

玄月は、自分につけられた渾名の意味を訊ねたときの、ラシードの表情を思い返し、そういうことだったのかと納得した。

「遺棄された陵墓か、地下の神殿のような所にいた。盗掘者には見えぬし、墓守の巫か殉教者ならば閹人であっても珍しくはない。詳しいことは聞き出せていないが、医師に診せればわかるだろう」

大陸を半周して多数の国と民族を征服してきた朔露の王族だけあって、イシュバルは異民族の信仰に詳しく、同時に無頓着（むとんちゃく）であった。

北大陸の奥地では、しばしば生まれつきのふたなりや、あるいは自ら性を損ない閹人（えんじん）となることで人と魔、そして聖霊の仲介者となって、死者と語り、自然界の精霊を操る者を巫（シャーマン）として神聖視する部族があるという。

イシュバルは、地下の墓場に独り座して、獣と語らう性別不詳の麗人を、そういう存在であるかもしれないと考え、手荒く扱うことを控えて連れ帰ったのだとヤスミンに語った。

ヤスミンは眉を顰（ひそ）めて玄月を指さした。

「頭巾（ずきん）をとって顔を良く見せなさい」

玄月は言われた通りに、防寒頭巾をおろした。ひと月かけて赤みがかった暗褐色に染めた長い髪が肩から背中、胸へと流れ落ちる。

露（あら）わになった玄月の顔をじろじろと見つめたあと、ヤスミンは眉を寄せて考え込む。

「顔立ちは椛（ファ）族だけど、髪も結ってないし黒くないということは、雑胡のようね。何語なら話せるの？」

「胡語がいくらか通じるようだが、ここは昨年までは金椛領だったからな。金椛語ならば通じるだろうと、いま通訳を呼びにやらせている」

「それならば、わたくしの乳母が椛族の言葉を話しますわ」

ヤスミンの近くに侍っていた、四十ばかりの侍女が進みでる。
ヤスミンが自分を覚えていなかったことに、玄月は安堵した。玄月にしても、あらかじめイシュバルにその妻の名と出自を聞いていなければ、このように成熟し、化粧も派手になったヤスミンを、すぐに見分けられはしなかっただろう。

麗華公主の輿入れのために、夏沙王国へ旅をしてから、はやくも五年が経っているのだ。自分も年をとり、顔や雰囲気も変わっているのかもしれない。まして金椛人が人前で髪をおろすことはない。鳶色に染めた髪を背に流している自分は、端からはどのように見えているのだろう。

天伯は徐々に警戒心を解き、いまや玄月の懐から半身をのぞかせて、周囲をとりまき突然の訪問者を見守る侍女たちの顔をほころばせていた。チッ、チッ、と甲高い鳴き声を上げて首を伸ばし、玄月の頬に頭をこすりつける。玄月は外套の隠しから干し肉を取り出し、天伯に与えた。喜び玄月の肩に登る天伯の仕草に、侍女たちが笑いさざめく。ヤスミンも目を見開き、両手で肉片を押しいただくようにしてもぐもぐと食べる天伯を見つめた。

「なかなか愛嬌がある。穹廬暮らしの無聊をまぎらわすには、悪くないのではないか。飽きてから毛皮にしてもいいのだから」

イシュバルの提案をヤスミンは考慮したようだ。

「その獣は、おまえ以外の人間にも懐くの？」

問われた玄月はうなずき、短く答えた。

「時間をかければ。この獣は、とても賢い」

いくらかは意思の疎通ができると知って、ヤスミンの表情が和らいだ。

そこへ胡人の医師が連れてこられ、玄月は帳で閉ざされた一隅へと連れて行かれた。妃つきの侍女の寝房なのだろう。低く小さな寝台と、卓を兼ねた衣裳用の櫃がある。その寝台に腰かけるようにと指示された。

他人に体を見られるのは避けたかったが、ここで抵抗しては命取りだ。

実際、胸の挫傷は悪化しているようで、ふたたび息苦しさと痛みがぶり返している。

イシュバルが兵士らに作らせた橇の乗り心地は最悪で、初めて駱駝に乗ったとき以来の乗り物酔いを体験した。さらに防寒は充分でなく、霧も凍る大気に体中が強ばり、陵墓からどの方角へ、どれだけの距離を移動したのかを観察する余裕もないほどであった。

暖かな穹廬に入ってから、徐々に体はほぐれてきたが、それにつれて胸の痛みもだんだんとひどくなっている。治療を受けられるならば、それにこしたことはない。ときには成り行きに任せるのも仕方のないことと考え、おとなしく医師の言葉に従った。

天伯は玄月の膝をおりようとせず、玄月は衿だけを開いて胸の痣を医師に診せる。

医師は玄月の打撲痕を見て驚き、触れてその深さを測った。金椛人の医師のように脈を診たりはしない。傷を得てから何日目であるか、打撲の原因はなんであるかと訊ねられる。落馬だと答えると、疑わしげな顔をされた。明らかに誰かに殴られた痕ではあるが、医師はそれ以上は追及しなかった。ただ、背中まで掌で触れられ、深呼吸するように言われてその通りにした。胸を打ってから血を吐いたかとも訊かれ、否と答えると、それならば、十日も安静にしていれば良くなるだろうと言われた。

痛み止めの薬と、腫れに効く軟膏を処方し、呼吸が楽になるまで寝ているようにと指示して、医師は下がった。

言葉も満足に通じない敵の陣中で、思うに任せない体となって横たわっている。いまのこの状況と、誰も知る者のいない後宮に、世知もなく十二で放り込まれたあの当時と、どちらが悪条件であるのだろう。そういうことを考える余裕があるだけ、いまのほうがましかもしれない。あのときは、官家落ちの玄月に対する周囲の敵意にさらされ、ときに命の危険すら感じたものだが、ここでは素性をうまく隠し通して脱出の機会さえ捉えれば、どうにかなりそうである。

とはいえ、油断は禁物だ。

後宮や朝廷では、時間をかけて学んだ派閥の力関係、雌伏して築き上げた人脈と職権、そして親と陽元の後ろ盾があってこそさまざまな策略を巡らすことができたが、頼みにしていた己の才覚も、縄張りを一歩出れば、ルーシャンに手玉に取られてしまう程度のお粗末さであった。ルーシャンが尊敬できる武人であり、評価に値する軍人であることは認めていたはずだが、所詮は異国人と、心の底で見下していた己の傲慢さが招いた敗北であった。

大陸を股にかけた輿胡であり、同時に数知れぬ戦闘を生き抜いた傭兵でもあったルーシャンと、ようやく後宮と帝都という小さな池から飛び出した自分との、人間の厚みの違いというものを思い知らされた。

同じ間違いを重ねないよう、ここでは朔露人を決して侮ることなく、慎重に対応してゆかねばと、自戒の念を新たにする。朔露人がどのように感じ、どのように考えて行動するのか、金椛人にとっては未だに未知であるのだから。

金椛語を解するというヤスミンの乳母が、手と顔を洗う水を持ってきた。水盤から水を飲む天伯の毛並みに触れて笑顔になる。

とりあえず、運悪く拉致された難民のように掠奪や陵辱を受けずにすみ、金椛側の間諜であるという疑いをかけられて拷問を受けることもなく、うまく立ち回れば居心地のいい穹廬の片隅で怪我の治療はできそうな気配だ。

ヤスミンの乳母が出て行くと、玄月は寝台で丸くなる天伯の背中を撫でつつ、声に出さず吐息だけで、その耳にささやきかける。

「そなたはまことに幸運をもたらす瑞獣であるな。おかげで助かった」

その天伯を『うっかり』置き去りにしてしまった星遊主に、また借りができてしまったようだと嘆息する。

戦争中であるのに、狩りの最中に拾った得体の知れない人間と獣を、自陣のそれも妻の穹廬に迎え入れるイシュバルの考えはわからない。神経を尖らせながらも、久しぶりにまともな寝台に横になった玄月に、急激な疲労感が襲いかかってきた。指を一本動かすのもつらく、危険が迫っても、とっさに起き上がることもできないまでに消耗していたことを思い知る。枕元に架けられた小さな鏡に映る顔はひどくやつれ、いまにも死にそうなほど青ざめている。これならば警戒する必要はないと思われても、仕方がないと苦笑した。

息苦しさがおさまるまでは、体を動かしたり、歩き回ったりさせないようと医師が報告したおかげで、玄月は誰にも煩わされることなく、一日、二日は微睡みのうちに過ごした。

ヤスミンは一日に二度、天伯に餌をやるために房を訪れる。ヤスミンのけだるげな動作に、玄月は別れ際の蔡才人を思い出す。水を運ぶ侍女に確かめると、ヤスミンはやはり妊娠しているという。

玄月と天伯の世話をするのは、はじめの日に水を運んできた年配の侍女で、古風な椛語を話す。ヤスミンの乳母であることから、夏沙王イナールの妃でヤスミンの母親であった陳叔恵と同じく、金椛人と同祖である紅椛族の後裔なのだろう。

陳妃は、金椛王朝の前に中原を支配した紅椛王朝に仕え、敗北して五十数年前に西方へ逃れた紅椛党の子孫であった。同じく紅椛党の裔と思われる侍女の黒髪には、幾筋かの白髪が交じり始め、目尻や口元には年相応にしわが刻まれていたが、肌は滑らかで胡人のように白く、瞳の色は薄い。しかし、小柄で目鼻立ちの彫りは浅く、全体的には東方椛人の容貌に近い。名をサフランという。

ヤスミンの命令であろう、サフランは手当てをしながら玄月の身元を根掘り葉掘り訊ねる。深く詮索されずにすむ作り話を玄月が始める前に、サフランは身を乗り出してしゃべりだす。

「まあ、死ぬかもしれないほどひどく打たれて逃げ出した事情は、誰だって言いたくないものだけど。珍しい獣を連れて、身なりも物腰も卑しいところはないから、奴隷でもないようだし。それなりの家の奥様で、夫にひどく打たれて逃げてきたんじゃないのかい？このあたりの男たちは乱暴だからねぇ」

サフランの想像力は、玄月の予想を超えていた。無意識に自分の頬に手を置き、女性に見えるような化粧はしていないことを確かめる。

医師は胸の打撲が落馬によるものだという玄月の言葉を信じずに、ひとの拳で打たれたものだとイシュバルとヤスミンに報告したのだろう。西方諸国や朔露では成人の男性にひげをすべて剃り落とす習慣がなく、背の高い女は胡人には珍しくない。それに加えて女名を名乗ったことと、体を診た医師の報告から、どこかの家で暴力を受け、村から逃げ出した婦人であると思われたようだ。ならばその方が警戒されず都合がいいと、サフランの想像に話を合わせることにした。

見破られないように、玄月は仕草や声音を細やかにするよう努める。

諦観気味に微笑みつつ、都の上流階級の発音が滑り出ないよう慎重に、そのために断片的な言葉遣いで感謝を並べると、サフランは目を潤ませて同情する。

「マーハさんは、イシュバルさまに助けられて、運が良かったですよ。ほかの朔露の王子に見つかっていたら、どんな乱暴をされたものかわかったものではありません」

サフランはそう言って身震いした。

イシュバルが玄月を連れ帰った日の事情も聞いた。雪嵐が去り、晴れ間が見えたことに喜んだヤスミンが夫と幕営地を散策していると、真っ白な獣が雪上を跳ね回っていた。ヤスミンはあの獣が欲しいと夫にねだり、イシュバルは配下の兵一隊を率いて、深い雪の中を馬を漕ぐようにして天狗狩りにでかける羽目となったのだ。

大可汗の血縁に連なり、大陸を戦乱の渦に巻き込む朔露の将が、政略によって迎えた被征服民の妻に頭が上がらないというのは奇妙な構図だ。

悪鬼のごとく戦う朔露兵か、捕虜となって獣のように抵抗する朔露兵しか知らなかったが、考えてみればかれらにも平時はあり、家族と過ごす時間はある。まして妻が妊娠しているとなれば、生まれてくる子のために白い毛皮を欲しがる妻の望みを叶えようともするだろう。

玄月はひとりになると頭から雑念を追い払った。

イシュバルの家庭事情はどうでもいい。それより脱出の方法を考えなくては。

サフランの話や、帳越しに聞こえる侍女らのおしゃべりの断片から、イシュバル小可汗は慶城に進軍中の朔露軍の後方で、兵站を担っていることを知る。

ユルクルカタン大可汗とその配下の王族も、楼門関の西側に穹廬の集落を作り、かれらの妻子をそこに残して出撃している。遊牧の帝国は、将兵の家族はもちろん、後宮も王族とともに戦場までつき従うことを知って、玄月は少なからず驚く。

後方部隊のイシュバルは、本軍に兵糧が必要となり、前線から進軍の命令がもたらされるまで、自身の後宮で待機しているというわけであった。

それにしても、イシュバルは方盤城からルーシャンの家族が脱出したことを知らないらしく、いつでも朔露本軍のあとを追って出陣できるよう、天候を見ながらの練兵に忙しい。ラシードが陵墓から監視していたときは、城外まで捜索隊を出していなかったようすから、城内の留守居兵らは、厳罰を怖れて上部に報告していないものと思われる。

大可汗とルーシャンの密約を頼みにしているためか、イシュバルは朔露軍の勝ちを確信している風情でもあり、軍規や軍団間の結束は箍がゆるんでいると見える。

一日に二度、サフランの運ぶ食事は、大麦と玉葱を羊の脛肉と煮込んだ羊湯のみで、体は温まるが、大陸の三分の一を支配する帝国の王族の食事にしては質素であった。とはいえ、戦時中の野営であればこのようなものだ。苦手な羊の肉を残すとサフランに叱られるので、残さず食べる。怪我を治し、療養で衰えた筋力を回復させるためには、肉は食べるべきであった。

体の自由は利かずとも、金椛軍と朔露軍の決戦の結果は知らねばならない。金椛軍が勝っていれば、やがて撤退する朔露軍を追って金椛軍が攻めてくるであろうし、そうでなければイシュバルの軍は後詰の役を終え、前進する朔露本軍のあとを追うはずだ。

食事を運んできたサフランに、初日からいちども、玄月と天伯を訪れることのないイシュバルの動向を訊ねる。

サフランは玄月（マーハ）がイシュバルの見舞いを望んでいるのかと受け取り、苦笑まじりに
「朔露の男は、後宮内の事柄にはかかわらないものです」と答えた。

イシュバルは妻が欲しがったものを獲（と）ってきただけで、獲物が妻の手に入った以上、もはや天伯と玄月のことは忘れて公務に戻っているという。サフランの口調から、やきもち焼きのヤスミンは、夫が獣使いの女に近づくことを禁じてもいるようだ。

イシュバルはヤスミンのどこが良くて、言いなりになっているのだろうか。もちろん、イシュバルにつきまとわれて正体を勘づかれては困るので、それはそれで、玄月にとっては都合がいいのだが。

恐妻家であろうと、イシュバルは朔露の将だ。柔弱な性質であるはずがない。激怒して星遊圭に暴力を振るい、殺そうとした朔露の将ジンもまた、遊圭が人質に仕える無力な女官を演じていたときは親切に接していたという。

朔露人に限ったことでもないかもしれない、と玄月は考えた。自分もまた、相手や状況によって、まったく違う顔を使い分けるではないか。ときに自分はどういう人間であったか、思い出すことも難しくなるほどに。

玄月はサフランに、穹廬の外を散策したいと頼んだ。医師が来て診察をすませ、運動

を許可する。　天伯は穹廬（きゅうろ）の女たちに馴（な）れ、ヤスミンの手から餌を食べるようになっていた。餌を食べ終わると顔を掌にこすりつけてくる天伯に、ヤスミンは毛皮を剝ぐのは先送りにすることに決めたようだ。

外に出ても、玄月は神経を研ぎ澄ましてあたりを観察した。ここではまだひとりも見かけていないが、イシュバルの後宮に宦官がいれば、玄月が同類であることはすぐに見破られてしまうだろう。

久しぶりの戸外は、冷たく清涼な空気に満ちていた。ここへ連れてこられたときは雲が多く、方盤城の方角を知ることは困難だったこともあり、四方八方がただ茫漠たる荒野に建つ幕営地の位置は、まったく見当がつかない。

天伯は皮を剝がれる心配もなく外出できるようになり、元気よく跳ね回る。そのあとを、けが人を気遣うサフランの歩調に合わせて、ゆっくりと散策をする。

何日も寝たきりでいると、回復するのにも時間がかかる。走ることはもちろん、乗馬も無理はできない。しかも、浄身の体は絶えず鍛錬を続けなければ、筋肉も長くは留まってくれない。これは以前、苛酷な帰還の旅を遂げて帰京し、ひと月以上の療養を必要とした日々で学んでいた。病み上がりの体では、無理はできないことを。

いまこのときも、十日あまりの安静の日々を数えただけで、二の腕と肩周りの筋肉、胸筋は柔らかみを増していた。イシュバルの後宮をぐるりと歩き回るだけで息が切れるのは、まだ肺の挫傷が快癒していないためもある。これではいくら警備が薄いとはいえ、馬と数日分の糧食を奪い、イシュバルの幕営地を脱出して方盤城へ逃げ切るのは難しい。

　イシュバル後宮の、使用人の数と警備兵の配置、馬の場所を記憶に焼き付ける。そして雪の融け始めた原野に、方盤城への方角を探る。距離は誰かに訊かねばなるまいが、あまり遠くでなければよいと祈る。ラシードの言によれば、春先の雪嵐は二、三度は繰り返される。嵐に襲われたときはその場を動いてはならないそうだが、たったひとりで荒野を移動しているときに嵐に遭っては命取りであろう。

　天狗は非常に賢い獣だ。懐いている人間はどこにいても探し当てる能力がある。首輪に手紙をくくりつけて、ラシードへ送ることも考えた。だが天伯はまだ生まれて一年に満たない幼獣である。イシュバルに追われて逃げ惑った記憶も深く刻み込まれたらしく、動き盛り、遊び盛りの仔天狗であるにもかかわらず、玄月が外出できるようになるまでは、寝房の外に出ようとはしなかった。単独で遣いに出すには、まだ無理があるだろう。

　脱出策をいくら考えようとも、使える人脈や部下はなく、体力もかつてより衰え、取るべき手段を何ひとつ持たない。敵地に孤立する無力さを思い知らされる。

　淡い青に霞む冬空を見上げ、太陽の軌道を追って、金椛帝都のある南東の方角へと顔を向ける。

　十二で何も持たずに後宮に放り込まれたときも孤立無援だったが、ここはさらに地の果て、敵陣のど真ん中だ。しかも此処と金椛の本軍の間に、朔露大可汗の大軍がひしめいている。生きて帝都に戻れる見込みは万にひとつであろう。

自分はどこで道を見失ってしまったのか。

後宮の修業時代には、力のある宦官同士の派閥争いを観察し、先達の成功や自滅から生き残る術を学んだ。

小月——蔡月香と再会してからは、一日も早く妻に迎えるためにも仕事に励み、昇進を急いだ。

皇帝に即位した陽元の基盤が脆いことを知ってからは、その治政を盤石にすることを目指して前に進んできた。

後宮だけではなく、官僚の動向にも目を光らせる宦官の内部調査機関、東廠に異動してからは、皇帝の耳目として宮城の周囲に目を光らせ、外の世界へも人脈を広げてゆき、ついに監軍使として辺境の地まで赴き、軍事にもかかわるようになった。

ルーシャンの秘密を探ろうとして、逆に罠に嵌められてから早くも一年が経っている。あのときは、監軍の地位にある玄月の命を取ることまではしないだろうと、あえて虎穴に踏み込んだ。あのあたりからだろう。陽元を支え、小月を得るという、単純明快であった玄月の人生に『保身』という余計なものが入り込んできたのは。

金椛国の世界観や宗教とは相容れない、ルーシャンたちの結社に入信させられたことが中央に知られたら、玄月の政治生命は終わりだ。そのために生涯のあるじと定めた陽元に秘密を抱え、ルーシャンの要請を断れなくなった。

その結果が、この有り様だ。

寄る辺ない牧民の女を装って、敵将の妃に養われている。
「マーハさん。寒さは体に障ります。そろそろ穹廬に戻りましょう」
サフランに声をかけられ、玄月はもときた方角へときびすを返す。
西から東へと吹く風を頰に受けて。

ある日、早馬がイシュバルの本陣に駆け込み、大可汗ユルクルカタンの率いる朔露本軍が金椛軍に敗れ、雪嵐に立ち往生しているという報を告げた。イシュバルの幕営は蜂の巣をつついたような騒ぎになり、前進の号令が出された。しかし、ヤスミンの穹廬に動きはなく、イシュバルは自分の後宮をこの地に残して出陣するらしい。

ルーシャンの密約破棄と、人質であった康宇長老一族の脱走。それらと方盤城に近い地下の施設に潜んでいた玄月の目的とを、イシュバルが関連付けるかもしれない。

玄月は息を潜めて成り行きを見守った。

イシュバルは単純な武人であったらしく、前線からの要請に応じて増援と物資の補給のために迅速に出陣した。

急に男たちが減り、静かになった荒野の後宮で、玄月は脱出を再検討する。あの陵墓に戻り、抜け道を通って方盤城に逃げ込めば、開城工作に励むラシードたちと合流できるだろう。問題は、このイシュバル隊の幕営地から、どこへ向かえば方盤城の南面にある陵墓に帰り着けるかである。

六、朋友再会

朔露国と交換する捕虜を選ぶために、星遊圭は橘真人を伴って捕虜を監禁してある棟へと向かった。

「助かります、グルシは遊圭さんが相手だと少しだけ警戒心が下がるようで、話しやすくなります」

橘真人はほっとした口調で言う。

遊圭が前線に出て、慶城を不在にしていたときは、グルシはほとんど誰とも口を利かなかったという。遊圭が一見したところ少年のように若く、兵士には不向きな体格であることや、朔露の文化に興味と理解を示して懐柔を図ってきたことが、与しやすい相手と思わせ、グルシの敵愾心を薄める効果を上げていたのだろう。

遊圭は、朔露人の考え方を知るためにも、たびたびグルシの独房を訪れては、対話を試みてきた。慶城に落ち着いてからは、グルシもまた外の情報を求めてか、あたりさわりのない会話には乗ってくるようになっていた。

だが今日は、必要であれば隠していた爪を見せて、多少の脅しもかけなくてはならないだろう。

忘れてはならない。グルシは一軍を率いる朔露の将である。遊圭よりも長く戦場に身とはならないを置いて、敵を斃してきた歴戦の戦士であり、牢に繋がれてもその矜持を損なったことはない。遊圭は、グルシの誇りを傷つけないように、協力をとりつけなくてはならないのだ。これまで懐柔に割いてきた労力が、無駄になるか効果を上げるか、力量を試されるときだと、遊圭は緊張する。

橘真人は、殺風景な部屋のひとつに遊圭を案内した。

「お久しぶりです、グルシさん。体調はいかがでしたか」

牢の格子の向こう側で、のそりと人影が動く。

「なんだ、豎子。まだ生きていたのか。前線に行ったと聞いていたが、見かけによらずしぶといな」

グルシはしゃがれた低い声で悪態をついた。

「金椛と朔露の全軍が、正面から戦いましたが、結果はお聞きになりましたか」

捕虜には戦況などの情報が与えられていないのを知っていて、遊圭は釣り糸を垂らした。グルシは寝台の上からは動かなかったが、こちらへ体を向けた。遊圭の話を聞く気になったようだ。

遊圭はかいつまんで金椛軍の勝利と朔露軍の敗走について語る。しかし雪嵐のために朔露軍の撤退を許し、楼門関の奪還もできたわけではないので、ある種の膠着状態に陥っていることを告げる。

グルシは太い声で嘲笑った。

「講和？　そんな言葉は朔露にはないな。我らの征く道に在るものは降伏するか、滅ぼされるかだ」

　牢といっても、罪人用の地下室ではない。政庁の一角に格子を設けた部屋を用意させて、朔露の尉官や将軍の地位にある捕虜を拘置している。格子の向こうには寝台や家具はあるが窓はなく、こちら側には常に監視兵がひとりずつ配置されている。

「わたしたちは、そんなに簡単には踏み潰されたりはしませんよ」

　グルシは寝台の上であぐらをかいて、立ち上がることなく訪問客を睨めつけた。遊圭は、深呼吸をして気持ちを落ち着けた。緊張を解すために、袖の中で指を曲げ伸ばす。

　見張り兵の椅子を一脚借り、格子の前に置いて腰をかけた。

「朔露の大可汗は、大陸の三分の一を征服するという、たいへんな業績を成し遂げてきました。そのことはわたしたちもよく知っています。ですが、あなたがたの征服した西大陸、大陸中央には、金椛帝国ほどの広大な領土と人口を誇った国がありますか」

　グルシは落ち着き払った遊圭の口調に、眉を上げてにらみ返す。

「この日までに大可汗が征服した国々と領土を合わせれば、金椛の領土など、軽く超えるだろう」

　虎の咆哮にも似た激しさで、グルシは断言した。遊圭は即座に問いを放つ。

「どうしてわかるのですか。誰がその人口を数え、領地の広さを測量したのですか」

　グルシが返答に詰まった隙に、遊圭はたたみかける。

「あなたがたは未(いま)だに金椛帝国と同じ規模の国を征服したことはない。なぜ、二十余年前に北大陸を統一した可汗ユルクルは、その精鋭の軍隊を以(も)って、朔露高原からもっとも近く、もっとも豊かな金椛帝国を征服しようとはしなかったのか」

遊圭は、現在は金椛帝国より広大な領土を誇る大可汗を、過去の一地方の領袖(りょうしゅう)であった当時の名と称号で呼んだ。沈黙するグルシに、遊圭は自ら答える。

「当時の可汗ユルクルと新興朔露国は、金椛帝国と衝突する力を持たなかった。そのかわり、西大陸へと進んだ。西には小さいながら豊かな国の数は多く、そして強大な帝国がなかった。互いに競い合い牽制(けんせい)し合う諸国を、ひとつずつ潰してその富を吸収していくことで、ユルクル可汗は朔露を大きくしていった」

「西海の向こう岸と南の大陸には、金椛と同じくらい大きく、さらに古い帝国はある」

「その国を、あなたがたはすでに征服しましたか」

グルシの反論を、遊圭は即座に封じた。

「昨夏、朔露南軍を率いるイルコジ小可汗は南大陸には向かわず東へ進み、天鋸行路(てんきょ)から金椛領を攻めようと試み、劫河(こうが)にて敗退しました。その後、天鋸行路の西へ撤退したイルコジの消息はまだ聞いていませんが、生き残りの手勢三万で、南大陸にあるという古代王国でも征服しに行ったのですか」

「イルコジが敗れた？」

グルシは愕然(がくぜん)として目を剝(む)き、寝台から下りて格子につかみかかった。

遊圭と真人の背後に控えていた見張り兵が、剣の柄に手をかける。遊圭は立ち上がってグルシの正面に立った。身長差はそれほどないので、上から見おろされて威圧に負ける心配だけはない。

目を怒らせるグルシに、遊圭は薄い笑みとともに悠然と言い返す。

「我々がイルコジ小可汗を取り逃がしてしまったために、南大陸の国々には禍をもたらすかもしれないと思うと心が痛みます。南のタルク帝国に祖先を持つ移民も、我が国にはいるというのに」

イルコジ小可汗の奇襲計画を知った遊圭が、天鋸行路を守る呉昭威将軍に通報したことで、劫河の戦いは金椛軍の勝利に終わった。その同時期に、朔露北軍と本軍は楼門関を陥落させ、慶城へ撤退する金椛軍を深追いしていたグルシは捕らえられた。

このふたつの戦が同時に進んでいた夏の日から今日まで、捕虜として監禁されていたグルシは、詳しい戦況を知らされていない。慶郡から帝都へ、帝都からふたたび河西郡の慶城への護送中に目にした金椛の帝都は、戦争を知らぬがごとく賑わい、田園は豊かに実りを迎えていた。内心では国境の戦況が気になり、焦りは募っていたことだろう。

イルコジの残兵数の正確なところを遊圭は知らないが、五万とされていたイルコジ小可汗が半数を失って敗退したとなれば、グルシは動揺するであろう。

グルシは格子から手を放して、一歩下がった。

「そうか、イルコジ軍が朱門関へ攻め込まなかったから、金椛は西部の軍を河北への増援に送り、朔露本軍はこの慶城を抜くことがなかったのだな」

「まあ、そんなところです」

遊圭はグルシの推察にうなずいてみせた。実際の増援は東の沙洋王率いる海東軍と、河北の天領からの援軍であったが、そこまで教えてやる必要はない。

「長い間、我々が大陸の西の涯てと信じていた西海は、北と南に地峡を持つ内海にすぎないそうですね。あなたの言うとおり、その西の海を渡り、あるいは地峡を越えてゆけば、まだ見ぬ征服すべき大小の王国や強大な帝国がある。しかし、ユルクル可汗は東へ引き返してきた。通り道にあった小さな国々を滅ぼし、征服し、二十年かけて、朔露高原の南に聳える天鳳山脈へ」

遊圭はもちろんのこと、大陸の東側に住む人々は、大陸の真の形とその広さを未だ知らない。大陸を東西に移動して商いを営む興胡から聞いた話で、おぼろにその全容を推し量るだけだ。

北大陸を征服したユルクルカタンが、次に侵攻した大陸の西側には、人口一千万を超える国はなく、大小の都市国家が数珠のように連なるのを、朔露可汗はひとつずつ潰し、あるいは吸収していった。

「そして、ユルクル可汗は征服してきた異民族を配下に従えて、空前の軍隊を作り上げた。いままで誰も為し得なかったことです。大可汗を号す現在、擁する軍隊は百万とも二百万とも言われていますが、兵士の大半はこの大陸の北と西、中央に分散していて東征に連れてくることはできない。実際に金椛国に侵攻したのは二十万から三十万。しかもその大部分は朔露人兵士ではありません」

遊圭はいったん言葉を切って、グルシの反応を見る。グルシは濃いひげに覆われた唇をぐっと引き結び、厳しい目つきで遊圭をにらむ。遊圭は息を吸い込んで続けた。

「その一方、我が帝国の東と南には三千五百里に及ぶ海岸線、内陸の西北に延びる国境はおよそ四千里、その国土は四百万平方里の広さがあり、戸籍に名を登録された国民だけで五千万人を超えます。砂漠と森、広大な平原と幾重にも重なる山脈をいくつも擁するこの国土には、百万を超える兵士、民兵を入れれば二百万。それがすべて、金椛の皇帝を天下のあるじと仰ぐ金椛の民なのです」

「だが、楼門関の指揮官と兵士は胡人ではないか」

煩雑な数字の羅列に惑わされることなく、グルシはすかさず反論した。遊圭はにこりと微笑む。

「それは事実ですが、かれらは征服されて服従しているのではありません。自ら金椛の地に移住して、その地に根を張って生きている人々です。朔露軍に都市を破壊され、強制的に移住させられたり、故地を何千里も遠く離れて転戦を課せられたりした兵士ではない。今回の方盤城攻城戦では、城壁を攻撃させられた先鋒はみな、朔露人ではない異民族でした。何万という胡人兵士が、七千里の果てから連れてこられた挙げ句に、砂漠の露と消えてしまったわけですが。そうした兵士たちが、いつまで大可汗に服従しているでしょうか」

「そんな話を俺にして、どうしろと言うんだ」

グルシは唸るような声で遊圭につっかかる。

「講和の手伝いを、グルシさんにして欲しいのです。あなたがたには講和の概念がないとおっしゃいましたが、そんなことはない。北大陸では何百年も、ほかの土地と同じように、大小の部族が抗争を続け、国が興り、滅んできました。二百年前の朔露は統一帝国を築き、そして分裂。この金椛の建つ中原も似たような歴史を繰り返しています。だからといって、いつもいつも部族間でいがみ合ってきたわけでもない。あなたがたは大陸の北に散らばって住み、東から西へと移動する間に同族や異民族と相互に交易し、通婚し、交渉と交流を重ねてきた。諍いの原因が憎しみや復讐でもない限り、国を傾け部族ごと滅ぶような戦争は誰も望まない。どちらかが滅ぶ前に互いの利害を調停し、和解の条件を取り決めることで、平和のうちに財産を殖やし子どもたちを育てる時間を、手に入れてきたのではありませんか。我が国と貴国の交渉が成立するか否かは、ユルクルカタン大可汗の胸一つででしょう」

遊圭はひと息ついて、本題に入った。

「先の決戦では金椛側の圧倒的な勝利に終わりました。雪嵐に阻まれなければ、金椛軍は楼門関まで追撃して、方盤城を奪還、朔露軍を砂漠へ押し返したことでしょう。朔露側の兵の損害は、三万から四万といったところでしょうか。雪が融ければ、さらに明らかになるでしょう。そこで――」

雪嵐の季節が明ければ黄砂が舞い始める。金椛側には、砂漠の彼方まで朔露の敗軍を追いかけてゆく利はない。金椛が天鋸行路における宗主権を手放すことで、大可汗が楼門関を放棄し撤退してくれたらそれが最善だが、それ以上に金椛国が取り返したいのが、捕虜にされた兵士や、奴隷に落とされた民衆である。

「そのあたりの交渉がうまくいくよう、お手を借りたいのです」

「断ればどうする」

太い腕を胸の前で組むグルシの黒い目が、まっすぐに遊圭をにらみつける。

「グルシさんを生かしておく理由がなくなってしまいますね。わたしにはあなたを処刑する権限はありません。ただ、捕虜交換のときのために、みすぼらしくならないよう、これまで厚遇してきましたが、その必要がなければ経費節減のために地下牢にお移りいただき、都に滞在していたころの待遇に戻ります」

グルシは唸り声を上げたが、言葉は吐き出さない。

「捕虜の交換ができなければ、残りの朔露兵のみなさんも同じ運命です。グルシさんの協力が得られなければ、校尉以下の朔露将兵は処分してもいいと、太守の許可をいただいています。校尉とは数百人単位の兵団の指揮官です。つまり、グルシさん以外の捕虜のみなさんは、この世からお引き取りいただくことになります」

「そんなことをすれば、きさまの首を捻り切ってやるぞ」

グルシは格子を握りしめて揺さぶる。衛兵は遊圭を庇うように前に出たが、格子はびくともしなかった。

「どのみち、大可汗が交渉に応じなければ、朔露兵の捕虜は皆殺しになるのです。方盤城の住人を避難させ、楼門関を最後まで守り抜こうとした金椛兵が、大可汗の命によって虐殺されたのと同じように。この衛兵は、」

遊圭は横に立つ兵士を指した。

「わたしを守るためではなく、あなたを守るためにここにいるんですよ。この慶城の住人の半分は、朔露人への復讐に身を焦がす、方盤城から避難してきた兵士や住民たちです。一歩でもこの牢を出れば、あなたたちは住民たちによって八つ裂きにされてしまう。大可汗が自分の血に連なる将兵を大切に思っているのなら、かれのために命を捨てて戦ったあなたがたの身柄と、我々から奪ったものとを交換してくれるくらいの情は、期待しているのですが。それとも、あなたがた朔露人の将兵は、大可汗にとって使い捨ての武具でしかなく、異民族から奪った食糧や財産よりも、価値のない存在なのでしょうか」

「そんなはずはない！」

唾を飛ばして否定するグルシに、遊圭はうなずいた。

「あなたは自分が死ぬことよりも、部下が処刑されることに、より心を乱され、腹を立てている。ユルクルカタン大可汗もそういう情のある君主であって欲しいと、わたしは願っています」

捕虜を収容した建物を出て、橘真人は「ふあっ」と大きな息を吐いた。

「遊圭さん、あなたが副使なり正使になって大可汗と交渉した方がいいんじゃないですか。あのグルシを挑発して、交渉をこちらに有利に進める条件を呑ませるなんて」

「いえいえ、いまでも膝が震えていますよ。上から見おろされて萎縮しないよう、上げ底の靴を履いていたから、腹に力を入れて、腰から踵までぐっと踏ん張っていないと転んじゃいそうなのが効果的でした」

「ええ？　少し背が伸びたなとは思っていましたが、そういうからくりでしたか」

真人はそう言って笑い出す。

遊圭は掌の汗を上着の裾で拭きながら、真人に苦笑いを向ける。

「格子につかみかかってきたときは、もうダメかと思いましたけど、なんとか持ちこたえました。見ていたのが橘さんと衛兵だけで、丸め込むのがグルシだけだからなんとかなったんです。これが両軍の真ん中に立って、敵味方の注目を浴びての交渉だったら、とてもじゃないけど正気を保てないでしょう」

「その正気を保てない任務を、僕にやらせようというわけですか」

真人は身震いして苦情を言う。

「橘さんが副使に選ばれたとしても、通詞兼務ですから、交渉そのものをやるわけではないです。正使には経験豊富な軍官僚が出て行くはずです。表の人事には詳しくないので、誰が選ばれるかは知りませんが」

「ところで、金椛国って百万も兵士がいるんですか」

橘真人はのんびりとした口調で訊ねた。

西沙州を守るため、十万の軍を出すのにも難渋しているというのに、どこに百万も隠しているというのか。

遊圭も負けずに悠長な笑みを浮かべて応える。

「ほぼはったりです。水軍も数に入れて、国中から壮丁を掻き集めればそのくらいにはなりますが、精強な朔露兵を相手に使い物になるかどうかは別の話ですしね。金椛王朝が開かれたときに動員された兵の数は、紅椛軍と金椛軍を併せて百万を超えたと言われています。が、太平の世になってからはほとんどは帰農して、現在のところ即戦力になるのは六十万くらい、それも広範囲にわたる国境への配備と、各郡太守の配下に分散されているので、それぞれの地方の都合もあり、一気に招集というわけにはいきません。楼門関への援軍が迅速に送り出せないのも、そういった事情のためです。五十年も太平が続くと、軍隊の維持費は削られて、兵団の規模も縮小されていくものなんですよ。兵隊だって、田畑を耕して家族を食べさせないといけませんからね。遠くの戦場に送り出されるとなれば逃げ出すこともあります」

そうした事情を話し合ううちに、遊圭に割り当てられている宿舎に着いた。馬柵に馬が二頭、繋がれている。一頭は毛並みもたてがみも真っ黒で、ルーシャンの腹心で河西軍の重鎮にまで出世している達玖の乗馬、烏騅を思い出させる。

「あれ、客かな。困りましたね。橘さんとの打ち合わせができなくなってしまう」

「僕は待てますよ。いまはそんなに忙しくないので」

遊圭と真人が宿舎に入ると、竹生が迎えに出てきた。満面の笑みを浮かべている。

「おかえりなさい、大家。お客様ですよ」

「珍しいな。竹生にそんな嬉しそうな顔をさせる客って、誰だい？」

竹生が客間の扉を開けるなり、遊圭は驚きに目と口を大きく開いた。中にいた人物が立ち上がる。

「遊圭！　元気だったか」

「尤仁！　そちらこそ。来るなら手紙を寄越してくれればよかったのに」

ふたりは駆け寄って、肩をたたき合う。

左の頬骨に沿って三つ並んだ小さな黒子は、胡人の血を引く白い肌のためにとても目立つ。鳶色の柔らかな髪、眉間から鼻梁の立ち上がったまっすぐな鼻の持ち主だが、それほど彫りの深くない尤仁の顔立ちは、遊圭と同じ椛族の特徴を示している。

尤仁もまた、ルーシャンの息子の芭楊と大黎のような、民族の異なる両親の間に生まれてきた、雑胡と呼ばれる子どもたちだ。以前は片方の親が金椛人の場合は雑胡とは呼ばれなかったが、数が増えたせいか、最近では外見に異民族の特徴が現れる人々をも、ひとまとめに雑胡と呼称している。

長く差別的な意味合いを込めて使われてきた呼び名であったが、ルーシャンはむしろ誇らしげに自分の直属の部隊を雑胡隊と名付け、そこから実績を上げた兵士たちに高い地位を授けている。

ルーシャンは将軍として住民に人気があり、雑胡隊に憧れる少年たちは少なくない。それもあり、河西郡を含む西沙州では、雑胡という言葉が嘲りを含んで口にされることはなかった。

遊圭は真人へとふり返る。

「尤仁、こちらは職場の同僚で橘真人さん。橘さん、こちらは国士太学の同窓生だった史尤仁君。太学を辞めてしばらくは東の州に移り住んでいましたが、もともとはこの西沙州の出身です。尤仁、よく戻ってきたね。もう、ご家族には会って来たのかい？」

遊圭は、尤仁が入学して一年も経たないうちに死刑に相当する罪を犯して東部へ逃亡し、昨年の大赦で免罪されて帰郷したことは伏せて紹介した。

尤仁は、国士太学で地方出の学生を卑しむ名門出の学生から、たびたび耐え難い嫌がらせを受けた。そのため、自暴自棄になって反政府活動に飛び込み、朔露の間諜にかかわってしまったことが、当局に知られてしまったのだ。

尤仁の過ちは許されることではないが、上級生から受けた理不尽な仕打ちと、名門出の学生の不正を放置する太学に対する、持って行き場のない怒りは遊圭も同じだった。都じゅうに手配され、自分を頼ってきた尤仁を売り渡すことなど、遊圭にできるはずがなかった。どうにかして親友の命を救おうと知恵をしぼり、都からの脱出を図って、尤仁を縁故のある遠方の寺に預けた。

金椛国の法では、出家者を捕縛することはできないため、尤仁は頭を剃って読経三昧の日々を送っている限りは処刑台にのぼらなくてすむ。大赦の報を受けて還俗し、夏から伸ばし始めたであろう尤仁の柔らかな鳶色の髪は、まだ髷が結えるほどには伸びていないらしく、頭は頭巾で覆われていた。

「遊圭、天鋸行路では大活躍だったそうじゃないか。おかげで僕まで都へ帰ることが許された。しかも、君の家に挨拶に行ったら、趙婆が明々に連絡をとってくれて——驚いたよ！　帝に謁見を賜ることができた。とても大切な任務を授けられて、急いでやってきたんだ。途中で実家に寄って、両親と兄弟には顔を見せてきたけどね」

「陛下から大切な任務って——」

遊圭が驚きを抑えつつ訊ねると、真人が気を遣って立ち上がった。

「僕はあとで、出直してきましょうか」

そこへ、竹生が三人分の茶器と軽食を運んできた。尤仁はにこやかに真人を止める。

「いや、君たちの仕事に割り込んでしまったのは僕だから。それに任務そのものは秘密というわけではない。まずはひとつめ。遊圭と再会したら、詰めの甘い星公子に影のように付き添い、必ず生きて帰るよう手助けすること。そしてふたつめ」

尤仁は立ち上がり、衿を開く。二重に隠しをもうけた上着の懐から、一包みの書簡を出した。両手に持って背筋を伸ばし、遊圭の前に立つ。

「皇帝陛下からの書簡だ。謹んで拝領するように」

いきなり言われて魂から驚いた遊圭だが、さっと椅子から降りて床に膝をついた。拝跪して書簡を受け取り、固く封がされているところを見て、ふたりに少し座を外す失礼を謝罪する。皇帝からの親展書簡を人前で読むことは許されない。遊圭は奥の寝室に入ってから封を開けた。

遊圭の寝台で丸くなっていた天狗が飛び起き、足下にまつわりつくのをなだめるのももどかしく、遊圭は緊張して読み始めた。しかし筆跡は陽元ではなく、叔母の玲玉のものであった。続いて出てきたのは明々と胡娘シーリーンからの私信で、いずれも後宮の近況を綴った内容だ。

まずは、蔡才人が無事に男児を出産したことが書かれていた。都から慶城までかかる日数と、予定の産み月がいまごろであったことを思えば、産み落とされた赤子が生き延びるには、ぎりぎりの早産ではなかったか。

「男子か……」

遊圭は無意識につぶやいた。シーリーンは皇太子のいたずらから陣痛が始まった難産の顛末を、明々は産後の蔡才人の健康と心の状態を詳細に書き綴っていた。

蔡才人は赤ん坊に興味を示さず、一度も胸に抱くことなく乳母に渡したという。予定より早く生まれた赤子は痩せて小さく、肥立ちはあまりよくない。病弱な子を人間の生死を司る神、使命君の目から隠すために、名をつけず、生年月日や性別も明らかにしないまま、生まれていない子として扱う風習に従い、玲玉が永寿宮で密かに預かっているという。

陽元は数ある子どもたちのうち、初めて出産直後に抱いたこともあってか、赤子の顔を見によく玲玉の宮を訪れるとも。

――このまま蔡才人が赤子に愛情を持てないようであれば、主上は赤子を後宮からしかるべき家にお出しになるおつもりです。蔡才人は実家のお父様の野心を気になさっているので、自分の子に情が移らないように、敢えて抱こうとはしないのではとわたくしは思います。それでは赤子があまりに哀れに思われ、主上もわたくしも、いまは蔡才人のお気持ちが落ち着くのを待つばかりです。蔡才人は紹からの便りもなく、寄る辺ないお気持ちでいるのだと察します。游からも、手紙を書いて寄越すよう、紹に伝えてください――

玄月は赴任してから蔡才人に手紙を書いていなかったのかと、遊圭は暗澹たる気持ちになった。産後の蔡才人を介護する明々の報告にも目を通してから、遊圭は墨を磨った。

こちらに来てから交わした玄月との会話を、思い出せる限り克明に書き出してみる。
だが、遊圭に打ち明けた蔡才人への想いは、果たして玄月の本音であったのか。つねに周囲を煙に巻いて、本心を隠し通すことに長けた玄月の、蔡才人に対する想いを、他人がどこまで推し量れるものか、遊圭には断じることはできなかった。

書簡以外に、油紙に包まれた柔らかな包みがふたつ、添えてあった。ひとつは自分宛で、もうひとつは玄月に宛てたものだ。遊圭は自分の名が記されたひとつを手に取り、紐を解いて油紙を開いた。

中には赤い布包み、それを開くと白い絹布が出てきた。広げてみれば、雪をかぶりつつも、紅に咲き初めた寒梅が刺繍された手巾であった。薄い紙に押された、紅梅の花びらも添えてあった。明々の手による刺繍だろうか。明々が裁縫をするのは、何度も見たことがある。だが、衣類を縫うだけで、刺繍をするところは見たことがなかった。

厳寒に負けず想いを咲かせる寒梅の紅。枝を折って渡すには遠すぎる婚約者のために、得意ではない刺繍で寒梅を贈ってくれたのだ。淡い色の薄紙に押した花びらには、まだほんのりと梅と都の香りがする。

小雪のちらつく永寿宮の梅園で、都の春を遊圭に贈るために、寒梅の花びらを摘む明々の姿が、遊圭のまぶたに浮かぶ。ひたひたと、幸福感が胸に満ちてくる。

目を閉じ、考え込んでから、ふたたび筆を執った。

遊圭は長くにらみ合いの続いた対朔露戦が、ひとつの決着を見たばかりであることから始めた。戦況は金椛国の有利に進むと見えるが、気候が安定せず一日たりとも油断がならないことを記す。戦況報告は早馬と軍鳩を継いで、毎日のように帝都へ飛ばされるので、陽元は遅くても半月遅れで最新の戦況を把握しているはずである。

遊圭が書くのはその中で右往左往している自分たちの忙しさだ。まめに手紙を書けないことを詫び、玄月は前線指揮を執るルーシャンの幕僚として、寝る暇もない忙しさであること、予断を許さない状況に、太守に仕える遊圭自身も、これより先はいっそうの激務に励むことになるので、しばらく便りがなくても心配をしないようにと綴った。そして、所属が違うためにあまり顔を合わせる機会はなく、たまに会っても私事に関しては話すことのない玄月ではあるが、蔡才人の健康と幸福を祈り、そして一日も早い再会を願っていることは、言葉や態度の端々から感じられると書き添えた。

もうひとつの玄月に宛てた油紙の包みは、署名はないが蔡才人からの贈り物だろう。明々のそれよりもぶ厚くて柔らかい。中身がなんであろうと、伝えなくてはならない想いが込められているに違いない。

「これは、なんとしても玄月を見つけて、この包みを渡さないといけない」

遊圭は筆の尻で頭を掻く。

「玄月とはいろいろあったけど、このふたりには幸せになって欲しいなぁ。めでたく結ばれたら、玄月ももう少し人間が丸くなってくれるだろう」

遊圭は立ち上がり、衣類の行李から重要書類を縫い込める中着を取り出した。その中着の隠しに油紙の包みを縫い綴じる。

玲玉と明々、シーリーンへの返事をまとめて封をし、明日の出発前に軍務局へ発送する準備を整える。

「待たせて申し訳ない」

尤仁と真人に謝りつつ居間への扉を開く。三通の手紙を読み、返事を書くのに、かなりの時間をかけてしまったらしい。軽食と茶の時間であったはずが、大のおとな三人分の食事が並び、真人はすでに酒が入っているらしく、丸顔のおでこも頬も赤くして、尤仁と話し込んでいた。

「橘さんは面白いひとだね。かれが生まれ育ったという東瀛国の話は聞き飽きない。世の中にはおかしな国があるものだ。一度行ってみたいね」

「正しい季節と海流を選べば、二十日もあれば海を渡れるそうだけど、大海は気まぐれだからね」

遊圭は再会したばかりの尤仁が、東瀛国に渡ってしまうところは想像したくない。

「僕の父親は、海で遭難して帰ってこなかったんですよ」

真人はしんみりした顔と声で、杯の酒を飲み干した。

「こんなに酔っ払ってしまったら、仕事の話は無理ですね。橘さん」

真人はふくふくとした両の掌で、パチンと音を立てて円い頬を叩いた。

「大丈夫ですよ。顔はすぐ赤くなるんですが、正気はまだ続いています。本当に酔ったらすぐに眠ってしまうんで」

そう断言して、真人はケタケタと笑う。

「本当に大丈夫かな。明日になって打ち合わせ内容を忘れてしまったら、お互い身の破滅ですよ」

遊圭は釘を刺す。

「身の破滅とは、穏やかじゃないね。どんな危険な任務を任されているんだい。僕も力になれるかな。なれなくても、遊圭の行くところ、戦場だろうと敵陣の真っ只中だろうとついていく気だけどね。皇帝陛下の命令でもあることだし」

遊圭は額を押さえて嘆息する。だが、秘密を共有できる有志が増えたことはありがたい。

「尤仁は、都の下町で劉宝生に唆されたならず者に襲われたときに、助けてくれた女俠のことを覚えている？」

「もちろんだ！ 会って礼をしたかったのに、ついに機会がなかった。あんなに強くて美しい女性を見たことがない。彼女にふさわしい男になりたくて、僕は寺での二年半、あらゆる武闘術を学び、体を鍛えたんだ。次に会ったときに恥ずかしくないように」

両の拳を握って、尤仁は力を込めて語る。そしてがくりとうな垂れた。

「だけど、都に帰ってすぐに訪ねて行ったのに、会えなかった。遊圭から居所を訊こうにも、君はとっくに河西郡に出発してしまったあとだったから、捜し出せないまま僕も都を発たなくてはならなかったんだ」

苦い失望を込めて、尤仁は杯を呷った。

「あのね、尤仁――」

尤仁の思い違いを正そうとして、遊圭ははっとした。

「訪ねて行ったたって、尤仁は、げ——あのひとの居場所を知っていたのか」

「何度か便りをもらったんだ。遊圭の知り合いなんだろう？　君が流刑になってしまったことも、彼女からの便りで知った。遊圭にはたいへんな迷惑をかけてしまったね」

　尤仁は心から申し訳なさそうに詫びた。

「彼女は、君に頼まれたと、たくさんの書籍も送ってくれたよ。主に兵法の書や史書とか、あとそのうち遊圭が助けを必要とするだろうから、胡語や朔露語を学ぶようにと、興胡の通詞が寺に寄って、言葉を教えてくれた。本物の朔露人に接した金椛人は少なく、近い将来、必ず起こるであろう朔露との対決に、敵国の言葉が話せる人間は重宝されるだろう、汚名を雪ぐ機会は必ずやってくる、雌伏の時を無駄にしないように、って」

「え、え？」

　まったく青天の霹靂ともいうべき、初めて知らされた情報に、遊圭の頭の回転はピタリと止まってしまう。

「その名も麗しき松月季。返信の送り先は妓楼だったけど、妓女というのは、世を忍ぶ仮の姿だってね。君は国士太学の不正を暴こうとして、皇帝陛下のために動いていたんだそうだけど、その君を彼女が輔佐していたというから、よほど優秀な女性なんだろう。そんな危ない橋を渡って生きる女侠が、実在していたなんてなぁ。公儀を裏で支える、知性豊かな強く美しき薔薇のごとき乙女。そんな完璧な女性は、講談の侠客伝にしか存在しないと思っていたよ」

杯を片手に、酒精のためでなく頬を染めてうっとりと語る尤仁(ゆうじん)に、遊圭は『そんな乙女は現実には存在しないんだ。松月季の正体はね――』などとは、とても言い出せなかった。

　それにしても、遊圭が河西郡に流刑にされたのちに、玄月が尤仁を援助していたとは驚きであった。どういう動機でそんなことをしたのだろう。尤仁は学業優秀な若者であるし、西沙州出身で胡語はもともと操れる。教育次第では有用な人材に育つだろう。

　玄月は、使えそうな駒はすべて教育し、有効に利用しなくては気が済まない性質(たち)なのか。

　遊圭と大切な親友との間に無断で入り込んで、勝手なことをしてくれた玄月に、むかむかと腹が立ってくる。しかし、流刑後の遊圭は、連絡をとることで足が付き、尤仁が捕まってはいけないと、仕送りもしていなかったのだ。砂漠を横断したり、天鋸行路で戦争に巻き込まれたりしたために、そんな余裕もなかったのだが。

　もしかしたら玄月は、尤仁が寺を抜け出して遊圭に累が及ばないよう、見張らせていたのかもしれない。当時としては尤仁が危険分子であることは事実であったし、遊圭に逃亡幇助(ほうじょ)を示唆し、見逃した玄月としては、放置もしておけなかったのだろう――と考えると、怒りは徐々に引いていった。

「で、その松月季がどうしたんだ。あ！　そうか、彼女も任務を帯びてこっちに来ていたんだね！　早く知っていればすぐに駆けつけたのに。そういえば、春から連絡が途絶えていたのは、そういうことか。忙しかったんだ、彼女も」

尤仁はぐいと身を乗り出して、遊圭を問い詰める。

「僕にできることはなんでもする！　まさかこの最果ての地で、あの女性との再会が待っていたなんて！　これは運命だ」

尤仁は天井を仰いで拳を突き上げた。満面の笑みで遊圭に向き直る。

「で、松月季にはいつ会えるんだ？」

遊圭はすぅと呼吸を整えた。捜索対象の名前を差し替えるだけのことだ。友としてではなく、任務をともに果たす同志として気分を切り替える。

「その松月季は、いま朔露軍のただ中で孤立無援になっている。密偵の任務を帯びて大可汗の後宮に潜入するため、方盤城へ向かったが、連絡が途絶えてしまった。最後に接触したラシード隊長は、朔露兵に拉致されたのではと報告してきた。わたしの任務は、その松月季の安否を突き止め、生きていれば連れて帰ることだ。ただ、これは蔡太守に命じられた任務ではない。ルーシャン将軍に義理があって、極秘に遂行しなくてはならない機密事項だ。そこで講和の使節に加えてもらうように蔡太守に頼んだのだけど、却下されてしまった。わたしは皇太子のただひとりの外戚だから、危ない橋を渡ることは禁じられているんだ。わたしに何かあったら、みんなに迷惑がかかるからね。でも、松月季にはわたしも返さないとならない恩があって、見捨てるわけにはいかない。しかも、あのひとはどんな人間にでも変装するから、見分けられる人間が限られている」

横目に橘真人の表情を盗み見ると、目を丸くして成り行きを窺っている。勘のいい真人は、ここで余計な口を挟まないことは心得ているようだ。

真人は、玄月との直接の交流はなかったはずだ。玄月が東廠の任務で妓女に化けて、官僚の内部調査をしていたことも知らない。ただ、玄月の同僚であった宦官の王慈仙が凄腕の宦官兵であったことを、真人はその身を以て知っている。その慈仙が変装の達人であることと、玄月が慈仙の舎弟であったことは、遊圭から聞いて知っている。

ゆえに玄月もあの秀麗な顔立ちを利用し美女に化けて、裏の世界で暗躍していたことは想像するに難くないようであった。

夜も更けて、自分の宿舎に帰る橘真人を遊圭は外まで見送りに出た。真人はいまにも笑い出しそうな、しかし生真面目な顔で遊圭に訊ねる。

「あの、ひとつだけ確認させてください。尤仁さんと遊圭さんが言ってた松月季というのは、陶玄月さんのことですよね」

「ご名答。玄月は慈仙に仕込まれた女装の達人なんです。だから、もし朔露軍に捕まるようなことがあっても、女装に限らず、どんな変装で難を逃れているかわからないってことです」

橘真人はペタペタと自分の頬や額を叩きつつ、笑い出すのをこらえる。

「どうして言ってあげなかったんですか。もし再会して絶世の美女じゃなかったら、尤仁さんが気の毒です」

「夢を壊すのは、今じゃなくてもいいでしょう。むしろ、玄月がどんな顔をするか見てみたい。尤仁を自分の手駒にするために、わたしに黙って勝手に工作員教育を施していたんですからね。尤仁に情熱的な愛の告白でもされて、目を白黒する玄月の顔を、橘さんだって見たくはありませんか」

真人はくっくと笑い出す。

「見たいです。玄月さんには、劫宝城で賭博のカモにされて、借金を作ってしまいましたから。涼しい顔で、眉ひとつ動かさずに賽や札を操るんですよ。尤仁さんに言い寄られる玄月さんがどんな顔をするか想像するだけで、溜飲が下がります」

劫宝城でそんなことがあったのかと、遊圭は込み上げる笑いをこらえた。

「ではそういうことで」

危険な上に深刻な任務に臨むところなのに、遊圭は妙に気分が高揚してくる。

なんだかんだと玄月は無事で、うまく隠れているか、立ち回っているような気がする。そして、いつか機会を捉えて帰ってくる。自分たちは使節とともに、途中まで迎えに行くだけですむかもしれない。夏沙王国から金椛帝国へ帰還しようとした五年前、紅椛党の待ち伏せに遭った玄月の窮地に、遊圭とルーシャンが駆けつけ、紅椛党を追い払ったときのように。

グルシを説き伏せ、橘真人の協力をとりつけ、親友と再会し、酒をいくらか過ごしたあとは、どうしても楽観的になってしまうようであった。

七、捕虜と将軍

　翌朝、早めの朝食を摂っていた遊圭は、食堂に下りてきた尤仁を見て目を瞠った。黒漆で固めた革張りの高級な帽子と、碧衣の武官服に銅鉄の帯を締めていたからだ。

「それは、官服だね」

　端で聞いていれば、間の抜けた質問であったろう。しかし大赦によって免罪されて一年も経たない罪人が官職を得ることがいかにして可能なのか。

「僕は断罪される前に逃げただろう？　反政府党の連中は擾乱罪で処刑されたり流罪になったりで、僕の有罪を立証できる人間はいなくなってしまった。もともと審査もされてない容疑だったから、大赦のあとは一切不問になったってわけさ。それで、ちょうど武官登用試験が開催されると聞いて、皇帝陛下の後押しもあって受験した。そしてその日のうちに合格、隊正の職を拝命した」

　自慢げに胸を張って、新品の官服の埃をはたく。一方、宿舎の主人の席に座っている遊圭といえば、真人の配下で無官の軍吏という、頭巾から靴まで薄茶と濃い茶の地味な格好であった。

「じゃあ、蔡太守に赴任の報告をする必要があるね。五十人隊の隊長か。すごいな」

　何年もかけて学問に打ち込んでも、合格の難しい文官の官僚登用試験と違い、読み書きができて武術に優れていれば合格できる武官登用試験ではあるが、だからといって誰でも簡単に合格できるものではない。

とはいえ、尤仁ほどの秀才が、出世の旨味（うまみ）のない辺境の武官におさまってしまうのは惜しく思われる。

「官僚はあきらめたのか、尤仁」

遊圭の気遣わしげな顔に、尤仁は明るく笑いかける。

「君だってこの戦争で武勲を上げるつもりなのだろう？」

それは確かにそうなので、遊圭は返す表情に困った。若さに似合わぬ早さで出世し、陽元を輔佐（ほさ）しつつ玲玉と従弟妹（いとこ）を守ることのできる地位に進むには、この道しかない。

「それが、六品あたりを狙える武勲を上げられそうな仕事は危険過ぎて、蔡太守が任せてくれない。わたしは文武両道の尤仁と違って、弓も馬術も素人に毛が生えたようなもので、戦場ではまったく役立たずだからね」

「遊圭は軍師の才能を買われて、蔡太守の幕友に選ばれたんじゃなかったのかい？」

尤仁は、竹生が運んできた乳脂と鶏（とり）の湯（スープ）に、固い麵麭（パン）を千切って浸し、口に入れる。指についた汁を舐（な）め、卓の上に手を伸ばして塩の壺（つぼ）を引き寄せる。

「朔露（さくろ）の大可汗は、わたしごときが考えつく、その場しのぎの生兵法や小細工が通用する相手じゃないよ。それに主将のルーシャン将軍は河西軍では最強の戦士で、一流の指揮官だ。その上かれ自身が優れた戦略家だから、わたしの出る幕はない。おとなしく蔡太守の秘書に徹して地道に実績を上げていたところだ」

「その蔡太守に黙って、松月季の救出作戦に参加してしまって、大丈夫なのか」

遊圭はゆで玉子の殻を剝きながら顔をしかめる。

「大丈夫じゃない。だけど、松月季は蔡太守の縁者でもあるから、放っておくわけにもいかない。いろいろとしがらみがあって、蔡太守が表立って松月季を庇ったり、救出隊を出したりできない事情があるから、首尾良く救い出せれば感謝はされるはずだ」

奥歯に物の挟まったような、はっきりしない遊圭の話に、尤仁は肩をすくめる。

「君と松月季の関係と、松月季と蔡太守の関係はとても気になるけど、いまは訊かないでおこう。僕も、僕自身の立身出世の前に、君と松月季への恩を返すのが先だからね」

遊圭はほっとした笑みを浮かべる。

「ありがとう。松月季とは、尤仁がじかに話をすればいい。わたしは、あのひとのことに関して、そんなに知っているわけじゃないんだ」

玄月については、知れば知るほど、つき合いが長くなればなるほど、その過去や心のうちに秘められたものは、まだ何も知らないという気になってしまう遊圭だ。

食事を終えてから、郁金と天月を迎えに、ひとりでルーシャンの宿舎へ行く。ルーシャンが滞在しているときは河西軍の軍務局も兼ねる二階建ての宿舎は、いまは留守番の兵士と、ルーシャンの三男芭楊、玄月の侍童郁金と天月しかいない。ひどく閑散として、寒々としている。

寂しげにしている芭楊と少し話をしてから、郁金の部屋に行った。

そこには、隙なく河西軍の兵装に身を包んだラクシュもいた。郁金は天月を胸に抱き、ラクシュから可能な限りの距離をとって、遊圭を待っていた。

一般胡人の旅装もしくは平服ではなく、父親ルーシャンの率いる河西軍の兵装に、遊圭はラクシュの前線に赴く決意を汲み取った。

「ご家族のもとへは、戻らないのですか」

わざとらしい意地悪な言い方に、ラクシュが玄月を傷つけたことや、味方を欺いて朔露のために働いていたことを、まだ許していない己を自覚した遊圭だ。

「玄月は俺に打たれたせいで帰れなくなったのだろう。祖父さんや一族を助けられた上に、それで死なれたら後味が悪い」

しおらしく反省する態度は本物だろうかと、疑ってかかる自分もかなり経験を積んだものだと遊圭は思う。

「朔露側に顔が割れているのに、危険ではないですか」

「そこまで有名人じゃない。大可汗の近くをうろつかなければ、朔露側の兵士に化けても気づかれんだろう。あんたが朔露軍にもぐり込むよりは安全だ。むしろ俺ひとりで潜入して玄月を捜し出した方がよくないか」

「それで見張りもつけずに、あなたを朔露側に解き放つわけですか」

簡単には信用しないぞ、という態度はしっかりと見せる。とはいえ、見張りをつけたところで、ラクシュを野に解き放ってしまえば、ルーシャンといえども打つ手はないだろう。

「いま、俺の家族はあんたたちの掌中にある。つまり、俺の親兄弟を人質に取っているのは金椛側だ。といっても、『親』は人質じゃないか」

ラクシュは自嘲気味に応える。ラクシュの価値観は遊圭が考えるよりも単純なのかもしれない。あるいは、家族と血縁を第一と考える金椛人と、血縁を頼りに大陸を渡り歩く康宇人に、それほど違いはないのかもしれなかった。

もしも捕虜交換の名簿に陶玄月の名がなければ、失踪時に陵墓付近にいた朔露の隊を割り出して、白い獣を連れた牧民を見なかったか、聞き込まねばならない。ラクシュは尤仁より朔露語に堪能であろうから、細かい情報を探り出すために役に立ってくれそうだ。

「そうしていただく必要があれば、お願いします。あ、それから、誰が聞いているかわからないので、これからは仲間内でも玄月の名を出さないでください。玄月さんが行方不明になっていることは、公にはできないので。必要なときは『松月季』で通します」

ラクシュと郁金を宿舎に連れ帰り、尤仁と竹生に紹介し、打ち合わせを続ける。昼を過ぎたころ、真人から出発の準備ができたと連絡が来た。竹生に留守を頼み、天狗の母仔二頭と四人で、真人が護送車の準備をしている政庁へ向かう。

すでに馬車に移されていたグルシを護送して、遊圭たちは慶城を発った。

休戦協定に持ち込むための軍議は順調とはいかなかったと、遊圭はルーシャンから聞いた。太守の前に出ることのない、一介の下っ端軍吏に変装した遊圭は、尤仁が蔡太守の幕営へ着任報告に行っている間に、ラクシュをルーシャンのもとへと連れて行き、そこで軍議のあらましを聞いたのだ。

「おお遊圭、短い間にずいぶんとひげを伸ばした」

最初に遊圭の顔を見たルーシャンは、朗らかに冗談を飛ばした。遊圭は顔に触りながら笑い返す。

「ちゃんとついてますか」

蔡太守や幕友に顔を見られても気づかれないように、顔が半分以上隠れるほどの付けひげであった。

「なかなかの猛者に見えるぞ」

「激しく動くと取れそうなんですが」

遊圭と郁金のあとから天幕に入ってきたラクシュに、ルーシャンは強張った顔を一瞬だけ見せ、それからぎこちなく微笑む。

「顔色は悪くない。少し太ったか」

「鎖に繋がれて飯ばっかり食ってりゃ、太りもする」

父親似の強面に、ラクシュは年齢に似合わぬ、ふて腐れた態度で不平を言った。

「お前も大事な息子だが、雑胡隊の兵士も玄月も、俺にとっちゃひとりも取りこぼせない身内だからな。悪く思うな」

「その玄月が、俺のせいで行方不明だそうだな」

ラクシュは不機嫌に言葉を返す。

「おう。捕虜の交換で玄月が帰ってこなかったら、講和使節にまぎれ込んだ遊圭とラシードが使節から抜け出して、方盤城に赴く。こいつらだけでは捜せる場所が限られているから、おまえが手伝ってくれると助かる」

協力を申し出た息子にルーシャンは嬉しそうだ。遊圭が口を挟む。

「その講和使節ですが、いつ出発ですか」

「それが講和の案そのものが揉めておってな。沙洋王が賛同せん」

講和を申し出るくらいなら、こちらの士気が高いうちに楼門関まで攻め寄せて、一網打尽にしてしまえというのが、沙洋王の主張であった。

『決戦を先延ばしにするだけのことであれば、休戦など兵糧と時間の無駄でしかない。我が海東軍は朔露軍を叩き潰し追い払うために、西の国境まで長駆してきたのだ！』

と蔡太守に詰め寄ったという。

ひとたび兵を退けば、もしも朔露が反撃に出た場合、戦に疲れ帰郷に喜ぶ兵士らを引き返させようとしても、士気は盛り返しようのないところまで落ちてしまう。そうなってしまうと金椛の勝ちは見込めない。

沙洋王の意見はもっともなことだ。

「ですが、講和交渉自体は、入れ替わりの援軍が来るまでの時間稼ぎのようなものです。沙洋王はこれ以上自軍に損失を出さずに帰還できるのに、不満なのでしょうか」

遊圭らに席を勧めたルーシャンは、卓を爪の伸びた指先でトントンと叩く。

「そこが問題なのさ。講和でいったん両側が兵を退くとする。だがそれは決戦を先に延ばすだけのことだ。こちらは援軍の数がそろうまで、あちらは兵糧を整えて軍を再編するまでのな。こちらにとっての時間稼ぎは、あちらにとっても時間稼ぎってことだ。それがわかっていて兵を退くのは、沙洋王の気に入らんのだ」

「二州六郡を長駆して、当て馬みたいな役回りをさせられたわけですしね」

沙洋王はルーシャンとの不仲を演じて、金椛軍の結束を脆く見せかけ、大可汗ユルクルカタンの油断を招くことに協力した。そのために半年以上も異郷で持久戦を強いられ、活躍の場を得られずにいたのだ。そして先の決戦では先陣を務め、被害は金椛三軍の中ではもっとも大きい。

遊圭は、年季の入った陽元を連想させる沙洋王の、自信に満ちた精悍な面差しを思い浮かべた。

国土を横断して救援に駆けつけたというのに、謀略に拠った戦で囮の役をさせられた挙げ句、納得のいく成果を上げられないまま講和で茶を濁すというのは、確かに沙洋王の気性では承服できないものがあるだろう。講和で先延ばしにされた朔露との最終決戦の舞台に、自分がいないのは我慢がならないのかもしれない。

「沙洋王は『戦争を長引かせて国家に利益があったためしはない』と、まあ正論だな。で、蔡太守は迷いが出ているようだ」

「『いくさに拙速を聞くも、いまだ巧久を観ざるなり』、ですか。正論です」

「なんだ？」

遊圭のつぶやきに、ラクシュが訊き返す。遊圭は説明した。

「兵法の基本です。戦が長引けば、国内外の反勢力にもつけ込まれる危険が生まれます。まずい戦を素早く切り上げることはあっても、長引かせてうまくいった例はない、という意味です」

「それは、そうだな」

ラクシュは感心したような、そうでもないような口調で顎を撫でた。遊圭はルーシャンに向き直る。

「蔡太守は場数を踏んだ軍人ではなく、兵法書を机上で学んだ文官ですから、正論を突きつけられると反論できないでしょう。ご自分の立場を、将軍たちの調整役と決めて君命をお受けになったので、沙洋王の意見は無視できません。それで、軍議の行方はどうなりました」

「すでに、交渉の場を嘉城の東五里の小村に構える、という使者を出してあったのでな。

その返答待ちとなっている」

「朔露の大可汗を交渉の場に引っ張り出すというのは、可汗国の建国以来のことでしょうから、それなりの快挙です。金椛側としては諸外国に対して、朔露に負けぬ国力を示すことになり、実現すれば、金椛側としても、断るのも損です」

「蔡太守もそう言って、沙洋王をなだめた」

郁金は天月を抱いて、ひと言も口を利かずに不安げな顔を西の空に向ける。遊圭は郁金の肩を叩いて微笑んだ。

「大丈夫だよ。きっと見つけられる。玄月はしぶといからね」

遊圭はふと思い出して、これからは用心のために玄月の名を出さず、暗号名の松月季を使うことを提案した。

「松月季？　どこかで聞いた名だな」

ルーシャンは手櫛で赤い髭を梳きながら考え込んだ。ぎゅっと目を細めたが、思い出せないようだ。ルーシャンが三年前に都の妓楼で会った妓女の名を思い出す前に、三将軍に招集がかかった。交渉に応じるという朔露側の返事を、伝令が運んできたのだ。

病を口実に慶城にひきこもっているはずの遊圭は、軍議の場にいられないことを口惜しく思ったが、ラクシュと郁金をルーシャンの陣に残し、おとなしく自分の持ち場へと帰った。橘真人の天幕に戻り、荒野の寒村における、数日がかりの交渉に備える。

グルシひとりを乗せた馬車に、顔をだす。

「不自由はありませんか」

グルシは不意を突かれて笑い出す。

「捕虜にかける言葉とは思えん。この手枷(てかせ)を外してくれると、かなり自由になるが」

遊圭も笑い返した。

「虎に爪と牙(きば)を返すようなことを、非力な臆病(おくびょう)者に頼まないでください」

グルシは外から板を打ち付けられた窓の、板の隙間から差し込む日の光に目を細める。

「ほかの連中はどうしている」

「慶城の暖かい独房で、交渉の結果待ちです。捕虜交換の締結が確かに交わされるまでは、人質としてお預かりします。グルシさんが我々の同胞の解放に協力してくだされば、あなたの部下も無事に解放されます」

奥歯を軋(きし)らせて、グルシは唸(うな)った。遊圭は熊をなだめる気分で慎重に言葉を選ぶ。

「天気が不安定で、地面もぐちゃぐちゃですから、何人もの捕虜を一度に運ぶのは無理です。講和なり休戦なり首尾良く定まるよう、グルシさんも祈ってください」

遊圭は腰に差した短剣の鞘(さや)と柄(つか)に触れ、その手を胸に置いた。

「わたしの祖国と、あなたの祖国に」

金椛の言葉に添えた、平安と無事を祈る朔露の身振り言葉に、グルシは目を瞠(みは)った。

「おい、おまえ」

「星遊圭です」

都で出会って以来の、何度目かの遊圭の名乗りに、グルシは蝿を追うように枷を嵌められた両手を振った。

「前にその身振りの意味を俺に訊いたな。誰に教えられた」

遊圭を殺そうとして玄月に殺された朔露の将ジンの名を、グルシに教えることが得策かどうか、遊圭は一瞬考えた。もしジンの名を教えたら、ジンと知り合ったいきさつや、ジンに朔露の祝福のまじないを贈られた理由を、グルシは知りたがるだろう。

「金椛人同胞の捕虜が無事に戻ったら、教えます。わたしは戦争はうんざりです。できれば、大可汗が国境から兵を退いてくれたらと、それればかり願っています。あなた方から見れば、わたしのように戦わない、戦えない男は軟弱な出来損ないかもしれませんが、武器を取ってひとを殺さなくても、生きるのは充分命がけなんです」

ふっと遊圭は口をつぐんだ。グルシを相手になにを言い出すのか。ジンのことを思い出したから、感傷的になってしまったのだろう。遊圭は馬車の戸を閉め、錠を下ろした。見張りの兵に鍵を返す。

そのまま、捕虜用馬車の近くに建てられた橘真人の天幕へ急ぐ。天狗と天月の餌をやらねばならない。

「星公子」

名前を呼ばれて反射的にふり返ってしまい、しまったと思ったときは遅かった。

沙洋王が立っていた。

「病を得て、慶城で療養しているということだったが、いつ戻ったのだ」

遊圭は肩の高さまで上げた拳を、もう一方の手で握り込む、包拳の礼を取って「人違いですよ」と言おうとしたが声が出ない。

金椛三将のひとり、それも皇孫将軍の沙洋王を前に、慌てたり怯えたり、過度に恐縮しない兵士はそれだけで挙動不審だ。とっさに周囲を見て、自分を知る兵士や官吏がいないことを確かめたのは上出来だった。

「沙洋王殿下、軍議の最中ではないのですか」

「追撃掃討以外の選択肢しかないのならば、軍議など時間の無駄だ。それよりも朔露の捕虜とやらを見に来たところ、一兵卒に身をやつして人目を忍ぶ貴公子という、興味深い見物を見つけたわけだ」

畏まる遊圭に、容赦のない揶揄を浴びせる。

「そんなに、わかりやすいでしょうか」

「髪型や顔、衣服に小細工をしたところで、後ろ姿や歩き方ほど、その人間の本性を偽らぬものはない」

遊圭は嘆息し、お見それしましたと天幕に招き入れた。牀机を出して沙洋王に腰かけるよう勧める。

「わけを訊こうか。蔡太守に病を偽り、従僕の形をしてまで、そなたが講和使節にかかわろうという理由を」

「沙洋王殿下は、講和には反対されておいでだそうですが」

「もちろんだ。なんのために六千里の山河を駆けて、郷里を守るためでもない戦に兵を駆り立て、馴れぬ砂漠で国難に立ち向かってきたと思う。増長する夷狄どもを蹴散らすためだぞ」

思わず「そうですね」と相槌を打ちそうになる。沙洋王は、その雄偉な外見と雰囲気で、有無を言わさずに相手を納得させてしまう魅力の持ち主だ。内面も、指揮官とはこうあるべき、という自信と確信に満ちている。命を預けなければならない兵士たちに、人気があるのも道理だ。この対朔露戦が金椛帝国の勝利に終われば、ルーシャンとは西と東の双璧と称えられることだろう。

遊圭はまぶしそうに目を細めて、沙洋王を見つめる。

ルーシャンや沙洋王は、英雄となるために生まれてきた男たちだ。体格に恵まれない遊圭は絶対にそうなれない存在であり、それゆえに憧れは尽きない。

遊圭は圧倒されないよう、いつものように深く息を吸って吐く。鼓動が落ち着くのを待ち、口を開いた。

「休戦期間が必要だと蔡太守に献策したのは、わたしです。楼門関から慶城の間で、朔露軍を撃退、殲滅するのは不可能だと考えたからです。高い山も深い谷もなく、どこを見回してもただひたすら広い平原。何百里も先までなだらかな丘しかなく、伏兵を置ける森も林もない。騎馬の術に長けた朔露軍のもっとも得意とする地形です。実際に、何年も前から、朔露の賊は慶城の東側まで出没して、掠奪行為を働いてきました。大可汗が東征を始めたいま、塞外の緩衝地帯にある城に兵糧を持ち込めば、朔露軍は一年でも二年でも戦えるでしょう。比してこちらは灌漑地の水路に沿って、平原にぽつりぽつりと城邑があるだけです。楼門関を取られたいま、我々は遮るもののない平原を、ひたすら消耗戦に耐えるしかなくなっているわけです。まさに沙洋王の仰るとおり、『いまだ巧久を観ざるなり』です」

戦術的に使える地形がほとんどないために、ルーシャンは情報戦を仕掛け、朔露の全軍を平原いっぱいに引き延ばすように誘い込み、縦深に包み込んで相当な打撃を与えることができたが、それでも撤退する朔露軍を殲滅する余力は金椛軍に残っていなかった。

「掃討戦はやればできたはずです。戦というのは時の勢いといいますし。士気はこちらの方が断然高かった。しかし、雪嵐に足止めをされてしまい、正直、現状は『振り出しに戻る』といったところです」

沙洋王は硬い表情で遊圭の話を遮ることなく聞いている。

自分のような無官の豎子の話に、沙洋王が耳を傾けているのは、妙に気恥ずかしい。

「楼門関が陥落したのは、外からの兵器による城攻めよりも、入り込む間諜を防ぎきれなかったためだとルーシャン将軍に聞きました。敵城内の攪乱と造反の誘導は、大可汗の得意とする戦術です。力押しではないのです。狙った城市には攻城戦よりも何ヶ月も前から工作員を潜入させ、防衛の隙を調べさせ、朔露来寇の噂を流して住民の不安を煽り、内応者を作り出します。投石器や攻城塔で城を攻めてきたときにはすでに、ほぼ勝負はついています。ユルクルカタンにとっては、攻城は最終段階でしかありません。帝都にも、朔露の間諜は何年も前から入り込んでいました。不安を煽る噂の発生源を探し出し、潰していくのが大変だったと、皇帝陛下からお話を伺っています」

だからルーシャンは、籠城戦を捨て、敢えて朔露兵の得意とする野戦を選び、大可汗の全軍を慶城近くの平原におびき出す策を立て、沙洋王に協力を仰いだのだ。

金椛の皇孫将軍の率いる大軍という餌に、朔露は文字通りまっすぐに喰らいついた。

「我が軍が身を盾にして、嘉城のこちら側まで引きずり出して打撃を与えたというのに、みすみすやつらに回復する時間を与えるのはどういうことか」

「こちらにも回復する時間が必要だからです。沙洋王殿下は、追撃しないのであれば撤兵を希望されていますし、朱門関からの援軍が到着するのはまだひと月は先でしょう。それに、同じ戦法は次は通じません。季節は初夏から夏。空気は澄み、西沙州は地平線の端から端まで見渡せてしまう。縦横無尽に草原を駆け回る朔露軍に、我々は翻弄され消耗し、二百年前に、朔露第一帝国が帝都まで攻め込んできた歴史の再現となるでしょう。そうなる前に、朔露の機動性を無効にする手立てが必要なのです」

「たとえば？」

沙洋王は興味深げに先を促す。遊圭は口ごもった。

「それは、これから考えます。講和の交渉中に、朔露軍の陣容を見極めてですね――」

だんだんとしどろもどろになってしまう。ルーシャンの秘密と玄月の存在を隠しつつ、つじつまの合う話を考えているうちに、頭がぼうっとしてくる。

「そのために、蔡太守に黙って敵地へ乗り込むつもりか。そういえば、そなたは劫河戦でも敵陣に潜入したというが、たいした胆力の持ち主だ」

襤褸を出す前に、遊圭は口をつぐんだ。

「あ、ありがとうございます」

成り行きでそうなってしまうだけなのだが、褒められたので礼を言う。

「なるほど」

沙洋王は急に朗らかな笑みを見せ、腿を叩いて立ち上がった。

「そういうことならば、講和使節を送るのは反対せん。撤兵も、使節の交渉が終わるまで待とう。交渉が決裂したら、すぐにでも攻め込めるようにしておく」

遊圭はほっとして、「ありがとうございます」と礼を言った。沙洋王は豪快に笑う。

「そなたが使節に選ばれない理由が、おれにはわからんな」

沙洋王が天幕から出て行くと、遊圭はどっと疲れが出て絨毯の上にへたりこんだ。竹の檻に閉じ込められた天狗と天月が暴れだし、餌を要求する。見知らぬ客がいるときは鳴き声も物音も立てないのだから、実に賢い獣だといまさらながら感心する。成獣となって何年も遊圭と行動をともにしてきた天狗はともかく、天月はまだ幼獣なのに懐く相手をよく見ている。

天狗たちに餌をやって遊ばせ、金沙馬の手入れをし、グルシの食事を運ぶ。あっという間に一日が過ぎて、兵営に行き自分の夕食を摂る。真人と尤仁は蔡太守の幕営で、官人用の食事を出されているはずだ。

日が暮れてから、橘真人と史尤仁が連れ立って帰ってきた。すでに酒が入っているようで、ふたりとも赤い顔をしている。

「おかえりなさいませ」

遊圭は従僕らしく、ふたりに洗顔用の水盤と、飲み水を差し出す。

「遊圭さんに給仕してもらうなんて、天地がひっくり返ったみたいですよ」

真人が困惑した顔で言った。

「僕も、慣れそうにないよ」

と同意する尤仁。

「慣れてもらわないと、計画そのものがダメになってしまう。わたし自身、下僕らしく動けてないみたいで、注意深くしないとすぐばれそうだ」

沙洋王にあっさり見破られたことを告白すると、ふたりとも不安な顔を見合わせた。

「とりあえず、若気の至りの冒険ということで、見逃してもらった。講和がこちらの有利に進むことは、予想されているからだろうね。若い者には旅をさせてやろう、って感じかな。ところで橘さん、蔡太守は、わたしの病休届をどう受け取りました？」

「無理が祟ったようだと、心配していました。蔡太守はどういうんでしょうか、その、こういう仕事にはちょっといい人すぎませんか」

真人は同情気味に報告する。遊圭は首を横に振った。

「蔡太守は温厚そうに見えますが、刑部の侍郎を四年も務められたし、査察や監査の役職に就けば、その厳格さで鬼のように怖れられています。人がいいだけでは、四十代で太守の官職には就けるものじゃありません。ところで、尤仁は五十人の兵を預かることになったのか」

話題を変えて、尤仁の職掌を挙げて冷やかす。

「いや、髪が伸びるまでは現場について学びたいとお願いして、真人殿の護衛につけてもらった。これで君たちと講和使節に加わることができる」

遊圭は満面に笑みを浮かべた。

「尤仁ならやってくれると信じていたよ」

「なんだか、不思議な縁ですねぇ」

真人が持ち帰った酒瓶から、三つの杯に酒を注ぐ。

「わたしたちのことですか」

遊圭は訊き返した。

「生まれた場所も、育ちも違う僕らなのに、配流にされた国のために立ち上がって、外敵に立ち向かうなんて。それも、剣でなく、舌先三寸で」

三人はそろって爆笑した。尤仁は武術に優れているが、本性は文士であり、戦士としての力量は、おそらく訓練と実戦を積んだ一介の兵士には劣るだろう。

それが、二大帝国のぶつかり合う戦場の中心で、その戦いの帰趨を見届けることのできる場にいる。もしかしたら、ふたつの帝国の運命を左右することさえ、あるかもしれないのだ。

いま、遊圭の心にかかっているのは、玄月の安否だけではあったが、沙洋王に語った通り、朔露をこの先どのように撃退するか、金椛帝国の国境をいかにして維持するかは、これから始まる交渉と、稼げる時間を使って、どれだけのことを成し遂げられるかにかかっている。

遊圭は心の枷を外してそういう話ができる盟友を、ようやく手に入れたと思った。

八、禍福倚伏

イシュバル小可汗が出兵したのち、玄月は脱出の機会を窺いつつ準備を始めた。

サフランの運んでくる食膳から、麵麭や乾果など携帯できるものを抜き出して溜め込み、散策のたびに盗みだせそうな馬を物色する。朔露人は鞍を置かず鐙も使わないので、どこまで乗りこなせるか不安は覚える。胸の鬱血痕はかなり薄くなり、痛みもひいたが、体調はまだ万全とはいえない。

それでも、ぐずぐずしてはいられなかった。

女たちの噂話に耳を澄ませ、サフランから前線の情報とイシュバルの動向を聞き出した限りでは、金椛の勝利で終わったことは推察できた。ヤスミンもサフランも、朔露が負けたなどとは口が裂けても言わないが、朔露が勝てばそのまま慶城に雪崩れ込み、掠奪が始まっているはずである。後方のイシュバルに糧食や増援の要請をする必要はない。

雪に降りこめられて立ち往生した朔露兵士のために、イシュバルは大急ぎで糧食を運ばなくてはならず、空腹と敗戦で疲れ切ったかれらを守り撤退させるために、増援が必要であった。

敗戦の報はすぐに後方の朔露軍に知れ渡り、この幕営地も臨戦態勢に入っていた。哨戒は厳しくなり、昼間の移動は不可能になるだろう。さすがに一隊の朔露兵を相手取って戦い、逃げ切れはしない。

だが、いま方盤城に逃げ込み、ラシード隊と合流できなければ、この漠野はやがて撤退する朔露軍の兵士であふれかえる。戦に敗れた怒りと鬱屈、そして金椛人へ対する憎しみに満ちあふれた、何万という数の兵士たちだ。

前線からはひっきりなしに伝令が送られ、ヤスミンは留守を預かる将兵に指示を出す。その日も、不安げな面持ちで穹廬の私室に戻り、天伯を連れてくるよう玄月に命じる。玄月が床上げしてから、ヤスミンは一日に何度も呼び出し、伺候を命じる。かといって、玄月自身はとくにすることはなく、天伯がヤスミンの手から餌を食べ、膝に乗って撫でられているのを少し離れて控え、眺めているだけだ。

「この獣には親や兄弟はいないの？」

呼び出したときの不安そうな表情はいつしか消え、穏やかな顔で天伯の背を撫でていたヤスミンが、ふいに玄月に声をかけた。

「兄弟は、五匹。母狗」

楼門関の勤務はすでに二年目、慈仙の罠に嵌められて後宮から逃亡したあとは、ラシードたちと半年は行動をともにしてきた。いつしか簡単な胡語は覚えたが、過去に面識のあるヤスミンと近づきになるのは危険であるため、故意にたどたどしく応える。

「その兄弟は、いまどこにいるの？」

「それぞれ、もらわれた」

玄月は適当に東や南の方角を指して応える。正直に金椛皇帝の後宮であるとか、朔露に敵対する王室や、金椛軍の軍官吏に引き取られたことは、もちろん言う必要はない。

「わたくしは、もう何年もお母さまや姉妹に会っていないわ。兄弟はみんな叔父さまに殺されてしまったし」

ヤスミンは自分の父親を滅ぼした国の王族に嫁いでいる。朔露可汗国の台頭がなくても、小国が絶えず小競り合いを起こし、紛争の絶えない大陸の中央と西では、珍しい話ではなかった。

ルーシャンの妹ナスリーンも、康宇国の長老衆であった父の手によって、降伏の証に朔露大可汗の後宮に納められた。玄月と遊圭が方盤城に潜入して、そのナスリーンを奪還したのが、およそ半月前のことだ。

　玄月が聞いていようがいまいが、あるいは理解していなかろうが、ヤスミンは王都から少し離れた小さな都市で、母親と静かに暮らしていた館の話を続ける。母親の陳叔恵妃は、王宮内の政争に巻き込まれて隠遁を余儀なくされたのだという。

　ヤスミンはそれ以上の事情を知らないようであったが、王宮にいたときよりも母親が穏やかで優しくなったので、静かな暮らしに満足していた。

「お父さまに会えなくなったのは寂しかったけど、どうせ、王宮は正妃を気取るあの金椛女の好き勝手にされて、不愉快な毎日だったでしょうからね」

　政略のために夏沙王国へ嫁がされた麗華公主のことだ。自分と同じような年頃の娘が、いきなり自分の母親よりも位の高い地位に立ち、後宮を支配したのだから、我慢がならなかったのは当然の成り行きであろう。

　玄月の記憶では、ヤスミン姫は癇癪持ちの不従順な思慮の浅い少女という印象であった。玄月は、金椛と違い、正妃が表向きの公務にも顔を出さねばならない夏沙王国の制度のために、麗華公主の輔佐として忙しかった。後宮の妃や女官については遊圭に任せっぱなしであったので、ヤスミンの詳しい背景や為人は知らないまま帰国した。

「お母さまは猫か仔犬でも飼わないかとおっしゃっていたのを思い出したわ。獣を飼うのって、こんな感じなのね。いくら払えばいいの？」

玄月はいきなりの質問に、瞬きをする。話の飛躍についていくのが大変だ。

「売り物、ではない」

「そもそも、わたくしがおまえに代価を払う必要はないのよ。この土地はイシュバルさまのもの。つまり、この地で捕らえたその獣は、わたくしのものでもあるの。おまえが怪我をして離縁され行くところがないという話だから、施してやろうというの。もうわたくしの手から餌を食べるようになったことだし、どうしても譲る気がないというのなら、おまえを生かしておく必要もないのだよ」

急に声を荒げるヤスミンに驚き、あたりの剣呑な空気を察した天伯は、さっとヤスミンの膝から飛びおりて、玄月へと駆け寄った。懐に入り込もうと衿に爪をかける。

玄月は天伯を落ち着かせて、膝の上に抱いた。ヤスミンは唇を噛んで、玄月と天伯をにらみつける。

「いつになったら懐くの！　いっそ毛皮にしてしまおうかしら」

玄月はヤスミンが妊娠していることを考えた。感情の浮き沈みの激しさは、妊娠が明らかになってからの小月を思い出させる。

小月はそろそろ産み月ではなかったか。もう、元気な子を産み落としたであろうか。小月の不安と痛みを和らげるために、自分は向き合えていただろうかと、玄月は針で突かれるような後悔を覚える。

黙っていればよいとは思ったが、玄月は片手を上げて、ヤスミンの腹を指さした。

「子ども、同じ。抱いて、餌をやる。糞尿、きれいにする。毎日、繰り返す。懐く、時間、かかる。皮を剝ぐ、もう懐かない」

胡語に女性らしい言い回しがあるのかわからないために、玄月はできる限り単語を並べるだけの話し方を通す。言葉が拙いと、知的に劣るという印象を相手に与えて油断させることもできる。

ヤスミンの顔がさっと赤くなった。荒い息を吐き、憤然と立ち上がる。控えていた侍女らが一斉に青ざめて後退る。

「衛兵！」

厚い帳の向こうで、金属音と固い足音がした。数人の兵士が穹廬に駆け込んだ音だ。帳の向こうで男の声が「何事か」と返答する。ヤスミンはさらに「衛兵！」と呼ばわった。ひとりの兵士がおずおずと帳を上げて顔をのぞかせる。妃の私室に兵士が足を踏み入れることは、朔露であっても許されないのだろう。呼ばれてすぐに御前にゆかねばならない責務と、兵士には禁じられた穹廬の奥へ入る不敬の、板挟みに困惑している。

「呼んでいるのよ！　さっさとこちらへ来なさいっ」

怒り狂うヤスミンに、乳母のサフランがうろたえながら「お体に障ります」とすがりつく。ヤスミンはその手を振り払い、爪を赤く染めた指を伸ばし、玄月に突きつける。

「その女を鞭で打ちなさい！　その獣を手放すと言うまで」

兵士が馬鞭を振り上げた。反射的に身をすくませた玄月だが、鞭が振り下ろされる前に天伯を懐に入れて絨毯の上に伏せた。鞭が背に当たり、鈍い音が穹廬内に響く。

背や肩を打たれる痛みに歯を食いしばる。寒い季節であることが幸いした。毛織の中着と長着の重ね着、羊毛が裏打ちされた革の表着を着込んでいるお陰で、肌が破れるような衝撃はない。通貞時代の、足腰が立たなくなるほど杖で打たれる罰に比べれば、馬の鞭など羽根で撫でられるようなものだ。

痛くないわけでは、ないが。

あたりに響く悲鳴は、慈悲を請う女たちの声だ。泣き声も聞こえる。腹の下でもぞもぞ動く天伯に、じっとしているように囁きかけるとおとなしくなった。

ヤスミンが兵士に打つのをやめさせて、玄月に近づいた。顔を伏せた玄月の狭い視界に、赤い絹で作られた室内履きがおぼろに映る。

「さあ、その獣を寄越しなさい。そうしたら、命だけはとらずにおいてやってもいいわ」

玄月は目を閉じた。天伯を抱えたまま動かない。兵士が髪をつかんで揺する。

「気を失ったようです」

ヤスミンは足を踏みならし「連れて行きなさい！」と兵士に命じた。

「あの、白獣は」

兵士の質問に、ヤスミンは玄月を見おろす。天伯は玄月の懐にすっぽりと入り込み、尻尾の先が表着の裾からのぞくだけである。

「もう、どうでもいいわ！　女も獣も、外へ放り出しておしまい！」

兵士はふたりがかりで玄月を運び出すと、穹廬の外へ放り出した。

雪と氷に覆われた地面が頬に当たる。兵士たちが立ち去ってから、玄月は体を起こした。天伯が衿の袷から顔をのぞかせる。

「ヤスミンの言動は、まったく予測がつかん」

鈍く痛む背を撫でながら、天伯を懐から出す。天伯は体をぶるぶると震わせて毛並みを立たせた。

放り出されたのなら、誰何されずに立ち去る絶好の機会ではあるが、溜め込んだ食糧も、道具類の袋もヤスミンの穹廬の中だ。体ひとつと天伯だけで荒野を歩いて渡るのも無謀である。すでに日没が迫り、このままでは凍死すると玄月が考えていると、ひとりの侍女が近づいてきた。

「こっち、おいで。あたしらの穹廬に入れてあげる」

侍女というよりは、下女というべきか。地味な色合いの衣服に、頬は化粧の丹ではなく寒さのために真っ赤で、細い血管が赤く浮き上がり、皮膚にはところどころヒビが入っている。手袋もしていない手は赤く荒れていた。

玄月はありがたく下働きの女たちの穹廬へついていった。

女たちは珍しげに玄月を見上げ、天伯を見て笑いさざめく。

天伯を連れて散策をするようになってから、ずっと興味を持たれていたらしい。

周りじゅうから肉の切れ端や乾酪の薄切りを差し出され、天伯は戸惑いながら女たちの匂いを嗅ぐ。

玄月を連れてきた女が言った。

「サフランさまに、お妃さまの怒りが解けるまで、あんたの世話をしてやれって言われたんだ。鞭で打たれたんだってね。医者を呼ぼうか」

玄月は微笑んで首を横に振る。服の厚さと鞭の細さに、痛みも残らないと言えば、女は声を上げて笑った。

「それで気絶したフリで逃げてきたのかい。でも、お妃さまを恨まないでやってくれ。大変な癇癪持ちだけど、優しいところもあるんだ。なんだかんだと、この仔を無理矢理に取り上げたり、あんたを殺させたりはしてないだろ？　この仔の皮を取ることはもう考えてないから、自分に懐かせたいのさ。お妃さまはふた言めには『首を刎ねる』って脅すけど、お妃さまを怒らせて、首を刎ねられた侍女や奴隷はひとりもいないから、安心しな」

女の言う通り、飼主を殺してまで天伯を奪い取るほどの残酷さを、ヤスミンが持ち合わせないことを、玄月は察していた。

別の女が、削った乾酪を羊湯に散らした汁碗を持ってきて、食べるように勧める。具は何かの穀物と、やはり玉葱であった。木匙でかき混ぜたところ、羊の肉は切れ端すらない。玄月は安心して、匙ですくった汁を口に運んだ。

しばらくして、別の女が玄月の荷袋を持ってきた。

「サフランさまからことづかってきた。ここは羊飼いと水汲み女の穹廬だから、体がきつくなければ適当に仕事を見つけてやれってさ」

羊飼いならば、幕営地から少しずつ離れても疑いはもたれまいと、希望が湧いてくる。

翌日は女たちと羊を追いに出て行った玄月だが、期待は外れた。春の出産を控えて重たく腹の垂れ下がった牝羊たちは、あまり遠くへは行かない。むしろ備えの干し草を食べさせろと人間のあとをついてくる。

それでも二日もあれば、幕営地を守る兵士の数と配置、そして警備の交代時間が把握できた。幕営地を縦横に歩き回っても警戒されず、兵士にすら笑みを浮かべさせる天伯にかこつけて、盗めそうな馬の物色も進む。女たちにおおよその現在地を訊ね、荷袋の底から指南盤を取り出して方盤城の方角に見当をつける。

「決行は今夜だぞ」

肩に乗って青い空を見上げる天伯にささやきかける。天伯は黒曜石を思わせる小さな黒い目を玄月に向けて、ひげをひくつかせた。

日没前の歩哨の交代を見届けて、女たちの穹廬へと戻る玄月の前に、ヤスミンが立ちはだかった。両側に数人の兵士をひきつれ、顎を上げるようにして玄月を見上げる。目が合うと、にっと笑った。

「おまえが誰だか、思い出したわ」

心臓がぎくりと跳ねたが、玄月は平然とヤスミンを見返し、次の言葉を待つ。

「怖くないの？　おまえの正体をイシュバルさまに話したら、とても残忍な方法で殺されるでしょうね」

ヤスミンは、玄月が麗華公主の降嫁についてきた、金椛人の宦官であったことを思い出したようだ。

「なにを、言ってる」

とりあえずとぼけてみせる玄月を、ヤスミンは肩をそびやかして嘲笑う。

「生意気な正妃の犬。あのときもその獣を連れていたわね。夏毛だったから、すぐにはわからなかったけど。金椛女の犬がこんなところで何をしているのかしら。王都が落ちたときに、正妃といっしょに後宮から追い出されたの？　命からがら逃げ出したのはいいけど、祖国へ逃げ帰ろうとして、道にでも迷ったのかしら」

玄月は、ヤスミンが誤解していることを察した。

ヤスミンは、紅椛党が夏沙王国を捨てたことから、母親の陳叔恵妃とともに王宮を出て行かねばならなくなった。そのいきさつは、帰国したのち遊圭から聞いていた。玄月自身は他の妃とのやりとりはなく、そのためにヤスミンは玄月が先に帰国したことを知らずに、都が落ちたときに正妃とともに逃げ延びた宦官のひとりであると、勘違いしているのだ。

玄月はその勘違いに乗ることにした。

えている」

「はぐれてしまった正妃の消息も知らずに、都に帰ることもできず、辺境で生きながら
現在交戦中の金椛軍とは、何の関係もないことにしておけば、すぐには殺されまい。

「言葉もちゃんと話せるじゃないの！」

ヤスミンは勝ち誇って言った。帯に挟んだ短剣をするりと抜いて、玄月に突きつける。

「殺さないであげるわ。イシュバルさまは金椛人の通訳を欲しがっていたもの。しかも皇族に仕えていた宦官！　なんて都合がいいのかしら」

ヤスミンは両側の兵士に命じた。

「捕らえて。イシュバルさまがお帰りになるまで、逃げだせないように足枷を着けておきなさい」

ここで兵士らと戦って逃げようにも、まだ幕営には五十人からの朔露兵がいる。首尾よく馬を奪えても、鐙なしでは朔露の騎兵から逃げ切れるとも思えなかった。

昨日のうちに逃げ出していれば、と後悔しても始まらない。

――機を待つことには慣れている。

両側から引き立てる兵士に抗わず、ふたたびヤスミンの穹廬に連行されていった。

ヤスミンは六斤（およそ四キログラム）の鉄枷をふたつ用意させていた。嬉しそうに微笑みながら、絨毯に膝をつかされた捕虜の両足に着けるようにと兵士らに命じる。

「ふてぶてしい宦官なんて、白獣よりもよほど調教のしがいがありそうね。鞭で何十回

も打たれて、声も上げない女なんて初めてだったけど、女ではないと思えば納得がいくわ。かといって、男でもなかったわね」

意地悪く嘲笑う。

六斤の錘など、玄月にとってはどうということはないが、さすがに走ったり、馬に飛び乗って逃げたりすることは難しい。鉄枷を嵌められても、怯えたり、悔しげな顔を見せたりする気配のない玄月に、ヤスミンは苛立った。

「おまえ、少しは腹を立てるとか、屈辱を感じるということはないの？」

「いまはその必要を感じない」

淡々と答える玄月に、ヤスミンはふんと鼻を鳴らす。

「まあいいわ。金椛の犬は犬らしく、新しい主人が帰ってくるまで、繋がれてその辺にうずくまってなさい」

ヤスミンは穹廬の居間の片隅を指さす。寝台もなく絶えず周囲の人目にさらされる場所で、イシュバルの帰宅まで過ごさねばならないらしい。

玄月はそっとため息をついた。穹廬の床には絨毯が敷き詰められているとはいえ、埃や土が入り込んだ湿っぽい絨毯に、直に座っているのはあまり居心地は良くない。

することもなく天伯とうずくまっていると、兵士が食事を持ってきて床に置いた。碗に残飯を盛ったような食事であったが、下女たちの穹廬で出されていたのと大差はない。ただ箸も匙もないのが不便であった。犬は犬らしく碗に口をつけて食えということか、と玄月が湯気の立つ飯を眺めていると、気の毒に思ったらしいサフランが兵士の目を盗んで、そっと木の匙をくれた。

玄月はにっこりと笑って礼を言った。サフランは白髪交じりの髪を耳のうしろにかきやって、頰を染める。

絨毯の上に、掛け毛布もなく寝るのは、天伯を抱えて横になってもさすがに寒い。あまりよく眠れないまま次の朝を迎える。ヤスミンが寝所から出てくる前に、外が騒がしくなった。伝令が着いて、ヤスミンとの引見を求めているらしい。

衣服と髪を整えたヤスミンが出てきて、伝令の口上を聞く。朔露語だったので、玄月には理解できなかった。

その後、ヤスミンに矢継ぎ早の命令を下された兵士たちが、慌ただしく動き出した。いったん奥へ消えて、防寒着に身を固めて出てきたヤスミンが、隅にうずくまる玄月にたったいま気がついたという風情で声をかける。

「大可汗の大后さまから、湖畔の王庭(おうてい)へ移動するように命令が下ったので、ここを引き揚げるのよ。その枷をつけてどこまで歩けるか見てみたいけど、そんな時間はないから、駑馬(どば)に乗せてあげるわ。宦官のおまえには、ぴったりの乗り物ね」

ヤスミンは甲高い声で嘲笑った。玄月が反応しないのでヤスミンは苛立ち、かたわらの化粧台にあった香水の瓶をつかんで投げつける。瓶は、顔に当たらないよう少し体をずらした玄月の肩に当たって床に落ちた。

「馬鹿にされているのに悔しくないの？　何か言いなさいよ！」

　玄月はヤスミンを見上げる。

「子を生せない、私を嘲笑うなら、駑馬ではなく、騾馬では？」

　間違いを指摘されたヤスミンの顔が真っ赤に染まる。サフランや侍女はもちろん、家具の搬出のために穹廬にいた兵士らがうつむいて肩の震えをこらえたり、咳き込むふりをして顔を横に逸らしたりする気配に、ヤスミンは激昂した。

「よくもわたくしに恥をかかせたわね！　ろくに言葉の話せないおまえなんて、のろまで、うすのろな駑馬で合っているのよ」

　化粧台の上にあったものを、次々とつかんで玄月に投げつける。小さな容器ばかりなので、当たったところでたいしたことはないが、陶器や硝子製の容れ物は当たり所が悪ければそれなりに痛い。玄月は両手をあげて頭をかばった。

　手の付けられない剣幕でヤスミンが穹廬を出て行ったあと、サフランが外套を持ってきて玄月の肩にかける。

「マーハ、あなたわざとお妃さまを怒らせてない？」

「妃は、何を言っても怒る。言わなければ、いつまでも怒る」

　玄月がそう応えると、サフランは苦笑し、出発の準備にとりかかった。

　大可汗の母后と直近の家族、朔露王族の主だった者たちの家族は、楼門関の外に『王庭』という穹廬の町を造って、昔ながらの暮らしを営んでいると、サフランは言っていた。

ますます方盤城から遠ざかることになるのか、あるいは近づいていくのか。

ふと、朔露の宮廷に入り込めば、大可汗ユルクルカタンに接近できることに、玄月は思い至る。

朔露可汗国をここまでの大帝国に築き上げたのは、ユルクルカタンひとりの業績といっても過言ではない。もし、ユルクルカタンという存在がこの地上から消え去れば、朔露という帝国は求心力を失い、砂上の楼閣のように崩れ去るかもしれない。

これは、天が与えた千載一遇の好機ではなかろうか。


イシュバルの後宮は、あっという間に撤収され、解体された穹廬を積み込んだ馬車と兵士、女たちの長い行列が西へと向かう。まもなく右手に方盤城が見えてきた。すると後方に見える丘が、抜け道のある陵墓だろう。生きて帝都に帰ることが叶うだろうか。この地も祖国の一部である。この風景を目に焼き付けようと、玄月は馬上でふり返り、まぶしい日射しに目を細めて、方盤城から東の地平線へと見晴るかした。

方盤城の南門から入って、西への玄関である楼門関をくぐり、塞外の半砂漠へと進む。城内を通るときに、ラシード隊の誰かを見かけないかと注意を払ったが、通りに人影はない。無人の城塞都市であるかのように静かで、出歩いている人間はいなかった。

楼門関を出て真っ直ぐに西へと進み、やがて北へ逸れる。あのあたりに湖があったたなと、玄月は思い出す。案の定、湖のほとりに数え切れない穹廬の建ち並ぶ、大きな町が見えてきた。

かつては果樹園と麦畑のある小さな村であったはずだ。湖は方盤城の水源でもあり、水門の管理人と、数戸の農民と牧民しか住むことを許されなかった。湖岸の小高い丘には、方盤城の特権階級のための楼閣が建てられ、平和なときにはたびたび宴も催されていたという。

一際豪壮な穹廬の集まった町の中央近くで、兵士らがヤスミンの穹廬を建てている間に、ヤスミンは大可汗の母親である太后の穹廬へ挨拶にでかけ、やがて帰ってきた。不機嫌な顔で侍女に当たり散らす。戦況が朔露側に不利であるらしいので、女たちも何かしらの不便を強いられているのだろう。

またたくまにでき上がったヤスミンの穹廬の片隅に、することもなく放っておかれた玄月へと、ヤスミンが話しかける。

「おまえ、楽器はできるの？」

「むかし、箜篌と笙を、少し習った。もう何年も、やってない」

ヤスミンは両方の楽器を持ってくるよう侍女に命じる。

女性がふたりがかりで抱えてきた箜篌は、半弧の枠に二十の弦を張った竪琴である。箜篌を目の前に置かれた玄月は、弦を弾きつつ音を確かめた。だが調音のやり方は習っていなかったので、正しい音なのかもわからない。最後に楽器を弾いたのは何年前であったか。まだ女の衣裳を着せられていた通貞であったので、陽元とともに永氏の皇后宮にいたころのことだ。

「何が弾けるの」

回想を遮られて、玄月ははっと顔を上げた。

ヤスミンは低い寝椅子に肘をついて訊ねる。玄月を鞭で打たせたことも、雪の戸外に放り出したことも、まるでなかったことのように笑いかける。

曲の名を言っても、異国の言葉では通じまい。玄月は答えずに、指が思い出すまで弦を順に弾いては押さえ、ようやく記憶の底から浮かび上がってきた旋律を奏で始める。たびたび音を途切らせて、手を握っては開き強張る指を解す。

どうにか一曲を弾ききると、はじめに戻ってやり直す。耳が覚えているとおりの滑らかな調べと重なるまで、何度も繰り返して演奏した。

ようやく納得して手をおろす。長いこと使っていなかった筋肉が、引き攣れるように痛む。玄月は両方の腕を交互に揉み解した。

「さまになってるじゃない。はじめは下手だったけど。最後のはちゃんと聴ける音楽になっていたわ。犬のように座ってるだけだと目障りだから、そうやって曲を弾いてわたくしを楽しませなさい。いいわね」

「御意」

玄月は少し頭を下げて短く応える。ヤスミンは声を出して笑った。

「ずいぶんと、もったいぶった言い方をするのね。まあいいわ。曲の褒美に、太后さまにいただいた赤葡萄酒を授けるわ」

侍女に硝子杯と葡萄酒の壺を持ってこさせる。ふたつ並べた足つきの杯に、赤い酒を注がせた。

「おまえ、歌は歌えて？」

「弾きながら？」

「どっちでもいいわ」

弾き語りというのはやったことがないが、覚えさせられたいくつかの曲には歌詞がついていたはずだ。

「練習、すれば。時間はかかる」

ヤスミンは葡萄酒を口に含んだところで笑いそうになり、慌てて呑み込む。

「どうせ、他にすることもないでしょう。好きなだけ練習なさい。いま金椛人が外をうろついていたら、危ないもの。敗戦の報が届いてから、留守居の兵士たちが、腹いせに金椛人の捕虜や奴隷を、手当たり次第に何人もなぶり殺しにしたとかで、太后さまは、金椛人を集めて近く史安市へ移してしまうことにされたの」

ヤスミンはそこで口を閉じ、硝子杯の葡萄酒をじっと見つめた。

玄月は侍女に手渡された杯から、ひと口の葡萄酒を口に含んだ。ルーシャンの葡萄園で作られた葡萄酒よりも、甘みが強いような気がする。

楼門関が陥落したとき、胡人の移民を含む金椛人は慶城へ避難したが、多くは逃げ遅れて朔露に捕らわれ、奴隷に落とされた。わかってはいたが、同胞に降りかかった災難を改めて知ると、息苦しさを覚える。

治ったはずの打撲傷が痛むようで、我知らずに胸を押さえる玄月に、ヤスミンが声をかける。

「安心しなさい。あなたが金椛人であることは、わたくしの配下しか知らない。わたくしの侍女には紅椛党の子孫も少なくないから、巻き添えにならないよう、兵士たちに目を配るよう、あらかじめ命じてあるし」

気まぐれで癇癪持ちのヤスミンだが、意外なことに侍女たちから嫌われてはいない。むしろ機嫌のいいときは気前が良く、側近の助言は容れて必要な配慮はできる。

沈黙する玄月に、ヤスミンはもっと音曲を奏でるように命じる。玄月は指を慣らしながら、思い出せる音節を拾い上げつつ、まとまった曲へと継ぎ合わせてゆく。

何日もヤスミンの穹廬から外へ出ることも叶わず、食事も手洗いも、サフランの世話になり、日がな一日ただひたすら箜篌の練習を続ける。

嘉城のあたりから撤退するとして、朔露大可汗が塞外の王庭へ帰還するのに、何日かかるだろう。この穹廬で形成された王庭の片隅にいて、ユルクルカタンの顔を見る機会はあるだろうか。

手を伸ばせば届く距離まで、朔露の君主に近づくことはできるだろうか。

これ以上の犠牲を出さずに、この戦を終わらせることは、可能であろうか。陽元の御代に太平をもたらし、小月が生まれた子を安心して育てることのできる、平和な祖国を取り戻すことは。

九、湖畔の後宮

使節の一行は嘉城を挟んで十里手前にそれぞれに幕営を張った。使節の人員に加えて、双方の護衛の兵士は五十名。約定通りである。

軍議の末、蔡太守より副使を拝命した橘真人は、正使の輔佐として忙しく、金椛語と公用胡語を併記した協定書と捕虜名簿などの書類を整える。遊圭は郁金といっしょに、こっそり連れてきた天狗親子の相手や、馬の世話などをして過ごした。

金沙馬の手入れは、下男の竹生や兵士に任せがちな仕事だが、遊圭は時間の許す限り自分でも手をかけるようにしていた。この日は時間がたっぷりあったので、雪やぬかるみで蹄が傷んでいないか、藁束で毛並みを梳いて汚れを落とし、虫がついていないか、あるいは病気になっていないかと、皮膚の状態も丁寧に観察した。これからまた苛酷な旅に出なくてはならないと思いつつ、金沙馬の換毛がすでに始まっていることに、季節の変化を感じ取った。

合間にグルシの食事も運ぶ。

グルシに訊ねられて、遊圭は真人から聞いた名を思い出しつつ答える。

「正使はイシュバル小可汗だそうです。副使がイルヤ、ええと、イルジャ公、だったかな。どちらも公用胡語が堪能だとかで」

「イシュバルか、あいつは弓や剣より、尖筆を握っている時間の長い男だ。大可汗はこれからはそういう人間が必要だと言って、興胡の教師をつけて育てられた。大可汗の末弟だが、叔父と甥になるイルコジとは年が離れてないせいか、兄弟のように育った」

「イルジャ公の康宇語も、発音がきれいだって橘さんが言ってました」

「イルジャは乳母が康宇人だ」

大可汗は息子たちに胡人の乳母や、商人や軍人の教師をつけて、育てさせたという。征服した国々の言語や制度を、息子たちに学ばせて吸収していく。次の世代を見据えて大陸を制覇する、壮大な構想がユルクルカタンにはあったということだ。

「グルシさんは金椛語が堪能です。やはり大可汗の方針で金椛人の教師がついていたのですか」

「むかし、紅椛人の側女がいた。あの女は、生まれた子には椛語で話しかけていた」

遊圭は意外な告白に驚いたが、珍しくもない話であり、グルシに妻子がいてもなんの不思議もない。

紅椛も金椛も、言語や文化を同根とする椛族である。金椛人に王朝を奪われ、辺境に移住し、あるいは西国に亡命した紅椛人は、支配階級の椛語を話していたであろう。五十年以上経った現在でも、遊圭の話す帝都の金椛語と大きな違いはそれほどないはずだ。

遊圭は咳払い（せきばら）をして、話を元に戻した。

「じゃあ、金椛語が話せる人材も、たくさんいるわけですね」

「それがそうでもない。紅椛人の子孫で椛語を操るものは減っている。金椛人は自国からあまり出てこん。夏沙王国を落として、ようやく何人か使えそうなのが手に入っただけだ」

兵士が何千といても、通訳や主簿（しゅぼ）に必要な能力があるのは、ほんのひと握りだ。千人の部隊で、どうにか公文書を扱えるのが隊正以上の武官二十人。外交能力を備えた通訳や書記はひとりいるかいないかだ。

家柄がよく教育を受けた上級武官が最前線に出てくることは珍しいので、生かして捕らえるのは難しい。捕虜にされたほとんどの兵士は、もともとの職業が朔露人の欲しがる職人でもないかぎり、奴隷として売買、分配されてしまう。

「グルシさんが、今回の交渉の副使だった可能性もあったかもしれないと、いま考えてしまいました」

「どうだろうな。俺は交渉には向かん」

そう言って、空になった碗（わん）を遊圭に突き返す。

グルシが外交に不向きであるというのは、たしかにそうだと遊圭は思った。交渉にも取引にも乗せられまいと、長い沈黙を貫いておきながら、利害や敵意を挟まずに歩み寄る姿勢で接してきた遊圭には、世間話でもするように朔露王家の系図を話してしまう。本人の退屈が限界にきていたのかもしれないが、韜晦（とうかい）して相手の思惑を見極め、自国に有利な情報を引き出したり、遊圭を抱き込もうとしたり、という発想はないらしい。

　軍の構成や陣の配置、朔露流の戦術といった情報を漏らすことはしないものの、ユルクルカタンの家族構成を目の前の青年に知られることが、どのように自国に不利に働くかという方向へは、想像力が働かないのだ。

　碗を受け取り、炊事場に戻って雑用を片付けた遊圭は、その日の交渉がどうなったのかと、真人の帰りを待った。

「先方の名簿が、ようやく手に入りましたよ」

　尤仁（ゆうじん）と戻った真人は、ご機嫌な顔で朔露側から出された金椛人捕虜の名簿を見せた。康宇文字で書かれた名簿は厚く、ざっと見てもけっこうな数である。三人がかりで確認したが、玄月の名は見つからない。

　夕方には護衛の持ち場から解放されたラクシュが顔を出し、二重に確認してくれたが、やはり玄月の名はなかった。

「グルシさんの話では、大可汗は実務能力のある金椛人を通訳や秘書、教師として欲しがっているそうなので、朔露が求める人材と見做（みな）された捕虜はとどめ置かれて、ここには載ってない可能性もあります」

遊圭の意見に、ラクシュがうなずいた。

「大可汗や小可汗の幕僚の半分は、異民族の商人や軍人だ。無条件降伏した都市国家は自治が認められる。独立を維持するために戦って滅ぼされるよりも、隷属して生き延びることを選ぶ都市や国は少なくはない。自然と可汗らの頭脳集団は、純粋な朔露人より異民族の割合が高くなる」

遊圭の頭に、あらゆる民族を吸い上げてゆく『世界帝国』という言葉が浮かぶ。同族ばかりで支配階級を独占している金椛人とは、視点が違いすぎる。

「いままで大可汗のことは、世界中に戦争をしかける、血に飢え支配欲に凝り固まった破壊者を想像していたんですが、ユルクルカタンというのは、我々の物差しでは測りきれない、ものすごく器の大きな人物なのかもしれないですね」

「だから、祖父さんと俺は、朔露につけと親父に言ったんだ」

遊圭はぎくりとしてラクシュを目で制した。ラクシュは遊圭の反応に、眉を上げて真人から尤仁へと視線を移した。

「なんだ。ここにいるふたりは知っているんじゃないのか」

「いま知りましたが、遊圭さんが選んだ人材なら、特に問題はないです」

真人が即答する。尤仁も驚きは隠さなかったが、はっきりとうなずいた。

遊圭はふたたび嘆息する。

「松月季は、金椛語の公文書を読めるだけでなく、書くこともできます。そして金椛の内情も知り、外交の教育も受けています。朔露側がそれを知れば、松月季は返してもらえそうにないですね」

ラクシュが同意した。

「やはり、乗り込んでいかなくてはだめか」

「橘さん。あとは頼みましたよ」

真人は「まかせてください」と胸を叩いた。

月が昇る前に、遊圭と天狗は、ラクシュとともに楼門関へと出発した。ラシードと尤仁は、交渉が終わるまで橘真人の護衛を務めてから、交渉の結果を知らせるために、郁金と天月を連れて、遊圭の後を追う手はずになっている。

嘉城の反対側に幕営する朔露の使節を避けて大きく迂回し、朝まで駆け続ける。雪はおおかた融けていたが、それゆえに地面は柔らかい泥が剝き出しになっているところも多い。ときにぬかるみに蹄を取られ、乗馬の負担を軽くするために馬をおり、くるぶしまで泥に沈みながら西を目指す。

楼門関へ近づくほどに朔露兵の数は増え、炊煙を上げる幕営の規模も大きくなっていく。朔露の兵装で何食わぬ顔で行き過ぎようとするかれらを、哨戒の一隊が呼び止め、誰何する。ラクシュが後方への伝令を演じて対応すれば、朔露兵は疑いもせずに、あの剣の柄と鞘に触れて胸に手を置く仕草で、任務の遂行を祈って送り出した。ラクシュはそれに応えて、肩と額に手を触れて敬礼らしきものを返す。

ラクシュと朔露兵は、ときに言葉も交わさず手振りだけで意思疎通している。

騎乗のまま距離をとった状態で意思を伝え合うために、朔露では身振りによる言葉や信号が発達したのだろう。グルシから聞いていたことだが、会話のように滑らかにやりとりされる手話は、想像もつかない雄弁さであった。

ルーシャンの家族を救出しにラシード隊とともに楼門関に向かったときは、合い言葉しか教えられていなかったので、できる限り朔露軍を避けて遠回りしなくてはならなかった。今回はラクシュのおかげで悠々と朔露軍の近くを通り過ぎることができる。

そのような感想をラクシュに伝えると、「朔露高原は一年の半分が冬であるのに、戸外で過ごす時間が長い。襟巻きや防寒具を外さなくても会話ができるようにではないか。砂や日射しを避けて顔をさらさない砂漠の民にも、手振り語はある」

「ラクシュさんが同行してくださって、とても助かります。感謝します」

休戦の話し合いが行われていることは朔露兵の間にも知れ渡っているらしく、通過する幕営地では、固まって座り込んだまま、のどかに手を振ってくる兵士も少なくない。

それでも伴走する天狗が人目を惹くのを避けるため、なるべく彼らの視界に入らぬよう、可能な限り迂回してゆく。冬毛が生え替わり、まだらな白と茶の毛並みになりつつある天狗は、地表の色に溶け込み、朔露兵に遭遇すると姿を消す。休憩していると水と餌をもらいにふらりと現れ、遊圭につかず離れずついてくる。

そうして、遊圭が嘉城に住んでいたときは、半日もかからなかった方盤城への道のりを、二日かけてたどり着いた。

方盤城の城壁が地平線の彼方に黒い姿を現す。気がつけば、ルーシャンの家族を救出してからひと月以上が経過していた。その間、雪嵐は三度通り過ぎたが、いずれも二日と続かず、腰より深く積もることはなく、融けるのも早かった。

春はもうすぐそこまで来ている。

暦を数えれば、都はすでに樹花の蕾ほころぶ季節を迎えているはずだ。

一瞬よぎる感傷をやり過ごし、遊圭は抜け穴を隠す陵墓をラクシュに指し示した。

「わたしは城壁をよじ登ることはできませんので、地下道を通って方盤城へ入ります」

「別に好きで壁を登るわけじゃない。楽な道があればそっちを選ぶさ」

ラクシュの話し方や何気ない仕草は、父親のルーシャンに似ている。

遊圭は微妙な罪悪感を覚えた。

ルーシャンの一族は朔露に降伏し、大可汗の股肱として仕える話がついていたのに、かれらの意思に背いて朔露から奪い返してしまったのだ。ラクシュは本心ではまだ父親に怒りを抱えているのではないか。朔露可汗国をただの侵略者としか見ていなかった以前と、朔露の内側を垣間見、その構造に従って生きる人々の事情を知ってしまったあとでは、戦う理由も見失いそうな遊圭だ。

自身の拠って立つ正義や大義など、角度次第でどうにでも変わってしまうものらしい。

とはいえ、失敗すれば遊圭も捕まって容赦なく殺されるであろうし、もっと悲惨な目に遭うかもしれない。敗戦すれば民の大半は掠奪され、隷属を強いられる。

　遊圭は祖国とそこに生きる人々を、そうした運命から守りたい。

　日没を待ち、城壁の見張りから黄昏の紗に地平が隠されるころあいを見計らって、遊圭とラクシュは陵墓に潜った。

　床に転がっていた油灯に火を入れ、遊圭は玄月の痕跡を見て回る。火を熾こす道具や食糧、生薬などは持ち去ったようで、寝具と燃料は置き去りになっていた。床に残る足跡は、ラシード隊がつけたものか、乱入した朔露兵のものかは判別しがたい。

　天狗は忙しく床や壁を嗅ぎ回り、我が子と玄月の匂いを探し求める。天伯の糞溜まりを見つけて背中をこすりつけるのを、遊圭は慌てて止めなくてはならなかった。

　寝具の横に落ちていた細長い物を拾い上げる。

「煙管だ。麻勃を服用したんだ。痛み止めを使い果たしたのかな」

　ここから連れ去られてひと月は経ったことを考えると、天狗に匂いを追わせて荒野へ出て行くのは無駄であろう。計画通り方盤城へ入り、潜入しているラシード隊の密偵と合流する。

　棺室へと下り、ひと月前にそうしたように祭壇を壊して、飛天楼の地下神殿を目指した。長い隧道を歩いて地下神殿の祭壇から這い出たラクシュは、低く舌打ちをした。

「まったく、何食わぬ顔をしてこんな物を造っていたとは。道理で内応を持ちかけたときにたいして動じてなかったわけだ。穴熊野郎め」

ここにいない父親に毒づく。穴熊というのが罵り言葉になるのか、遊圭には量りかねたが。

飛天楼はラシード配下の十人の兵が押さえていた。現在は金椛への内通に応じた異民族が宿舎として借り上げ、ラシード隊の活動拠点となっている。遊圭は妓楼の一室に通され、久しぶりに温かい湯で体を洗い、髪を梳く。生き返った思いで着替えた後、まともな食事が出された。

予想もしていなかった潜伏拠点の心地よさに、気が緩みそうだ。

ラシードの不在中、潜伏隊の指揮を任されている十人隊の火長が、ここ一ヶ月の動向を報告する。

「朔露の軛を逃れたい異民族の内応を、いくつか取り付けたときに、朔露敗走の報が伝えられました。それで、怒り狂った朔露兵の金椛人狩りが始まり、楼門関陥落のときに降伏して城内で働いていた金椛人は、次々に襲われて城壁に吊されました。朔露側の異民族部隊も、合い言葉だけじゃなく朔露の細かな合図みたいなものを知らないと、捕まって出身を尋問されるんで、見た目が金椛人じゃなくても安心して街を歩けないんです。見かねた大可汗の太后が王庭の後宮からお出ましになって、ひとところに金椛人を集め、直下の朔露兵に守らせることで、いまでは落ち着いたんですがね。ひと安心していたら、今度はルーシャン将軍のご家族が蒸発していることが発覚してしまいました。まあ、ばれるのは時間の問題でしたけども。責任の追及をおそれて脱走を隠していた警備の責任者は、全員が首を刎ねられました。それから、太后は城壁や水路を厳重に調べさせましたが、脱出経路はまだ見つかってません。そういうわけで城内は混乱が続いていて、活動はかなり制限されています」

　大可汗の不在中、内城の規律はかなり弛んでいたようだが、それもこれからは厳しく締め付けられることだろう。

「外出時に必要な朔露の手振り言葉は、俺が教える。異民族は複雑な会話ができなくても、何通りかの挨拶ができれば疑われまい」

　ラクシュの提案に、火長以下、兵士たちはほっとした顔をした。ラクシュが朔露の密偵であったことを知らない者はなく、遊圭といっしょに姿を現したことに疑念を抱える者もいたからだ。

「講和の交渉が始まったことは、ここまで伝わっていますか」

　遊圭の質問に一同はうなずいた。

「収容所の金椛人で、帰りたい者がひとりひとり名前を聞かれていたようです。方盤城とその周辺の移民は、ここに居続けることを希望する者もいますからね」

　それはそうだろう。ほとんどの住民は、為政者が誰であろうと、自分たちが所有し耕した土地を離れたくはない。新しい支配者が、土地の所有を許してくれるかどうかの保証は、どこにもないのだが。

遊圭はかれがここに来た一番の目的について、情報を求める。

「玄月さんの消息は、つかめましたか。交換される捕虜の名簿に、玄月さんの名はありませんでした」

火長は首を横に振った。

「奴隷にされて農場や城塞で働かされている金椛人にもあたりましたが、陶監軍の姿はまだ見つけていません」

「あと調べていないところはあるかな」

火長は少しためらってから、おずおずとその場所の名を口にした。

「大可汗の後宮です。それも、降伏した異民族の王侯の女たちを閉じ込めていた城内の玉髄楼ではなくて、楼門関外の『王庭』と呼ばれる、朔露の王族や大氏族の宮廷の、ど真ん中にある後宮です」

つまり、朔露可汗帝国の心臓部だ。

息を殺す兵士たちの視線を強く感じつつ、遊圭はゆっくりとまぶたを閉じた。

まったく予期していなかったわけではない。ただ、そうでなければいいと心から祈っていた。

「わかった。わたしが行くよ。女物の衣裳を用意してくれ」

遊圭は両手を上げて頬に触れ、貼りつけていた付けひげをベリベリと剝がした。頬を柔らかくするための蜂蜜と酸乳、のどを潤す沙棘の油が手に入ると、さらに助かる」

「どうやって王庭に侵入するつもりだ。金椛の宮城のように、城壁や壁で囲まれているわけではないが、中心部の後宮は兵士が二重三重に囲んで警備に当たっている。不審者は蟻一匹出入りできん」

　ラクシュが警告した。遊圭は少し考えて提案する。

「金椛人の収容所にもぐり込んで、後宮で働きたいと願いでるのはどうかな。それなら見た目と胡語の訛りが金椛人で、朔露語が話せなくても無理がない」

　火長は生き返ったように明るい口調で賛成した。

「収容所の衛兵に金をつかませて、話を通しておきます」


　せっかく伸びてきた薄いひげを泣く泣く剃り落とす。三日かけて、蜂蜜と酸乳を混ぜた乳液を顔と手にすり込み、葡萄酒で拭き取って、固く粗くなってきた肌を整えた。

　一日で伸びるひげの早さなど、これまで気にかけたことはなかったが、玄月と潜入した前回のひと晩限りの女装とは異なる。どこにいるかわからない玄月の居場所を求めて数日は後宮に潜入するとなると、さすがに慎重な準備が必要であった。

　陽の当たるところに出て、剃り跡がわかるかどうかも火長に見てもらった。

「あんまり、わからないですね。剃り跡の肌の色も変わらないですし。白粉と頬紅でごまかせる程度です。ほんとうに二十歳におなりですか？」

　火長の余計なひと言に不快な顔は見せず、遊圭は神経質に顎や頬を撫でて、その滑らかさを確かめる。ざらざら感はない。

火長は思案顔を続けて、助言を授けてくれた。

「髪を巻いたらどうですかね。あごの下とか、剃り残しやすいんですが、顔の周りに巻いた髪の房を垂らすと、首や輪郭がかなり隠れます」

生まれつきの巻毛を、葡萄の房のようにして肩に垂らす胡人の髪型に憧れる東方人の女性は少なくない。波打つ髪を再現するために、直毛の女性たちは髪に焼き鏝を当ててうねりを出したり、くるくると巻いたりするのだそうだ。

なぜそんなに詳しいのか訊ねると、火長には年頃の娘が三人もいるという。

兵士が妓女から手に入れた整髪剤で髪を保護しても、鏝をあてると髪の焼ける嫌な臭いが鼻を刺す。こんなことまでして美しい黒髪を損なわなくても、と思う遊圭だが、ふわふわとした巻毛が頰の横で揺れ、肩の上で弾むさまを、火長や兵士らが喜んで見ているのが気恥ずかしい。

ラクシュだけが、あきれ顔で遊圭たちの作業を見守っていた。

剃刀も良く研いだ切れ味の良い物を数本用意してもらった。下働きの女であれば、手は荒れていて当然なので、指先の手入れまでは必要ない。ただどんなに貧しく粗末で汚れていても、西沙州の女性は眉を整え、頰に丹を塗る。そして額帯と外套の裾からのぞく裙の裾には、豊かな色彩の細微な刺繡がほどこしてある。

「完璧です、星公子」

方盤城の町娘を装った遊圭を、娘たちを思い出したらしい火長が涙ぐんで褒め称えた。

「西国風の裙は、内側に隠しの袋がいっぱい提げられるから、案外と便利ですね」

遊圭は火長とは少し違うところに感心していた。高山にある戴雲国の女官服も、裾がふくらんでいたが、同じ機能があったのかもしれない。

収容所まで案内してくれた火長は、別れ際に「ああそういえば」と遊圭を呼び止めた。

「最後に会ったときの玄月殿は、雑胡に変装していました。もしかしたら、胡人の名を名乗っているかもしれません」

「玄月さんは、金椛名もいくつか使い分けていますからね」

ありそうなことだと遊圭はうなずく。

「どの胡名を使っているかは、わかりませんが、我々は玄月殿を密かに『マーハ』と呼んでいました」

火長は恥ずかしそうに耳まで赤くして告白する。

「それは、女性の名では？」

遊圭の療母、西国出身のシーリーンによれば、月や星の名を女性に付けることが多いという。美しく輝くものの、形容詞にも代名詞にもなり得るからだ。

火長はいっそう顔を赤くして、ボリボリと頭を掻いた。

遊圭はそれ以上は追及せず、収容所の扉を叩く。

話をつけてある収容所の兵士に引き合わされ、遊々と名乗って不安げな女たちの間にまぎれこんだ。女たちは城下にいては危ないので、希望者を大可汗の太后が後宮に受け入れているというのは本当らしかった。いままで家の地下に隠れていた女たちも食糧が心細くなり、噂を聞いて収容所に集まっていた。

水と麵麭(パン)を持たされて楼門関を出発する。一日かけてぬかるんだ漠野を歩かされ、北の湖を目指す。薄茶色と残雪を背景に、楊(やなぎ)の緑が目に沁(し)みる丘が見えてきた。それ自体が大陸で最大と最強を誇る帝国の宮廷だと言われても信じがたい穹廬(きゅうろ)の町は、ずっと昔からそこにあったような顔をして砂漠の中に佇(たたず)んでいる。

沙棘(サージ)でのどを潤しているとはいえ、声色を使い分ける訓練はもうずっとしていない。遊圭はなるべく口を利かず、与えられた穹廬をおとなしく他の少女たちと共有し、ひたすら町のつくりを観察した。

兵士たちは無遠慮に穹廬の周辺を歩き回る。男子禁制なのは、妃(きさき)たちの穹廬周辺だけのようだ。ひげのない男たちの姿が多くなると、穹廬の規模も大きく豪華になり、行き交う女性たちの服装も華やかになる。そのあたりから本当の意味の後宮になると思われた。

町の中に玄月の姿は見つからず、遊圭は妃宮に近づける手段を探し始めた。湖から汲(く)み上げた水を、妃の穹廬に運び込む仕事を見つける。織物も刺繍もできない遊圭は、外の仕事を引き受ける口実はたっぷりあった。すれ違う宦官(かんがん)と思われる人物の顔を、ひとりひとり確かめながらそっと離れることを繰り返したが、埒(らち)があかない。

水運びの女たちの話によると、大可汗の後宮には正后の下に百人を超える妃妾(ひしょう)がいるという。そのうち穹廬を与えられているのは三十人。現在は可汗以下、小可汗らの妃妾もこの湖畔に集められているので、いわゆる妃宮の数は百はいくのではないかということであった。

自分自身が砂丘の米粒に感じられる広さと人間の数の多さに、遊圭はもっと効率的に捜せる方法はないかと考えあぐねる。天狗を連れてきたかったが、仔熊のように体が大きいのと、周りにひとが多すぎるので断念したのが悔やまれた。

方盤城に残してきた天狗はどうしているのかと思い出した遊圭は「あ」と声を出しそうになった。

――そうだ、天伯。もしも玄月がここにいるのなら、天伯もどこかにいるはずだ。

夜になると遊圭は食事に出される羊肉入りの蒸し饅頭を、いつも通る木の根に置いて回った。二日目に、蒸し饅頭が食べられている痕跡が見られた。砂鼠や他の動物が食べている可能性が高いのはもちろんだが、遊圭は近くを歩き回って「天伯、天伯」と小声で呼んでみた。

三日目に、木の下で「天伯」と呼ぶと、頭上の枝がガサリと揺れた。見上げると、白い毛並みから夏毛に生え替わりつつある天狗の仔が、尖った鼻先をのぞかせていた。

「天伯、わたしだ。迎えに来たよ」

遊圭は手にしていた水瓶を地面に置いて呼びかけ、手を差し伸べる。すると小さな獣がひらりと飛び降りて、遊圭の腕にすぽんとおさまった。

「わたしを覚えていてくれたんだ。ありがとう」

目頭を熱くして、遊圭は置き去りにしてしまったことを謝った。

「玄月さんは、やはりここにいるのか。案内してくれるかい」

耳をひくひくと動かして、天伯は地面に飛び降りた。軽快な足取りで歩き始める。遊圭は水瓶を抱え上げてそのあとを追った。天伯は豪壮な妃宮をいくつも通り過ぎ、中心から少し離れた穹廬群へと遊圭を導いた。着飾った女官か、あるいは妃か公主なのかもしれない美しい女たちがそれぞれの穹廬を出入りする。そのひとつに天伯は姿を消した。

水瓶を持って途方に暮れている遊圭に、穹廬から出てきた白髪交じりの女官が、水を持ってきたのかと声をかけた。逆らわずに水瓶を渡すと、女官は穹廬へ入っていった。

中から箜篌を奏でる音が聞こえる。耳慣れた金椛風の曲調だが、あまり上手ではない。公主あたりの手遊びなのだろうか。さきほどの女官が出てきて空の水瓶を遊圭に返した。

「きれいな音色ですね」

遊圭は箜篌の音色が見えるかのように、宙に片手を上げて女官に話しかける。

「毎日毎日、練習しているからね。かなり上達したよ」

「金椛国の音曲みたいです」

女官は上から下まで遊圭の形を見て、「あんたも金椛人かい」と訊ねた。

「五日前に、方盤城から連れてこられました。遊々です」

遊圭は玄月に出会った当時の幼名を名乗った。

「これを演奏しているのも、金椛人ですか」

遊圭はどくどくと動悸が高まるのをこらえながら訊ねる。

「もとはそうみたいだけど、身元はよくわからないね。小可汗さまが荒野で拾ってこられたんだけど、お妃さまは夏沙からの難民だっておっしゃるし」

詳しく聞き込もうとしたが、穹廬の奥で女の叫び声と、硝子の割れる音がした。

「ああもう！　マーハさんがお妃さまを挑発するのをやめてくれないと、硝子の器がみんな壊されてしまうよ」

顔色を変えた女官は、嘆きのつぶやきを吐き、急いで中へ引っ込んでしまった。

遊圭は少し下がって、穹廬の位置を記憶に刻みつけた。木の扉にはそれぞれ特徴のある彫刻が施してあるので、それで見分けることができる。どうやって中に入り込むか、あるいはそのマーハという楽士が出てくるのを見届けられないかと、遊圭は近くをうろうろとする。いくらもしないうちに扉が勢いよく開いて、中から艶やかな衣をまとった美しい女性が出てきた。身重らしいのに、ずいぶんと動作が荒々しい。

「衛兵を呼んで！　あいつを鞭で打たせなさい！」

ほとんど金切り声である。その聞き覚えのある声に、目を凝らして妊婦の顔を見つめた遊圭の手のひらと脇から、どっと汗が滲みでる。

「ヤスミン姫！」

慌てて水瓶で顔を隠した遊圭は、そっと後退ってヤスミンの穹廬から離れた。

親切で気の良さそうな女官の同情を買って、同郷らしい楽士と会わせてもらえないかと頼み込む計画は却下だ。ヤスミンは、何度かやりあった遊圭の顔を忘れていないだろう。正体が暴露される危険は冒せない。

遊圭はいったん引き返して、状況を分析することにした。

天伯が出入りしていた穹廬に仕える、マーハという楽士は玄月に違いない。ヤスミンに虐待されているような口ぶりだったが、頻繁に『挑発』されているヤスミンが、高価な硝子器を割り続けているというのは、意味がわからない。

それにしても、玄月が楽器まで奏するとは意外だった。どこまで多芸多才なのだろう。それほど上手ではないものの、聞き苦しいところはなかった。

どのようにして穹廬に接近したものかと遊圭は考え込む。こちらから行くと、ヤスミンに顔を見られてしまう。天伯に手紙を運ばせるのが、もっとも安全であろう。遊圭は、一介の下女が筆を執り、金椛語を書き付けているところを見られずにすむ場所を探した。

あたりが賑やかになり、女たちが歓声を上げながら通りへ出て、町の入り口へと集まっていく。方盤城から食糧や物資が送られてきたのだ。

それぞれの妃宮の炊事場へ、穀物や羊が分配されていく。数は少ないが豆や野菜も幾種類かはあるようだ。小麦の袋を運ぶ男たちの中に、ラクシュの姿を見つけてそちらに近づいた。

「玄月さんらしい楽士のいる妃宮は見つけたんですが、そこの主がヤスミン姫で、近づけないんです。ヤスミン姫はわたしの顔を知っているので」

荷を運ぶのを手伝いながら、遊圭はヤスミンが夏沙王国の戦死した前王の王女であることと、天伯と玄月を見つけたいきさつを話した。一方、ラクシュは講和交渉の進捗を告げる。捕虜の交換は滞りなく終わったが、休戦の協定は条件が合わずに難航しているという。

「大可汗は楼門関を返還する気は毫ほどもない。金椛側が譲らないと、下手をすれば決裂する」

ふたたび戦いが始まったら、塞外から楼門関を越えて金椛領へ戻るのは自殺行為だ。

遊圭は、多少の危険は覚悟でことを急ぐことにした。

炭を拾って細く削り、布の切れ端に伝言を書き付ける。

ずっと以前、遊圭がまだ後宮に隠れ住んでいたときに、玄月に教えられた暗号文字を使う。それは簡略化した文字や、音読しなければ本当の意味が汲みとれない表音並びであったりする。手にしたのが玄月でなければ、まったく意味を成さない文字らしき記号の羅列。

遊圭は、『星宿から月の宮へ水の流れる、卯巳未申の正刻』と書き込んだ。木の下で天伯を待ち受け、首に布きれを巻き付けた。

次の日、遊圭は卯の正刻（午前六時）にヤスミンの穹廬に水を運んだ。若い女官が水を受け取り、少ししてから出てきて、空の水瓶を返してくれた。

日が昇り、いくつか雑用をかたづけ、巳の正刻（午前十時）にふたたび水を運ぶ。

近づくにつれて、箜篌(くご)の音が聞こえてきた。水を持って行くと、朝とは違う女官が出てきた。昨日、言葉を交わした白髪交じりの女官だ。女官は遊圭を覚えていて、ねぎらいの言葉をかけてくれた。しかし、音曲は鳴り止まず、玄月は自ら出てこない。

やはり人違いか、天伯は飼い主を変えてしまったのかと、遊圭は落胆する。遊圭は空になった水瓶を女官から受け取り、箜篌の音に送られて、その場を立ち去った。

小石につまずいて転びそうになり、水瓶の中で何かが動く軽い音がした。ひとのいない穹廬(きゅうろ)の陰に隠れて、緊張で息を詰まらせながら、中を検(あらた)める。

出てきたのは、布に包まれた胡菓子であった。

布には、遊圭がそうしたのと同じように、削った炭で文章が書き付けられていた。確実に受取人の手に渡ることを疑わない、金椛の文字で書かれた明瞭(めいりょう)な書であった。

『枷(かせ)を嵌(は)められていて、穹廬より一歩も出ることは許されない。ヤスミン妃の夫はイシュバル小可汗。ヤスミンは短気だが、無害な女だ。出産を前に夫が帰らないので荒れているが、箜篌を聴かせればすぐに機嫌は直る。私には危険はないので、そなたは自分のいるべき場所へ帰り、自分の務めを果たせ。月』

「ここまで捜しに来たのに、なにもせずに帰れとはまた」

遊圭は頭を掻(か)きながら不平を言う。ひと目のないところで、包み布を篝火(かがりび)に放り込み、固い胡菓子をぼりぼりと食べた。肉桂の風味が強い。

未の正刻（午後二時）に水を運んだときは、遠くからも箜篌を奏でる音が聞こえた。

女官が水瓶を返しに出てきたところで、詩を詠ずる声が始まった。

参辰は皆すでに没す
去り去りて、此より辞せん

少年のように高く澄んだ、そして同時に力のこもった朗々とした吟誦に、女官は立ち止まってふり返り、水瓶を返すことも忘れて、うっとりと立ち尽くす。

しかし、歌詞を耳にした遊圭は思わず唇を嚙んだ。

——天の星はすべて沈み、すでに見えなくなった。遠く去りゆく、いまは別れの時。

『星と会う気はないので、さっさと帰れ』という意味に、遊圭は腹がカッと熱くなる。

詠唱はまだ続く。

相見ること未だ期あらず
生きてはまさに、復た来たり帰るべし

　　死してはまさに、長く相思うべし

――また会えるとは約束できないが、生きていれば必ず帰ってくる。死んでもずっと思い続けるから、いつまでも忘れないでくれ。

箜篌の涼やかな音は静かに流れ、旋律と詩は始まりに戻って繰り返された。

吟誦と音曲が終わると、夢から覚めたように女官がふり向き、「寿命が延びるねぇ」と微笑みながら空の水瓶を返してくれる。水瓶の中には、何も入ってはいなかった。遊圭は水瓶を抱え、歯を食いしばってもと来た道を戻る。

詩の後半は、遊圭ではなく蔡才人に向けられたものだ。あるいは、陽元かもしれない。だが、あたかも頬を殴られたかのように、遊圭は腹立ちと悔しさで涙が出そうになる。

「あんたのいるべき場所も、そこじゃないだろ！」

遊圭は鬱憤を抑えきれず、足もとの小石を蹴った。

石は勢いよく飛んで、大きな穹廬の前に立つ衛兵の肘に当たった。ふり返った体の大きな衛兵は、無表情に遊圭をにらみつけた。遊圭の顔からさーっと血の気が引く。

顔を覚えられまいと、遊圭は下を向いてやり過ごそうとした。しかし、衛兵は近づいてきて遊圭を罵り始めた。怖れた周囲の女たちは、蜘蛛の子を散らすように退いていく。距離を空けて立つ衛兵たちは、にやにやと成り行きを眺めている。金椛人に対する敵意が、一気に噴き出したかのようだ。

　衛兵が拳を振り上げたとき、遊圭は殴られるかと身をすくめた。しかし、拳は振り下ろされず、衛兵は低い声を上げてたたらを踏むように数歩後退った。どこから飛んできたのか、泥のついた薄茶の毛の塊が、衛兵の肩に張りついたのだ。ずり落ちないように、衛兵の外套に爪を立てる。

　毛の塊を引き剝がそうとする衛兵の手を逃れて、天伯はひらりと反対側の肩に飛び移り、背中にぶらさがる。半身をひねって獣を追う衛兵に、地面に飛び降りた天伯は、後肢で立ち上がってきゅうきゅうと鳴き、兵士を挑発するようにぴょんと跳ねてから、ヤスミンの穹廬へと走り出す。

　衛兵が天伯を追いかけている間に、隠れていた女たちが出てくる。その中のひとりに袖を引かれて、遊圭はその場を逃げ去った。

「あぶないところだったね。あれはお妃さまのひとりが飼っている獣だから、捕まっても大丈夫だと思うよ。あんた髪はおろして巻いているけど、金椛人でしょ。朔露兵に目をつけられないよう、目立たないようにしなさい」

　声の張りや目の輝きから、二十代も後半と思われるが、髪の艶と目元のしわはもっと年をとっているようにも見える。金椛訛りの胡語は、西沙州の方言に近い。同じ金椛人と見て、助けてくれたらしい。ところが女は遊圭が礼を言うのも待たずに、さっさと自分の仕事へと戻っていった。

金椛や夏沙の後宮と違って、朔露の後宮はこういうところが楽であった。下女も女官も互いに深く関わろうとしない。同じ穹廬にいても、半数以上は名前も知らないまま、口を利かずに何日も過ごしている。誰を信じていいのかわからない侵略者の占領下で、みな息を潜め、距離をとって日々をやり過ごしてきた。

また、端下の者たちが用を足すのは近くの草むらや水溝で、伸びてきた草や灌木の陰に隠れて、仕事をさぼっている下女や女官を、わざわざ注意する者もいない。

遊圭が玄月に帛書を書き付けるのも、人のこない草むらの奥だ。

『わたしの性格はご存知ですよね。あなたを連れて帰るために来たんだから、目的を果たすまでは引き揚げたりはしません。さっさと枷とやらを外して逃げましょう。小月には男子が生まれましたが、小月はあなたへの操立てと政争に利用されることを怖れて、赤ん坊に見向きもしません。日輪は赤子を憐れみ、生きて産まれなかったことにして、密かに良い家庭に縁づけることを考えています。あなたが帰ってこなければ、みんな不幸になります。次の運搬日に、ここを出る段取りをします』

蔡才人の近況について書いたところで、明々にことづけられた油紙の包みを持ってこなかったことを悔やむ。身元のばれるような品を持ち込むことは避けたのだが、遊圭と会おうとすらしない玄月に里心を起こさせるためには、必要かつ有効な品だったかもしれない。

遊圭はいつもの場所へ餌を食べに来た天伯に、帛書を固く結わえ付けた。

「いいかい、穹廬に戻るまで、ひとに見られたらいけないよ。玄月に会うまでは、この書を誰にも見つからないようにできるかい」

念を押された天伯は、黒く丸い瞳をきらりと輝かせ、ひげをひくつかせた。

まんじりともせずにその夜を過ごし、次の朝も同じ時刻に水を運んだ。卯の正刻も、巳の正刻も、玄月からの返事はなかった。

一日に何度も通っているうちに、いつかばったりヤスミンに出くわしてしまうだろう。どうしたら玄月を引きずり出せるのか。枷をされているということだが、ラクシュがそうであったように、枷をされ、さらに鎖で繋がれているのだろうか。そうだとしたら、ヤスミンの悪趣味さに悪寒が走る。

穹廬では檻も格子も邪魔になり、固定も難しそうなので、虜囚は支柱などに鎖で繋いでおくことはありえた。そうすると、忍び込むしかない。しかし、ヤスミンは臨月が近く、女官らに囲まれてずっと穹廬の内側にいるようだ。ヤスミンに見つかることなく、玄月と話をするのは不可能だ。

次の日も、午前中に水を運んだが、なんの返事もなかった。

こんな近くまで来ているのに、姿を見ることも言葉を交わすこともできない。

午後になって、昼食に出された蒸し麵麭を持って木の下に立っていると、天伯がやってきた。首に布帛が巻いてある。遊圭は蒸し麵麭を全部天伯にやった。急いで布帛を外して袖に隠し、あたりを見回しながら深い草むらに隠れる。

耳を澄まして、誰も草むらに潜んでいないことを確かめてから、遊圭は帛書を開いた。

十、此地一為別

『そなたの頑固で強情で融通の利かないところは相変わらずだ。先達の指示を聞き、もう少し柔軟に対応しろ』

　いきなりひとの性格の欠点を攻撃して、上からモノを言ってくるのは腹立たしいが、相変わらず角を立てて遊圭を挑発してくるところは、いつもと変わらぬ玄月の元気なようすが透けて見え、少し安心する。

『ここまで捜しにきてくれたことは礼を言う。だが、私は囚われて逃げられないのではない。思うところあって、留まっている。ヤスミンは私が夏沙の王宮にいたことは覚えているが、思い出したのは顔だけで、本名や出自までは知られていない。王都陥落を逃げ延びたが、公主を失い帰国できなくなり、辺境の難民となったと信じている。この身には何の危険もない。むしろ朔露の中枢に潜む好機と考え、埋伏している。時機がくれば帰る。そなたは安心して本陣へ帰れ　月』

　その思うところを知り得ずして、おとなしく引き下がる遊圭だと思っているのか。しかも、蔡才人の安否にはまったく言及していない。遊圭は玄月がそういう非人情な人間ではないことを知っている。ひとりで企みごとを抱え込んでいることくらい、察せない遊圭だと思っているのなら馬鹿にしている。

だが、現実にこれ以上はヤスミンの穹廬に近づける手段はない。大可汗の後宮に潜んで危険なのは、玄月よりもむしろ遊圭の方である。毎朝、誰よりも早く起き、薄明かりの下で、夜具に隠れてこっそり顔を剃るのはそろそろ限界だった。髪を下ろして胸に垂らしていれば、あごの切り傷は隠せないこともないが、十日もいれば顔見知りもでき、話しかけられることが増えてきたのも、困りものだ。巻き髪もいつまでももたない。

もはや潮時である。

玄月に何か考えがあるのなら、信じるしかない。

遊圭はいったん引き揚げることにした。

食糧が運び込まれてきた日、遊圭は目をつけておいた深い草むらに隠れて女装を解き、運搬夫に姿を変えた。忙しく働く人混みにまぎれてラクシュと落ち合い、さりげなく駱駝を牽きながら何食わぬ顔で王庭をあとにした。

飛天楼に戻ると、尤仁と郁金が待っていた。ラシード隊長の顔もあった。遊圭はラシードに、尤仁たちを無事に連れてきてくれた礼を言う。

「あまり頻繁に使っては、抜け道が見つかりそうでどうかと思ったんですが」

「入り口はここの地下とあの陵墓だけじゃありません」

ラシードは歯を見せて笑った。

「それで、あのひとは無事だったのか、遊圭」

尤仁が勢い込んで訊ねる。

「元気そうだった。なにか企んでいるみたいで、いますぐ帰る気はないって、追い返されたよ」

玄月の帛書を取り出して、一同に見せた。ラシードが唸り声を出す。

「ルーシャン将軍にどう言えば！」

稲妻の速さで身を翻し、ラクシュの衿を締め上げる。

「ラクシュ！　きさまがいてどうして担いでも連れ帰らなかった」

「本人が逃げないと言い張るのなら、どうしようもない」

ラクシュは平然と言い返す。

「考えてみれば、大可汗の後宮に間諜を潜ませることができれば、金椛としてはこの上ない良策ではないか。そう判断して留まったとしたのなら、急いで連れて帰ることはない。ただ、ヤスミン妃とイシュバル小可汗は、朔露の王族ではそれほど大可汗に近くない。あいつがどれだけの朔露の機密を持ち帰れるかは、わからんな」

遊圭はラクシュとラシードの間に入った。

「なにか考えがあるというので、信じることにしたんです」

ラシードはしぶしぶとラクシュの衿を放す。遊圭は現状を詳しく説明する。

「ヤスミンが穹廬から出さないので、自由に出歩けないとかで、天伯を使って帛書をやりとりするのが精一杯でした。閉じ込められているんじゃ、諜報活動といっても、あまり期待できないと思いますが」

ラクシュはそうでもないと首を振った。

「妃の穹廬にいれば、機密は無理でもそれなりの情報は入ってくるだろう。楽士であれば、太后や正后、他の妃との社交の席に喚ばれることもある。小可汗の集まる宴会で演奏することも、あるだろうな」

「だから毎日、練習していたんですね」

遊圭がそう言えば、尤仁が感銘を受けたようにうなずいた。

「あのひとは妓女をやっていたくらいだから、楽器くらい弾けるさ。だけどひとりで潜入していては、せっかく集めた朔露内部の情報も、なかなか持ち出せないだろう。連絡係が必要じゃないか」

「僕が行きます」

それまで黙っていた郁金が進み出た。

「後宮の外側にある穹廬群なら、男でも入れるんですよね。それなら僕が下働きのふりをしてもぐり込みます。馬丁でも炊事でも、なんでもできますから。直接お会いできなくても天月がいれば、僕でもお役に立てると思います」

「そうしてくれると、助かる。問題は天月と天伯を、どう入れ替えるかだ。連絡手段として必要だけど、二匹いるところを見られたら、あやしまれるだろう」

「なんとか、なると思います」

　ふたりの会話を、尤仁（ゆうじん）が自分も行きたそうな顔で眺め、郁金と天月を見比べた。

「それで、休戦の協定はどうなったんだい、尤仁」

「決裂とまではいかないけど、物別れに終わりそうだ。負傷者の運搬や戦死者の回収のために形ばかりの停戦には持ち込んだけど、楼門関の返還は拒絶されて、嘉城を挟んでにらみ合っている状態だね。ただ、嘉城には食糧の備蓄が少ないから、朔露は楼門関に一時撤退する必要がある。休戦をちらつかせて交渉を長引かせるつもりだろう」

「こちらから持ち出した講和を、逆手に取られてしまったか。提案した身としては責任を感じる」

　遊圭は嘆息した。相手にこちらの条件を呑（の）ませるほどには、先の決戦で与えた打撃は充分ではなかったのだ。形勢が不利になると見事な逃げっぷりを見せる朔露であれば、楼門関にこだわらず、天鳳（てんぽう）行路の史安（シアン）城まであっさり後退してくれるかもしれないと考えたのは、甘すぎる期待であった。

「そこまで強気でいられるだけの軍兵をいまだに大可汗が有し、兵糧が方盤城に溜（た）め込まれているということだ」

　ラクシュに断言される。遊圭は次にラシードから情報を求める。

「ラシード隊長、撤退の状況は監視させていますか」

「ああ、まもなく大可汗の本軍は楼門関に着く。しばらくここを動かないほうがいい」

「ラクシュさんも、顔が知られている本軍のいる間は、動かない方がいいですね」

ルーシャン一族脱出の追及は厳しくなるであろうと、遊圭は念を押した。

「夜なら動ける」

「無理はしないでください」

ユルクルカタン大可汗の器に心を寄せて朔露についたラクシュは、楼門関の陥落に手を貸した。そのラクシュがふたたび朔露に寝返る不安が消え去ったわけではない。しかし、朔露の敗北を招いたルーシャンの密約破棄を大可汗が赦すことは考えられず、任務に失敗したラクシュが朔露側に見つかれば、無事ではすまないだろう。その罪と失敗をすべて帳消しにするだけの金椛側の機密でも持ち帰れば別だが、遊圭もラシードも、父親のルーシャンでさえ、金椛軍の動向や編成を知られないよう、慎重にラクシュと接していた。

いまのところは、ラシード隊と遊圭が方盤城に、玄月が後宮に潜伏しているくらいの情報しか、ラクシュは持ち合わせないはずであった。

ラシードが、遊圭にこれからどうするか訊ねる。

「いつまでも病欠とごまかせないと、橘さんが言ってました。星公子の不在が明らかになれば、蔡太守がルーシャン将軍に事情を問い詰めるでしょう」

遊圭は思案顔でうなずいた。玄月に関しては、おそらく心配はないだろう。

湖畔の王庭を去る前に、同郷の楽士を心配する風を装い、白髪交じりの女官と少し話をして、遊圭はそう思った。

ヤスミンの乳母でもあるというその女官の話によると、金椛人の楽士は妃に口答えをするたびに鞭で打たれているが、顔や箜篌を弾く手を傷つけると、鞭を打った兵士が罰を受けるので、手加減されているという。ヤスミンが玄月の外出を禁じているのは、金椛人であることが知られて、朔露兵から暴行を受けるのを防ぐためであるらしい。玄月に手なずけられているのは、白髪交じりの女官だけではないようだ。

あのときもずっと箜篌の音が聞こえていた。曲調は前の日よりも滑らかになり、日増しに上達していくのがわかる。漏れ聞こえる歌声からも、その豊かな声量により肺の機能はかつての活力を取り戻していることが推し量れた。

命にかかわったかもしれない胸の打撲は快癒したのだ。それがわかっただけでも、遊圭はほっとする。玄月なら自力でこの難局を乗り切れるだろう。良くも悪くも、ヤスミンの人柄には裏表がない。ヤスミンの癇癪とうまく付き合っていけるのならば、周囲からも重宝されるはずだ。

以前、どうして遊圭を苛々させるような物の言い方をするのかと、玄月を詰ったことがある。そのとき、『何を言っても相手の気に障るのなら、必要なことだけを話して黙ってやり過ごす』ことを通貞時代に学んだ玄月が、『言い返しても危険のないであろう相手には、言いたいことを言ってみたくなる』と応えた。

怒らせても安全な相手とは、どうでもいい存在として扱われていると憤るべきか、それとも本音を打ち明けられる人間として信頼されていると解釈すべきか、未だに遊圭には判断がつかない。

しかし、怒らせることを承知でヤスミンに口答えをしているのならば、安全な相手としてうまくヤスミンに取り入っているのだろう。権力者を怒らせても気に入られるとは、遊圭にはまったく理解できない理屈である。

どちらにしても、後宮という場所は、玄月がもっとも得意とする舞台だ。

「そうですね。わたしはいったん引き返します。が、朔露軍の撤退する平原を逆行するわけにもいきません。北か南へ迂回して戻るか、朔露軍が楼門関まで引き揚げるのを待つか、どちらが危険が少ないでしょうか」

ラシードは少し考えてから意見する。

「日数ではあまり変わりはないです。大可汗の軍が楼門関を通過するのを待ってから出発すれば、糧食を持ち歩く負担は少なくてすみます。混雑しているほうが、案外と疑われずに動けるものだったりします」

尤仁は困惑して腰を浮かせる。

「せっかく来たのに、松月季に会わずに帰るっていうのかい」

残念な気持ちを隠さない尤仁に、遊圭は返す言葉に困った。

ルーシャンの家族を脱出させたときの作戦であれば、人手が必要であった。腕も立ち、朔露語も学んできた尤仁は即戦力になると思い、ここまで来てもらったが、いまはその必要がなくなってしまった。しかし、松月季に会いたい一心でここまで来た尤仁に、何もせずに引き返そうとは言いにくい。松月季への憧れを萎ませてしまえば、あきらめてくれるだろうか。

「うん。ちなみに、細かいことを言いそびれていたけど、松月季の本名は『陶玄月』というんだ。皇帝陛下の寵臣宦官で、監軍使としてルーシャン将軍の幕僚を務めている。方盤城に潜入する任務中に負傷して朔露軍に捕まり、いまは大可汗の後宮では『楽士のマーハ』を演じているわけだ」

「宦官？　女性……じゃ、ない？」

尤仁は狐に摘まれたような顔で、遊圭をぼんやりと見た。

一同で尤仁の勘違いについて説明を受けていたのは郁金だけであったが、火長が共感を込めて相槌を打った。

「あの方が女性でないのは、まったくもって、惜しいことですよねぇ」

「玄月さんが女性だったら、わたしはその方がよっぽど恐ろしいよ」

遊圭は身をすくめて火長に反論し、ラシードが逸れかけていた話を引き戻す。

「私は必ず玄月殿を連れ帰るように、ルーシャン将軍に厳命されています。尤仁とラクシュは遊圭を護衛して本陣へ帰還、私はラクシュに代わり、湖畔の後宮への荷運び役をして、郁金との連絡役を務めます。玄月殿が脱出を決意されたときに、いつでも決行できる準備は、お任せください」

「そのときは大可汗が湖畔の後宮にいるだろうから、警戒はいっそう厳重になるでしょう。ラシードさんたちも、細心の注意を払ってくださいね。とりあえず、大可汗をやり過ごすまで、ラクシュさんに朔露の身振り言葉を教えてもらいながら、おとなしく待つことにしましょう。簡単な受け答えをいくつか覚えているだけで、いざというときに切り抜けられますから」

郁金が湖畔の後宮へ発(た)って五日後、ラシードが玄月からの帛書(はくしょ)と天伯を持ち帰った。玄月の世話をしている女官に医師を手配させ、このままでは脚が萎(な)えてしまい、やがて自力で歩くこともできなくなると言わせたのが功を奏し、枷(かせ)をつけたままではあるが、衛兵の見張りつきで出歩くことは許されたという。ここ数日は後宮の端まで行けるようになり、天月と郁金に再会できたことへの礼が綴(つづ)られていた。

「監視の兵士には、郁金を楼門関の陥落で生き別れになった身内だと言って、後宮の近くまで呼び寄せることができたようです。天伯と入れ替わった天月が懐いているので、疑われることもなかったとか。郁金は要領がいい。玄月はユルクルカタン大可汗の顔を見るまでは、脱出するつもりはないそうです」

物資の輸送から帰ったラシードの報告に、遊圭はふっと苦笑した。

「まさか、大可汗と刺し違えるつもりじゃないでしょうね」

遊圭は冗談半分に言ったが、自分が口にした言葉にぎくりと胸が軋(きし)む。ラシードも顔色を変えた。

「次の配達で玄月殿が後宮の外まで出てこられそうなら、直接会ってでも、それだけはやめるように説得します。成功してもしなくても、命を落としてしまいますよ。玄月殿が朔露兵に切り刻まれるところだけは、想像もしたくない」

ラシードは本気で不安になったらしく、顔を歪(ゆが)めて身震いした。

その二日後、朔露の大軍が方盤城の東に現れた。蟻の大群のようだが、おそろしく危険な蟻の群れだ。地面がまだ湿っているためか、砂塵(さじん)や土煙はそれほど上がらないこともあり、軍隊の移動というよりは、意思を持った泥水の流れを思わせる。

遊圭はラクシュの手引きで城壁へ上がり、その平原を埋め尽くす朔露の軍を見おろした。戦に負けてまだこれだけの兵を擁していたのかと、遊圭は絶望感を味わう。かれらが退(ひ)いたのは、短期決戦のつもりであった戦が不利になり、一時撤退した矢先に雪嵐に遭遇して糧食が尽きたからであり、戦意が尽きたからではないということを思い知らされる。

門番に鼻薬を嗅(か)がせ、見張りの隙を突いて城壁に登れる時間は短い。遊圭は早々にふたたび地下に潜り、次は楼門関の楼閣に登る手はずをつける。

朔露兵は高い建造物が好きではないという。そのため門上の望楼への警備はそれほど厳しくない。ラクシュの証言だけでなく、ひと月近く方盤城に潜んでいた火長や、ラシードも同意したので、遊圭は敢(あ)えて登ってみることにした。湖畔の王庭がそこから見えるからだ。

楼門は方盤城の西の城壁にあり、西側に敵のいない朔露の留守居兵は、警戒心が薄い。しかもいまは大可汗の帰還を待ちわびて、兵士たちの関心は東南の城壁に集中している。

昔は息を切らしながら上がった望楼への階段を、遊圭は前よりも楽な呼吸で上がっていく。十歳まで生きないと言われた自分が、もう二十歳になるのだ。それも、いつの間にか人並みの健康な体を手に入れて、気がつけば兄の年齢を超えていた。

すでに春の黄砂が舞い上がり、空を黄色く染め始めた西の地平を、遊圭は感慨を込めて見渡した。死の砂漠へ続く天鳳行路への道は、ここ楼門関から始まる。遊圭は何度この門をくぐり、この砂漠の果てへと旅をしたか、そして生きて帰ったかと胸を熱くした。

右へと視線を移し、なだらかな丘の向こうに小さく佇む湖と小さな穹廬の町を見晴るかす。この高さからは、それほど遠く離れていないように見えるが、馬で往復して一日の距離だ。

黒褐色のくせ毛が西からの風に靡くにまかせ、ラクシュが訊ねる。

「遊圭、あんたたちは本当に朔露に勝てると思っているのか」

「勝たなければ、わたしたちは何もかも失うでしょう。勝っても多くを失うでしょうけど。異民族や異国人でも、大可汗と談合して、服従することで高い地位を得て、生き延びることはできるかもしれない。でもそれは一部の人間だけです。ほとんどの国民は財産を奪われ、家族は引き離され、そして終わることのない隷属を強いられる」

「誰が支配者だろうと、そこに住む以上は、国や支配者に隷属させられるだろうが」

言われてみれば、否定できない。官僚は不正を働き、役人は民衆から搾取する。たとえ天子が善政を敷いても、恩恵は末端の民衆まで届かず、苛政を行う地方官吏を中央はどうすることもできない。

うまく答えられない遊圭は、逆に問い返した。

「ラクシュさんは、なんのために戦うのですか」

「生き延びるためだ。自分と一族の、よりましな将来のために。自分たちよりも強い相手に、独立と誇りを懸けて勝ち目のない戦を挑んだところで、もろともに死んでしまえば、元も子もない。生きていれば、失ったものもいつかは取り返せる」

その単純明快さが、遊圭にはうらやましい。ラクシュの本質は商人であり、戦いもまた、失ってはさらに大きく取り戻す、投機の繰り返しなのだ。だから、遊圭もまた大義とか忠義などといった理想はとりあえず横に置き、いまはただ生きて帰ることだけを考える。

「ルーシャン将軍は、ご家族とご自分の、そのよりましな将来は金椛の側にあると判断されました。ラシード隊長も玄月さんも、そしてわたしも、それぞれが金椛に残した大切なものを守るために命を懸けて戦っています。わたしは、十二のときに家族も財産も、住んでいた家も、すべてを一日で失いました。地下に潜み、汚水に膝まで浸かり、這いつくばるようにして命ひとつで生き延びましたが、あの日に失ったものは、この先どれだけ長く生きようと、何ひとつ取り返すことはできません。あれから時間をかけて、少しずつ新しく積み重ねて、自分の居場所を作り上げてきました。その小さな礎を、いま、ここで朔露のために失いたくはない」

望楼の手摺りにつかまって、遊圭はラクシュに硬い笑みを向けた。横に立ったラクシュは、ふんと鼻を鳴らし、頭ひとつ高いところから遊圭を見おろす。

「勝とうが負けようが、家族が金椛に連れて行かれた以上、俺は朔露には帰れん。人質の居場所が変わっただけで、俺にとっては面倒な余所者同士の戦いに巻き込まれていることに変わりはない」

「面倒をかけます」

それからしばらくどちらも黙りこみ、砂漠から吹き付ける風を頰に浴びていたが、砂に霞む湖畔の町へと顔を向けて、遊圭は小さく漏らした。

「これ以上の危険を冒さず、すぐに帰らないといけないのは自覚しているのですが」

「やはり玄月が気になるか。あいつは不穏なことを考えていそうだな」

「そうなんです。なにかやらかしそうで、胸騒ぎがします」

「ラシードたちに漏れ聞かれそうにない場所で、俺と話したかった理由がそれだな」

遊圭はふっと笑みを浮かべる。

「ラクシュさんは話が早いです。大可汗が後宮入りしてから、玄月さんを監視する方法はないでしょうか」

「もう一度女装して潜入するか」

ラクシュは皮肉な笑みを返す。

「無理を言わないでください。宦官なら、できそうですが」

ラクシュは腕を伸ばして湖畔に聳える楼閣を指した。

「朔露人は高楼を好まぬが、大可汗は楼門関を落としたときにあそこで宴を張った。あの楼閣が気に入ったらしく、その後も何度か妃らを集めて宴を楽しんだ。太后も、いまごろは楼閣での宴の準備をしていることだろう。そこでは音曲も舞も催される。玄月はその場に出ることを考えているだろうな」

「来る日も来る日も一日中、箜篌を練習している理由がわかりました」

遊圭はようやく腑に落ちて、重たい息を吐く。

――何が『死してはまさに、長く相思うべし』だ。そんな言葉を、わたしは蔡才人にも陛下にも、伝えたりはしないからな。

心の中で吐き捨てると、遊圭は具体的な策についてラクシュと話し合う。


二日が過ぎて、朔露大可汗は楼門関を通過した。何十里と続く行軍の先頭が楼門関をでて湖畔への丘を越えても、最後尾はまだ東門に入ることなく東の荒野へと続いていた。それは長大な黒い蛇が四角い罠にかかり、抜け出そうともがいているようにも見える。

本軍が湖畔へと過ぎ去っても、軍の大半は方盤城の周辺に幕営を張った。灰色の荒野には雨後の草原に出現する平茸の群生のように、無数の穹廬や天幕が所狭しと建ち並び、巨大な都市が現れた。

ひとまとまりの軍団ごとに翻る旗の色と柄を、火長に調べさせたラクシュは、北門から脱出することを遊圭に伝える。

「南側には知った顔が多いが、北に陣取っているのは異民族の傭兵部隊ばかりだ。まぎれこんで逃げるならこっちだな」

遊圭はうなずいた。尤仁は出番もなく遊圭とともに帰還することに、落胆を隠さない。

「残って、ラシード隊長を助けることもできると思う。朔露語だって少し操れるし」

まだ松月季に未練があるのか、あるいはひと暴れしたいのか、尤仁は遊圭に訴える。

「尤仁はまだ赴任したばかりで、あまり勝手なことはできないよ。少なくともわたしの護衛をしていたとなれば、蔡太守も軍規違反を見逃してくれる」

ラシードたちにしばしの別れを告げ、遊圭たちは日暮れ時に北門を忍び出た。北門にたむろする兵士たちは、ラクシュの言ったとおり多様な民族と言葉が入り乱れ、装備も統一性がない。ラクシュの偽造した、伝令が肩にかける襷も手伝って、遊圭たちはそれほど怪しまれることもなく、幕営地を騎乗のまま縦断し、北の丘へと出て行くことができた。

「さて」

砂礫の丘をひとつ越えて、幕営地の火も見えなくなったころ、遊圭はほっと息をついた。ピュッと鋭い口笛を吹く。闇の中から、仔熊を思わせる獣が現れた。

天狗を伴った三騎と、二頭の空馬の一行は、そのまま北へ進み、西へと向きを変える。

「遊圭、どこへ行くんだ。東はあっちだぞ」

最後尾で二頭の空馬を引いていた尤仁が、声をかける。

「いや、この方角でいいんだ。尤仁、君は松月季の正体を見たかったんじゃないか」

前をゆくラクシュの幅の広い背中から目を離さず、遊圭は背後の親友に応じた。

「そりゃ、興味はあるけど、ラシード隊長たちには君が玄月に会いに行くのを、話したのか」

「いや、ラシードは玄月に心酔しているからね。玄月の目的を確信したら、後宮に飛び込んでいくかもしれないと思って言わなかった」

「ああ、うん。そんな感じだね。というかラシード隊がみんな松、というか玄月とやらに夢中じゃないか。雑胡の兵士に人気のある宦官ってどんなだと思ったよ」

驚きあきれた尤仁の口調に、『君だって松月季に夢中だったじゃないか』と言いたいところを、ぎりぎりで踏みとどまった遊圭だ。

「それで、遊圭は玄月の目的を知っているのか」

尤仁の問いに、遊圭は玄月を真似て詩を吟じ、親友相手に謎をかけた。

風は蕭蕭と吹きて　河の水は冷たく
壮士ひとたび去りて　ふたたび還らず

「古い時代の刺客が残した決別の詩だね。つまり玄月は大可汗の暗殺を企(たくら)んでいるということか」

打てば響くように尤仁は応(こた)えた。

国士や官人が、息を吐くように古典や詩文を引用した会話を楽しむのが、教養の物差しでもある金椛人の社会ではあるが、遊圭はそうした粋な言い回しが苦手であった。しかし、滑らかな尤仁の受け答えに、遊圭は少し得意な気持ちになる。

尤仁は眉(まゆ)を顰(ひそ)めて話を続けた。

「その刺客は失敗して生きながらにして切り刻まれたんだ。喩(たと)えが不吉だよ遊圭。それに、大可汗の後宮、朔露軍のど真ん中で大可汗を暗殺したら、成功したってすぐに捕まって八つ裂きにされてしまう。無謀にもほどがある」

「刺客って、そういうものだろ」

遊圭が冷淡に断言したので、尤仁は少し驚いたようだ。

「それで、君はどうするつもりだ」

「もちろん、止めに行く。玄月は使い捨ての刺客で終わるような器じゃない」

「それで、二頭の空馬か。荷馬にしても、替え馬にしても半端だなぁとは思ったよ」

尤仁は馬を寄せて、どうやって止めるのかと問う。

「後宮の構成とヤスミン妃の穹廬(きゅうろ)の場所はわかっている。ちょっとした小細工をして、どさくさにまぎれて、さらってくるさ。ラクシュさんはものすごく力持ちだから、玄月が嫌がっても担いで逃げることができるからね。尤仁は、郁金を見つけ出して連れ出してくれ」

「君は十日以上も潜入してようすがわかっているけど、僕はどうやって郁金を見つけ出せばいい？」

「郁金までは、天伯が尤仁を導いてくれる」

遊圭が鞍の横に下げた籠を軽く叩くと、中にいた天伯が顔を出して、また引っ込める。

遊圭はさらに、玄月と郁金を連れ出したあとの集合場所と逃走経路について、尤仁と打ち合わせる。

夜が更け、湖畔の町が眠りに沈んだ頃、遊圭たちは町の風上に移動した。

「郁金の報せによると、大可汗が小可汗と妃たちを集めて高楼で宴会を張るのは明日だそうだ。今夜はみなそれぞれの穹廬で体を休めている。報告通り、寝静まるのも早かったな」

遊圭は旅用の外套を脱いだ。湖畔の後宮で、胡人の宦官のまとう衣装が外套の下から現れる。本物ではないが、方盤城の古着屋から、似たような衣装を探してきたのだ。闇に乗じてヤスミンの穹廬に入り込むのなら、これで充分であろう。

尤仁とラクシュは、闇に溶ける黒い外套を羽織った。

その後、ラクシュは五頭の馬に積んできた柴の束を、地面に積み上げて火を点ける。

「これは――」

尤仁は袖で口と鼻を覆った。遊圭も同じように顔を覆ってうなずいた。

「眠り草だ。麻勃の採れる葉や枝には、似たような効能があるのは尤仁も知ってるよね。戸外で歩哨に立っている兵士はこの煙を吸って眠ってしまう。なかには陽気になって笑い出すのもいるかもしれないが。酒でも飲んで騒いでるくらいに思うだろう」

煙が行き渡って四半刻を待ち、遊圭はラクシュと天狗を連れて王庭へ足を踏み入れる。尤仁は天伯のあとを追って後宮の外縁へと向かった。穹廬の周辺には、そちらこちらに倒れ込み、あるいは座り込んで眠ったり、へらへらと笑ったり、あるいはダラダラとひとりでしゃべったりしている兵士がいたが、遊圭らに注意を払うようすはなかった。

遊圭はまっすぐにヤスミンの穹廬に向かう。扉は固く閉ざされていた。ラクシュが力ずくで、しかし静かに小さく開く。隙間からのぞくと中は真っ暗だ。誰かが起きていたら、宦官を装った遊圭が適当なことを言って入り込むつもりだったが、さすがに暗闇の中に入っていくのは無理がある。

次善の策を採ることにした遊圭は、天狗を隙間から入り込ませた。

穹廬の外で息を殺して待つ。やがて衣擦れの音がして扉が開き、中から天狗と天月、続いて背の高い人影が出てきた。

扉の横にうずくまる、小さな人影と、黒く大きな人影を目にして、玄月は嘆息した。

玄月は引きずるような足取りでふたりの前を通り過ぎる。少し離れた、柵に沿った側溝へ行き、立ち止まった。

外で用を足さねばならない兵士や下女たちのために、一日中小さな篝火(かがりび)が焚(た)かれている。夜中に誰かが立ち話をしていても、怪しまれることのない場所であった。多少、臭いが気になるが。

ラクシュは物陰に隠れ、遊圭は柵越しに玄月のうしろに立つ。

「帰れと言ったのに」

玄月の低い声に遊圭も押し殺した声で応える。

「帰るに帰れませんよ。玄月さん、あなたは自分の手で、大可汗を殺(あや)めるつもりですよね」

玄月は背中を向けたまま、返事をしない。

「やめてください。あなたひとりの命と引き換えに終わるような戦争じゃありません。失敗したらどうするんですか」

「失敗などしない」

玄月は低い声でささやく。

「ええ、あなたは無茶はしないでしょう。確実に刺せるときにしか行動を起こさない。それはわかっています。でも、失敗しても成功しても同じことです。死ぬのは玄月さんだけじゃないんですよ。暗殺者が金椛人だとわかれば、この湖畔と方盤城にいる金椛人は、女も子どもも皆殺しにされます。その中には郁金もいるでしょう。仁を重んじるあなたが、その道を選ぶのですか」

興奮してきた遊圭は、声を低く保つために、呼吸を整える。

「たとえ成功したとしても、もっとひどいことが起きます。すべての朔露人が、金椛という国を憎みます。いまは征服欲と支配欲で城を攻め、掠奪（りゃくだつ）していくだけですが、神のように朔露の兵に崇（あが）め慕われている大可汗が、金椛人によって卑劣な方法で殺されれば、憎しみに囚（とら）われた戦士たちが帝都まで押し寄せ、焼き尽くし、奪い尽くし、金椛の人間をひとり残らず殺し尽くすまで、朔露の軍は止まることはないでしょう」

「卑劣と言うか」

玄月の絞り出すようなつぶやき。

「卑劣です。一騎打ちにでも持ち込めれば別ですが、小可汗たちがそんなことはさせない。相手を信じさせ、油断を突く卑劣な方法でしか、命を取ることはできません」

騙（だま）して死なせてしまった敵将ジンのことが、遊圭の脳裏を一瞬よぎった。

玄月は両手で顔を覆う。

「ではなぜ、私はここにいる。敵の心臓に触れるほど近くに潜む刃（やいば）であれという、天意ではないのか。そうでなければ、天は私に何をさせたいのだ。それとも、天意などはじめから存在せず、耐え難いすべての試練には、なにひとつ意味がないとでもいうのか」

歯と指の間から絞り出すような声で天の意思を問われても、遊圭には何と答えればいいのか。

「意味は、自分で考えるしかないと思いますが、少なくとも、玄月さんが暗殺者として人生を終わらせることではないと、わたしは信じます」

遊圭はふり向かない玄月の背中を見つめた。陶家が断絶させられ、幼くして官奴に落とされた日から幾度も味わったであろう、苦い胆を舐めるような塗炭の苦しみのひとつひとつに、玄月は天意を問うてきたのか。

手を伸ばして玄月の袖に触れ、拒まれないので肩に手を置いて力を込めた。

「あの、星伯圭を覚えていますか。十八で殉死させられたわたしの兄です。玄月さんと同じ年でした。十二歳で受けた童試に落ちたんですけど」

遊圭は言葉を続けようとして、兄を思い出し涙がこぼれる。嗚咽しか出てこないことに焦りつつ、遊圭はうつむいて鼻をすすった。

玄月が首を傾け、わずかにこちらを向いた気配がした。

「あなたが太学を去った日に、宮城の濠に捨てた冠の羽根を、兄は拾って持ち帰り、ずっと大切に持っていました。玄月さんと、机を並べて学問する日のために、すごく頑張って勉強しました。家庭教師は兄のことを凡才と評していたそうですが、十八で童試に合格したんです。玄月さんに追いつきたかったんです。十八で他界した兄に代わって、わたしはあなたの友になりたい。いえ、わたし自身が、あなたを友とも兄とも仰いで、これから行く道を導いてもらえたら、と願っているんです」

夢で見た兄と玄月との邂逅が、現実に起きたことかどうか本人に確かめないまま、遊圭は兄の記憶に重ねて自分の気持ちを吐き出した。負傷して敵地に残った玄月を案じる遊圭に、兄の伯圭が見せた夢ではなかったかと、そんな風に思い続けていたせいもある。

　涙を拭きながら鼻をかむ遊圭を、ふりむいた玄月が見おろす。しばしの沈黙のあと、玄月は低くつぶやいた。

「もういちど、ともに童試を受けようと約束した少年がいたが。あれも、星公子であったか」

「生きてください。兄は生きたかったんです。わたしは兄に生きていて欲しかったし、玄月さんにも生きていて欲しいです。嫌われていても、いいので」

　なにかもう支離滅裂な言葉しかでてこない遊圭の頭を、玄月が柵越しに引き寄せた。

「静かに」

　玄月の肩に額を押さえつけられ、耳元でささやかれた。もう一方の手が遊圭の肩に回される。抱擁されているかのような体勢に遊圭が驚いていると、女たちの話し声が近づいてきた。
　二、三人の女官がきゃっと小さな声を上げたのは、こちらの気配に気がついたのだろう。女たちはこちらを盗み見しつつ笑いさざめき、たしなめるような声も聞こえた。水音をたてて用を終えてからは、何度もこちらをふり返り、くすくすと笑い続ける。
　そういえばここはそういう場所であった。宦官同士の逢い引きと誤解されてしまった気配に、いたたまれない気持ちになる遊圭だが、怪しまれずにすむようにそういう演技をしたのだ。女官たちを捕まえて、わざわざ否定することもできない。

女官たちの気配が遠のくと、玄月は遊圭の頭から手を放して、柵を回って出てきた。

「暗殺は将来に災厄の種しか残さないという、そなたの言い分は一理ある」

いつも通りの、淡々とした玄月の口調だ。遊圭はほっとして、知らぬ間に口元に笑みが浮かんできた。

「無私公正な玄月さんになら、わかってもらえると思っていました」

玄月は息を吐き、かすかに首を横に振る。

「無私ではない。国を救うため、大家の御為に何を為すべきかと考えていたつもりが、その実、おのれ自身の名誉のためにこの命を使おうとしていた。我欲に囚われ、道を誤るところであった。家名をも汚していただろう。壮士が聞いてあきれる。そなたには、また借りができた」

薄く笑う玄月に率直に礼を言われ、遊圭は「あ、いや。それほどのことでも」と口ごもる。玄月が考え直してくれたことに安堵して、脱出を促した。

「玄月さんの馬もあります。いっしょに慶城に帰りましょう」

しかし、玄月はかぶりを振った。

「いや、暗殺はともかく、逃げるのはいつでもできる。朔露の中枢が一堂に会する機会を逃すのは惜しい」

「玄月さんがそこまで危険を冒す必要はないと思いますが」

異論を唱えつつも、玄月もまたこうと決めたら頑固な人間であると遊圭は知っている。暗殺をあきらめてくれただけでも、目的は達成できたと遊圭は思うしかない。

しかし、背後の闇の奥で、ラクシュが動く気配がした。遊圭が説得に失敗したら、ラクシュが無理矢理にでも玄月をさらって逃げる手はずになっているのだ。

「そうだ、あの、これ。都からです」

遊圭は懐の隠しから、油紙の包みを取り出して玄月に渡した。

玄月は紐を解き、二重に包まれた中身を取り出した。淡い篝火の光では、はっきりとした色合いまではわからなかったが、それは細長い布に見事な刺繡を施した、帯のようなものであった。

明々が遊圭に贈った手巾とは桁違いの、それこそ百花の咲き乱れる細長い七尺（約二メートル）ほどの帯に、思わずため息が出る。

雪に映える紅の寒梅と松柏、桃の花と果実、芍薬と柘榴、合歓の花の下には、白く小さな花を無数に集めて、傘のように広げる当帰。それぞれが、遠く離れた恋人の無事を祈り、逆境にあってその想いの不変を誓い、再会を心から願い約束する言葉を持つ花と木々であった。

文字通り、必ず帰ってきてくれと叫ぶ当帰の横には、帰らぬ夫を待つ嘆きの断腸花。

うつむきいまにも散りそうな、その可憐な淡紅の花に、玄月は指を添わせる。

これだけの針遣いの細やかな刺繡を、どれだけの時間と根を詰めたら創り出せるものか、遊圭には想像もつかない。医生官試験を受けるために医学を学んだ遊圭は、妊婦がかかりやすい病や、陥りやすい愁訴についていくらか知識がある。妊娠してから目は疲れやすく、肩の凝りがちな蔡才人が根を詰めて、このような大作を縫い上げた。

遊圭は感嘆の息を静かに漏らした。

そこに込められた祈りを、玄月が読み取れぬはずはない。

「玄月さんは充分に祖国のために尽くしました。この先の危ない橋を渡るのは他の人に任せて、帰りましょうよ。玄月さんでなければ、幸せにできない女性が故郷で待っているんですから」

「そうだな」

かすれ声でつぶやいた玄月は、帯をたたんで懐にしまい込むと、小さく咳払いした。

「天狗を借りる。どこに馬を置いたかは知らんが、天狗を頼りにあとから追いつく。先に行って待っていろ」

「郁金なら、天伯と別の者を迎えにやりました。もう脱出して落ち合う場所で待っているはずです」

玄月はうなずいた。

「抜け目がないな。だが、枷を外さないと、走ることもできん。鍵の場所はわかっている。長くは待たせせん」

落ち着いた声音に、遊圭は玄月を思いとどまらせたことを確信した。足下にうずくまって天月の毛繕いをしていた天狗に話しかける。

「玄月を連れてきてくれるね」

天狗は黒い瞳に星の明かりを映して、ヒクヒクとひげを震わせた。

玄月とはいったんそこで別れて、遊圭とラクシュは馬を隠してある場所へと戻る。

「玄月を担いで走らずにすんだのは助かった」

ラクシュはほっとしたのか、遊圭に礼を言った。玄月を見つけたら、たとえ屍となっていても、必ず連れて帰るようルーシャンに厳命されていたのだという。

「当て身だけで怪我をさせずに昏倒させる自信は、ないからな」

ラクシュの膂力は人並み外れているのだが、手加減については訓練を受けたことも練習したこともないという。二度も玄月に重傷を負わせたら、ルーシャンの陣営でラクシュを歓迎する幕僚はひとりもいなくなってしまう。

「下手をすれば、朔露兵に見つかって大立ち回りもあったでしょうから、穏便に出てこられて、本当に良かったです」

身軽になるために、宦官の上着を脱ぎ捨てながら、遊圭は相槌を打った。

郁金が不安な気持ちで待っているだろうから、早く説得に成功したことを報せた方がいい。

遊圭が金沙馬の淡い毛並みと、こちらに手を振る尤仁と郁金の姿を薄闇の中に見つけたとき、くぐもった地鳴りのような音を聞いた。ラクシュも地鳴りを感じたらしく、音の正体を求めて北の丘陵を見上げる。

「まさか――」

黒い丘を、さらに黒く染めて土砂が流れるように丘が動いている。

「夜襲だ」

ラクシュと遊圭が同時に叫んだとき、それまで蹄に藁靴を履かされ、口に枚を噛まされていた馬の嘶きと足掻きが丘を揺らした。金属の武具に挟まれていた布を捨て去った一団が、雄叫びと剣戟の音を夜の大気に響かせて、湖畔の町へと丘を駆け下りてくる。

遊圭は尤仁と郁金に声をかける間も惜しみ、空馬に走り寄って手綱を取った。そして金沙馬に飛び乗り、空馬を曳いてもと来た方向へ急ぐ。

何者か知らないが、大可汗が帰還したその夜を狙って、数千を数える一軍を以て攻めてきたのだ。

遊圭の目指す先に、天狗と天月が草原を跳びはねながらこちらへ向かってくるのが見える。その背後を追う、背の高い人影。しかしその足取りはもどかしいほどに遅く、ときに転んでしまったかのように、草の中に隠れてしまう。長い間、枷を嵌められ、穹廬に閉じ込められていたのだ。急に走り出せば脚が攣ってしまうことも考えられる。

遊圭は馬を急がせて天月を拾い上げ、玄月のもとへ駆けつけた。

「玄月さん、この馬に乗ってください」

差し出された手綱をつかんだ玄月は、迫り来る軍勢に目を瞠った。

「あれは、そなたが手引きしたのか」

「いえ、違います。わたしにもわかりません。たったいま、丘に奇襲部隊がいることに気がついたんですが、味方なのか、あるいは漁夫の利を奪いに来た、新手の敵なのかも見当がつきません」

金椛帝国の北、朔露高原の東にも異民族はいる。部族ごとに対立して国を成さず、朔露への従属を拒み、より苛酷な地へと逃れて、強国の隙を窺って生き延びてきた人々が。あるいは、面従腹背で大可汗に従ってきた異民族が、敗戦を機に、掌を返して襲いかかってきたのかもしれない。

「早く。いらない火の粉を浴びないうちにここを逃れましょう」

遊圭の叫びに、玄月は迷ったようにうしろをふり返った。

「ヤスミンが――」

その声には、これまで遊圭が聞いたこともない動揺の響きがこもっていた。玄月の手は蔡才人の花帯をしまい込んだ懐の上に置かれている。

「イシュバルはまだ戻っていない。護衛兵士の数も少なく、ヤスミンは身重で動けないというのに！」

馬に飛び乗った玄月は唇を嚙み締め、懐を押さえた手を拳へと握りしめる。手綱を握って馬首を穹廬の町に向け、遊圭へとふり返って叫んだ。

「そなたは先に逃げろ。ヤスミンを安全なところへ逃がしてから追いかける。そなたが先に帰還したら、小月に、月香に、この花帯にかけて必ず帰ると伝えてくれ。赤子を愛しんでくれと、大家が名もなき家に月香の子を養子に出すというなら、私が引き取ると

も、伝えてくれ。ふたりで育てようと。そして大家には、この命ある限り、あなたの伴星であると」

玄月は遊圭の返答を待たずに馬の腹を蹴って、湖畔へと駆け戻る。遊圭はどうしてよいかわからず、金沙の手綱を握ったまま呆然とするうちに、背後からラクシュと尤仁たちが追いついてきた。

「玄月はどうした！」

ラクシュの大声に、遊圭は我に返る。

「ヤスミン姫を助けに、引き返してしまいました」

「あの、馬鹿！」

ラクシュは苛立たしげに吐き捨て、馬の腹を蹴って湖畔へと駆けさせる。遊圭ら三人と三匹はその後を追った。

地響きを立てて怒濤のように北の丘から雪崩れ込む夜襲の一団は、すでに湖畔に達し、無差別に火矢を穹廬へ放ち始めた。瞬く間に、あたりは真昼のように明るくなる。

穹廬から人々があふれ出し、朔露の兵士たちは武器を持って走り出したが、駆け込んできた騎馬兵に、次々に討ち取られていく。

「あれは、金椛軍！」

穹廬から穹廬へと燃え上がる炎の中に浮かび上がる襲撃者の姿に、遊圭は金椛軍の甲冑を認めて啞然とした。彼らの叫びも、金椛語だ。それも東岸の訛りがある。

先鋒を追って穹廬の町に達したひとりの騎兵が、棹を掲げて巻かれていた旗を広げる。飛び交う火の粉の向こうに翻る旗には、空を駆ける青龍。

「海東軍の軍旗だ。沙洋王が、どうしてここに」

金椛兵士の前に出ようとした遊圭の手綱をひったくるようにして、ラクシュが叫んだ。

「逃げろ。見つかれば俺たちも攻撃される。戦闘中に敵味方の区別なんぞつかん！」

まして三人とも朔露側の傭兵の装備なのだ。逃げ惑う人々の群れへと錐のように揉み込んでいく海東軍の先鋒は、すでに後宮の外縁に達している。尤仁は、玄月の名を叫ぶ郁金の馬の手綱を引き、向きを変えてその尻を鞭で打った。

四騎と三匹の天狗は、楼門関の方角へ必死で駆け戻る。

しかし、楼門関からは大可汗の危機を知って、大軍が動き出していた。編成も秩序もない、それぞれが自立した小可汗の大部隊であったが、数の多さによって津波のような勢いで湖畔へと押し寄せる。

遊圭たちは丘の狭間に逃げ込んで、殺到する朔露の援軍をやり過ごした。一日待っても玄月は現れず、あきらめて谷間を東へ進み、状況もわからないまま北へ折れる。兵装の一軍や武装した異民族を見かけては隠れて避け、何日もかけてようやく河西郡の北辺に出た。

焼き払われて数ヶ月も経っているであろう廃村をいくつか過ぎ、糧食も尽きて、涸れかけた水路から掬い上げた水だけを飲み二日目。哨戒中の金椛軍の小隊を見つけ、保護を求める。

四人と三匹は惨憺たるありさまで、慶城へと送り届けられた。

十一、漠野の行宮

いっぽう慶城では、ひと足先に帰還していた蔡太守が、病で仕事を休んでいるはずの遊圭がひそかに楼門関へ向かったことを知り、ひどく腹を立てていた。

遊圭は慶城に帰り着くなり、本当に熱を出して倒れた。無理を重ねると十日は熱が下がらず寝込むのは、もはやお馴染みの習慣だ。しかし、蔡太守は病床まで踏み込んできて、行方不明の玄月を捜しに、無断で楼門関に乗り込んだ遊圭を激しく叱責した。

正式に軍官吏ではない遊圭は軍規違反に処されることはなかったが、蔡太守は監視までつけて外出禁止を命じた。そうした処分がなくとも、遊圭が起き上がれるようになるまで、半月近くかかったのだが。

そして、尤仁が橘真人の護衛を抜け出して、遊圭と行動をともにしていた件は、うやむやになっている。遊圭に頼み込まれた蔡太守が、尤仁の待遇を職官の拝命待ちにまで戻すことを了承したからだ。尤仁が慶城に派遣されたもともとの理由に、陽元の意向があったのも大きい。また、遊圭を激しく叱っておきながら、蔡太守が遊圭の独断に加担した橘真人と史尤仁をゆるやかな処分で済ませたのは、玄月が戻らなかったことへの深い後悔がある。

「まさか、あの玄月が大可汗の暗殺まで思い詰めていたとは――」

玄月の消息について、イシュバル小可汗に拉致された段階から、奇襲の夜にふたたびはぐれてしまったところまでの報告に、蔡太守は言葉を失った。

「どんなに賢くて聡明な人間でも、ひとつの思いに囚われてしまうと、前後が見えなくなるものなんだと、思い知りました」

「玄月は、はじめからそのつもりで、ルーシャン将軍の部下と方盤城へ向かったのか」

ルーシャンの家族と大可汗の密約を、蔡太守に知られてはならない遊圭は、曖昧に首を振った。

「それは、どうでしょう。偶然、朔露軍の手に落ちてしまい、脱出できずにいるうちにイシュバル小可汗の妃に気に入られたことから、大可汗に接近できる機会を捉える策を考えついたのではと、わたしは思います」

蔡太守は「ふうむ」と顎髭を撫でつつ、姪の許嫁の数奇な運命に思いを馳せる。

「沙洋王の報告では、妊婦を連れた宦官を討った者はおらぬようだが」

海東軍が大可汗の王庭を襲撃したいきさつについて、遊圭は説明を受けた。

遊圭がラクシュと尤仁を連れて、交渉の場を抜け出した直後のことだったという。

沙洋王は、朔露の軍と大可汗の注意が嘉城周辺に集中している間に、一万の別働隊に海東軍の旗を持たせて河西郡の北辺を征かせ、停戦の協定を終えて楼門関に帰還し、警戒を解いた大可汗の軍を襲撃することを蔡太守に献策し、採用されていた。

別働隊の中核は、沙洋王配下の海東軍ではあったが、金椛人の兵隊ではなく、北朔露に攻められ、北稜山脈北麓から東岸まで押しやられて、海東州に移住していた異民族の戦士であったという。

遊圭は、沙洋王が河北郡から海東州の北辺にすみついた夷狄の集団をいくつか傘下におさめていたという話を、いまさらながらに思い出した。

あまりに急がせたので、楼門関の背後に出たときには五千まで減っていた。そのために、大可汗の護衛を突破し、討ち果たすところまではいかなかったという。

「沙洋王が、この異民族部隊ならば、金椛領の北辺を朔露軍を避けて移動できると提案したのだ。休戦は時間稼ぎのためだと遊圭は沙洋王に言ったそうだが、時間が稼げるのは休戦の間のみでなく、交渉中も含めればよいと沙洋王は考えたのだ。朔露は大軍だ。休戦が前提となれば、撤退の速さも鈍るであろう、先回りも可能であると。向こうが金椛の領内へ攻め込んだのだ。こちらが領外へ出て策戦を展開してはならないという理由もないとな」

遊圭はこのとき、闊達で直情的な陽元に似た皇孫将軍の性格を、量り違えたと知った。その半生を辺境で異民族と戦い続けてきた郡王の発想と、その郡王に育てられた軍隊の底力は遊圭の予想を超えていた。

　西沙州の北と、北稜山脈の西は、楼門関周辺よりもさらに不毛の大地だ。あえてそこへ入り込み何百里も疾駆するのは、朔露人以上に頑強で勇猛な民族でなくてはならない。数が少ないために朔露に対抗できず、東へ東へと押しやられていたかれらを、沙洋王はこのときの切り札として使った。

　それだけでも、言葉にできないほどの驚きであったというのに、遊圭はさらに悪い報せを受け取った。

　奇襲部隊の攻撃に呼応するため、沙洋王の本隊とルーシャンの河西軍は、西へ撤退する朔露軍を密かに追走した。しかし、楼門関の方角から黒く太い煙が立ち昇るのを見たルーシャンは、その煙の太さと距離から測れる火災の規模を憂慮した。斥候を出し、燃えているのが方盤城であると知り、退却を決意したという。

　奪還すべき楼門関が燃え落ちることなど、誰が想像しただろう。遊圭は絶句し、愕然としてしばらくは言葉が出せなかった。

「大可汗が、火を点けさせたのでしょうか」

　ようやく息を吸い込んだ遊圭は、拳を握りしめる。

　大可汗は奇襲を受けた腹いせにそこまでするような人物であるのか。どうしても信じがたい思いで蔡太守に訊ねたが、そのときはまだ方盤城が炎上した真相については、誰も知りようがなかった。

蔡太守は嘆息して、憶測を語る。

「もともと、城塞に拠ることなく転戦を続けてきたユルクルカタン大可汗だ。城がなければ、我々が取り戻すべき目標を失い、この西沙州一帯を朔露軍で埋め尽くせると考えたのかもしれない」

それから半月して、ルーシャンとひそかに帰還したラシードの訪問を受けた遊圭は、楼門関炎上の背景を聞くことができた。

「地下道のことが、どうもばれたらしい」

ルーシャンはそのように話し始めた。

海東遊軍の奇襲を逃れて、方盤城に避難したユルクルカタン大可汗は、自らルーシャンの一族脱出の真相を調べさせた。ラクシュに似た兵士を目撃したという証言もあり、ルーシャン側の間諜が自在に出入りしていることを疑った大可汗は、何万という兵士をひとりひとり調査させた。金椛人の降伏者は時を移さず西方の史安市へと移送され、方盤城とその周辺は、朔露側の入植者で埋められていく。

ラシード隊長はすっかり削げてしまった頬を掻きながら、説明を続けた。

「俺たちの動きを察して、密告した者がいましてね。『鼠狩り』と称して家という家に火を点けさせたのは、大可汗の長男、北朔露のイルルフクタン可汗です。イルルフクタンの建造物嫌いは父親以上で、湖畔の楼閣での宴にも滅多に応じなかったそうです。今回も、大可汗が湖畔に後宮を置くことにこだわったために奇襲を受けたと主張して、元凶となる城を破壊するよう、父親に迫ったとか。楼門関の望楼が焼け落ちるのを、ただ手をこまねいて見ているのは、とてもつらかったです」

あの望楼は、炭と灰と化してしまったのかと、遊圭は目を閉じた。もう、死の砂漠へ続く天鳳行路を展望する楼閣は存在しない。

周囲の丘よりも高い方盤城の望楼から、西の地平をともに眺めた麗華公主、胡娘、ルーシャン、ラクシュ、そして陶玄月。

城内の建物はすべて燃やし尽くされ、飛天楼も燃え落ちたために、ラシード隊は諜報活動の拠点を失い、ついに撤退を余儀なくされた。

「それで、玄月さんはどうなったんでしょう」

「イシュバル小可汗の妃は、救出されたといいます。誰が助け出したのかはわかりませんが、おそらく玄月殿でしょう。イシュバル小可汗は出産の近い妃とともに、移送される金椛人の虜囚を率いて、史安市へと発ってしまいました。玄月殿は、ヤスミン妃をイシュバル小可汗の元へ届けたものの、なんらかの事情で脱出できず、そのまま連れて行かれてしまったのかもしれません。金椛側の住人であった者は、金椛人であれ胡人であれ、全員を捕虜として移送するよう、イルルフクタン可汗の厳命が下りましたので」

遊圭は馬を渡したときの玄月のようすを思い浮かべる。草原を走り抜けながら、何度か転んでいた。少し、足を引きずっていたようにも見えた。すぐに馬に乗ったので見過ごしてしまったが、足を怪我していたのかもしれない。そして、産み月の近い妊婦を抱えて馬を走らせれば、どこかでさらに負傷したということも考えられる。

何人であろうと、妻を救い出した宦官を、イシュバルは丁重に扱ったであろう。その宦官が負傷していれば、有無を言わさずに史安市へ同行させたことは、充分に考えられた。ヤスミンが、手放さなかったのかもしれない。

遊圭は目頭を押さえて、それから小さく笑った。

「玄月さんは生きています。ヤスミン姫が、玄月を帰すまいと癇癪(かんしゃく)を起こして、イシュバル小可汗を困らせたのでしょう」

遊圭にとって、ヤスミンはどこまでいっても『姫』であった。

「そのうちほとぼりが冷めたら、玄月さんを迎えに行きましょう。それまでは、朔露の領域にまぎれ込んでも疑われて捕らわれないよう、朔露語も身振り言葉も、風習と文化も研究します」

「悪いが、それは無理だ」

ルーシャンが首を横に振った。

「おまえさんは、都へ帰ることが決まった。蔡太守が皇帝にそう申し送りした」

遊圭は目を瞠(みは)り、口を開ける。しかし言葉は出てこない。

「星公子は勝手に動き回るので、これ以上は監督しかねる、と言うのが蔡太守の本音らしい。勤務評定は上々で、休戦協定の献策やらほかにも功績ありと、都に帰れば官位を受けることになっているぞ。軽々しく辺境に出てくることができないように、な」

　ルーシャンがにやりと笑う。

「もともと、皇帝から内意を含まされての、おまえさんに点数を稼がせるための前線勤務だ。視界から出て行かれて、危険なことをされたら困るという蔡太守の気持ちはよくわかる」

「楼門関が焼け落ちたのに、自分だけ昇進やら官職を拝受できませんよ」

　遊圭はひどく気落ちしてため息を吐いた。

「昇進するのに落胆する人間も珍しい」

　ルーシャンは豪快に、しかしどこか空虚さを感じさせる笑い声を上げた。


　初夏。

　遊圭が慶城から召喚された河北の離宮には、芍薬や牡丹が咲き乱れている。

　星遊圭は、慶城で一ヶ月の療養ののち、河北の離宮へ送られて、さらに半月をそこで過ごした。

　皇帝一家の行幸が離宮へ到着したと、郁金が報告したときには、遊圭は衣装を整え、頭頂に結い上げた髻に数ヶ月ぶりの冠を着けて、支度を終えていた。

　遊圭を迎えに来た尤仁は佩刀し、碧色の武官服を隙なく着こなしている。

「正面から謁見するわけじゃないんだよ。尤仁」

　遊圭は苦笑したが、尤仁は大真面目な顔でかぶりを振った。

「僕は外戚じゃないから、正装しないわけにいかない。君だって、私服で最上の衣装を着ているじゃないか」

「郁金もね」

　少年の顔つきと体格から、青年のそれへと変化を遂げつつある郁金には、遊圭が新しい服を仕立ててやった。郁金自身は、玄月の消息がわかるまで慶城に残りたがった。ルーシャンが預かってもいいと言ったが、郁金は陶家の家属でもある。玄月の父親である陶司礼太監に、ことの真相を遊圭とともに報告する義務があった。

　遊圭は、尤仁と郁金を伴って、引見の控え室へと向かった。ふと青く霞む空を見上げると、皇帝の車駕を迎える正門には、黄色の生地に金の糸で五爪の龍を織り出した巨大な旗が翻っている。その両脇に、郡王の在宮を示す、ひとまわり小さな沙洋王の青龍旗が風になびく。

　それはいつかの夜襲で見た軍旗よりも大きく、さらに黄色と黒の縁取りがしてあった。

　やがて近侍の宦官が呼びに来た。尤仁は宦官に佩刀を預け、遊圭を先頭に三人は陽元の居間へと案内される。

　そこでは黄色と紫の帳を背に、沙洋王と卓を挟んで歓談する皇帝陽元が、遊圭を温かく迎えた。型どおりの拝跪叩頭ののち、椅子を勧められる。二度固辞してから、三度目に勧められて腰を下ろしたのは遊圭だけで、尤仁と郁金は少し下がって起立したままだ。

「なかなか大変な冒険をしてきたようだな。相変わらずだ」

沙洋王の手前、玄月の安否を尋ねることはしない。真冬の河西郡の平野を埋め尽くした金椛三軍と朔露全軍の激突を、義理の甥と再従兄の両方から詳しく聞き出し、休戦交渉の全容をも、興味を持って耳を傾ける。

「天子の責務がなければ、朕も自ら兵を率いて、朔露の大可汗と対峙してみたいものではあるが」

沙洋王は外臣だ。避暑地とはいえここは朝廷の一部であることを、遊圭は滅多に聞かない陽元の一人称から推し量った。

「天子が兵を率いてはならない、という決まりは、慣習化されたもので、法文化されたものではありません。陛下」

沙洋王は戦場で遊圭に見せていたのとは違う空気をまとい、慇懃に応じる。衣装も甲冑姿ではなく、郡王や国公に許された紫衣に金帯である。本来ならば、遊圭がこのふたりの前で着席することは許されないのだが、再従兄よりも近い義理の甥として、上客の扱いを受けているのだ。

「いつの王朝でも、初代は常に戦場を駆け回るものだからな。だが帝国の危機に親征する天子もまったく例がないわけではない。ときに思う。敵は大可汗を号する朔露の帝王だ。では対するこちらも、国の主が迎え撃つべきではないかと」

「そうするには、金椛という国は巨大すぎます。朝廷が本陣となって辺境を動き回ると、地方の箍がゆるみ、反乱を招く。ゆえに、天子は帝都を動かざるという慣習が必要となるのです」

「だが、朔露は常にその朝廷が前進しているが、後方が乱れるということも聞かない」

年長者が語り合っているので、遊圭は水を向けられない限りは口を挟まない。

「ユルクルカタンは成人した息子や兄弟に征服した国を授け、内政には関与しておらぬと聞きます。大可汗が世を去れば、身内同士で争い始めることは必定です」

「禽獣の所業だな。ユルクルカタンはまだしばらくは健在であるか」

河西郡以西における紛争は数年はおさまりそうにないと、沙洋王は語る。まだ国を得ていない小可汗が、十人はいるのだ。

「慶城を奪われる前に、手を打たねば」

しばらくは皇帝と郡王の国防談義が続き、やがて沙洋王は席を辞した。

近侍の宦官が沙洋王の茶を下げ、陽元と遊圭の茶を新しく入れ替えるまで、沈黙が続いた。近侍を全員下がらせると、陽元は尤仁と郁金にも、遊圭のそばに並ばせた榻に腰かけることを許した。

「游の友人なら、我が家の客でもある。遠慮はするな」

それからゆっくりと茶を口に含む。尤仁が席についても陽元が口を開かないので、みな無言のままだ。

「紹は、戻らぬのか。戻れぬのか」

薄い色の茶をじっと見つめて、陽元は家族とあるじだけに許される玄月の諱を口にし、その消息を尋ねた。

「戻れないのだと、思います。必ず帰ると、言っていたので」

「私が知るべきと游が考えることは、すべて話すがいい」

尤仁の同席を気にしたようすもなく、陽元は内向きの顔を遊圭に向けて命じた。

遊圭はルーシャンの秘密を除いて、玄月が朔露の領域に留まることになったいきさつを、細かく思い出しながら話した。そして玄月の伝言を、記憶をたどりつつ一字一句損なわないように伝えた。

「命ある限り、か。それにしても、ユルクルカタンの暗殺まで考えるとは。思ったより熱苦しいやつであったのだな。いや、むしろ紹らしい。思い詰めると何をしでかすかわからないところは、昔からあった」

遊圭は同意を示して、軽くうなずく。

「人妻まで助けに戻る正義感があったのは、驚きだが」

「妊婦だったからではと推察します。玄月さんは仁のひとですから、妊婦を見捨てることはできなかったのでしょう。あるいはヤスミン姫に、蔡才人と赤ん坊を重ねていたのかもしれません。また、怪我をして動けなかったところを拾われて手当てを受けた恩義も、返さねばと考えたのでは。みな、憶測に過ぎませんが」

陽元は深くうなずいた。

「そのすべてであろう。冷淡に振る舞ってはいるが、私が即位するまでは、紹はもう少し面白みのある人間であった。私の影に徹するために、情を見せることを自ら戒めるようになっていった。それも、あるいは蔡才人への想いを隠すためであったかもしれぬ。少年のころから常にそばにいたというのに、その真意には謎が多すぎるな」

茶を飲み干した陽元は、遊圭と尤仁へ春霞のようにふわりと微笑む。

「游、そなたを殿中侍御史に命じる。今回は辞退するな。そちらの史尤仁は校尉に任じる。錦衣兵百人を授けよう」

そろって床に膝をつき、遊圭と尤仁が官職を拝命する礼を終えるのを待たず、陽元は卓の上の鈴を鳴らした。背後の帳を上げて進み出たのは、茶を給仕する近侍ではなく、陶名聞司礼太監であった。

遊圭は黄と紫の帳のうしろに陶太監がいることを知っていた。玄月の話をしていたときに、嗚咽を抑える気配をずっと感じていたからだ。

「その郁金という若者。紹の舎弟であるという。よい働きをしたようだ。よく報いてやるように」

まだ四十代も終わらぬはずの陶太監の頭は、夏の宦官帽を透かして、白髪の方が多く量も悲しいほどに少ないことが見てとれる。遊圭の記憶よりも、体はひとまわり小さくなったように思われ、面差しも、赤く充血した目は落ちくぼみ、しわの多いたるんだ頬が、ここ二年あまりの心労を物語っていた。

陶太監は、遊圭の腰に宦官帽がつくほど深々と頭を下げる揖をして、二度も命の危険を冒して玄月を救いに行ってくれたことを感謝した。実際のところは三度なのだが、一度目の人質奪還については、公にはできない。

「いえ、あの、玄月さんには何度も命を救ってもらっていますから。それに、こちらの尤仁も、玄月さんに危ない所を助けてもらっています。まだまだ、もらった恩を返しきれていないので、いまこうしている間も引き返して連れて帰りたいくらいなんです」

ふたたび嗚咽の止まらなくなった陶太監の代わりに、陽元が口を挟む。

「必ず帰ると、紹は誓ったのだろう？　ではそのうち帰ってくる。朔露の内情を詳しく調べ上げて、暗殺ではない方法で、ユルクルカタンの野望を挫くために。そのときはまた、游の手を借りることもあるだろう」

郁金を連れて下がるよう陶太監に命じた陽元は、女たちが後宮へ落ち着いたころであろうから、見舞いに行くようにと遊圭に促した。いつの間にか菫児が迎えにきており、扉の近くに控えていた。玄月の消息を聞くことを許されていたのだろう。菫児の顔と袖も涙で濡れている。

御前を下がろうとした遊圭に、陽元が朗らかに言った。

「游、私は親征するぞ」

遊圭は驚きに口を開けて、なんとか引き留めようと言葉を探すが、見当たらない。

「天子たるものが、軽々しくその身を危険にさらすなと言いたいのだろう。それは重々わかっている。だがな、朝廷の老臣どもに活を入れるためには、旧習は覆されるということを、身を以て示さねばならん」

　ユルクルカタンのように、齢五十を超えても、大陸を縦横に征く帝王に憧れているというわけでもないだろうが、旧習によって温存されていく朝廷の腐敗と膿を、どう取り除いていくかという試みも必要なのかもしれない、という考えが遊圭の脳裏にもよぎる。

「沙洋王は我が帝国は広大すぎるために、朝廷が辺境を動き回ると地方の箍がゆるむと言ったが、逆の考え方もあるのではないかな。広大であるがゆえに、要となる地方の都市を君主が巡幸し、各地の行政と軍政の箍を締め続けることはできないか」

　遊圭は思わず微笑んだ。

「それでは陛下には休息する暇もございませんでしょう。巡幸にかかる費用に、悲鳴を上げるのは税を取り立てられる民衆です」

「朔露は移動し続ける朝廷の予算をどう維持しているのだろう。掠奪だけで続けられるものとも思えないが」

「征服した異民族から、計数や行政に優れた者を抜擢して、治めさせているようです」

「紹がそういったことを、朔露の地で学んで帰ることを期待している」

　陽元はいったん言葉をきり、呼吸を整えた。

「このたびの朔露の侵攻によって、我らの金椛帝国が、老臣どもが言うような、天に定められた世界の中心ではなく、大陸の一辺境の国であることを私は思い知った。紹やそなたらから聞いた西の地のさらにその向こうにも、世界は広がっている。井蛙大海を知らずと云うが、我々の井戸は大き過ぎるために、実際に北と西の陸の涯てを見もせずに、ここだけが世界だと思い込んでしまっているのだ。この広大ではあるが、大陸の辺境に過ぎぬ国土を守るために、この国を治める君主が身軽に動けないのは、情けないことではないか。河西郡の難渋を救いたくても、状況を知るだけで、ひと月もふた月も無駄に時間が過ぎてしまう！」

　その点は、遊圭も同意する。生まれ育った狭い領域しか知らぬ、帝都の外や大陸の四方など果てしなく広い外の世界に関心を持たない人間に、迫り来る脅威や移り変わる世界のありようについて理解させることは、ときに不可能である。そうした人間たちが国政を動かしているのが、現在の金椛国であるのだ。

　遊圭は揖に組んだ両手を高く上げた。

「朝臣を納得させていくのは困難かと思われますが、この国が生まれ変わるのをこの目で見たいという思いは、陛下と同じです」

　ふと、遊圭の目頭が熱くなった。

　――玄月さん、あなたがヤスミン姫に会って、可汗国の心臓近くに置かれた針となったのは、やはり天意であったようです。この国を変えていくための。

「詳細は、そなたとも話し合いたい。慶城以西の防衛を固めたのちは、蔡太守を呼び寄せる。最初の巡幸は、この河北から河西の地だ。ユルクルカタンに、金椛帝国の皇帝は、朔露には寸土たりともくれてやる気がないということを、はっきりと示さねばならん」

陽元の決意が、吉とでるか凶とでるかは、始める前から決めつけることはできないと遊圭は思った。その決意を支え、実現させるための人材さえあれば、不可能ではないとも考える。侍御史の官職は、そのために与えられたのだ。

朔露可汗国も、楼門関に火を点けさせたのは、大可汗ではなく息子のイルルフクタンであったという。朔露でも次の世代が発言力を増し、体制が変わろうとしている。金椛帝国も、若き皇帝の手によって、生まれ変わるときかもしれない。


陽元の居間を退出した遊圭は、尤仁と別れて玲玉の宮へと向かった。

玲玉と蔡才人は旅の疲れで休んでいるとのことで、先に明々と胡娘に会い、再会の喜びに浸る。久しぶりに会えた喜びに、遊圭は胸がいっぱいになってしまった。明々の成熟した女性の艶やかさに気圧されて、遊圭はしばらくのあいだは言葉少なく、初夏の花咲き乱れる庭園を明々とふたりで散策する。

ふと思いだし、遊圭は袖の隠しから白い手巾を引き出して、掌に広げた。

「これ、ありがとう。とても心の支えになった。梅の匂いも都の香りも、すごく嬉しかったよ」

常に持ち歩いていたためか、少し色がくすんでいたが、受け取った日のままに、雪に耐えて寒梅の花が咲き誇っている。

明々は顔を赤くして、頬に両手をあてた。

「ずっと持っていてくれたの」

「もちろんだよ。いつでも明々がそばにいてくれる気がして、どんなに仕事が大変なときも、体調が良くないときでも、がんばれた」

明々ははにかみ、少し泣きそうになって微笑む。

「良かった。刺繡はあんまりしたことないから、上手じゃなくて、笑われちゃうかと思ったけど。せっかく縫ったのに、捨てられなくて」

「明々が縫ってくれたってだけで、わたしには最高に素晴らしいものだよ。一生大切にする」

遊圭が手放しで褒めると、明々は慌てて首を横に振った。

「もっと、練習して、ちゃんとしたのを作るから！　それはもう、処分しちゃって！」

「いやだよ。これは一生の宝だ」

手巾を奪い取ろうとする明々の手を逃れて、遊圭はひらりと身を躱した。花を探し求める蝶が、手布の梅にとまりかけて、ひらひらと行き過ぎた。

「もう！」と頰をふくらませる明々の肩をさりげなく引き寄せ、遊圭はもういちど寒梅の手巾を贈ってくれた礼を言った。

「でも、遊圭も見たでしょ、蔡才人の花帯」

袖を絞るように握って、明々は上目遣いに遊圭をにらみつけた。

「あんなすごいの見た後だと、どんな刺繡だってみすぼらしくなるじゃない？」

見たと言うべきか、見なかったことにすべきか、遊圭は一瞬迷ったが、にっこりと笑って首を横に振った。

「たしかにすごかったたし、素晴らしかったけど――」

遊圭は辺りを見回して、囁き声が届く範囲には誰もいないことを確かめる。そして明々の耳に口を寄せた。

「花や草木に縫い込めた蔡才人の想いが重すぎて、苦しすぎて、とてもじゃないけど、贈り物としては普通の男では受け止めきれないよ」

明々は猫のようにぱっちりとした目を見開いて、遊圭の顔を見上げる。

「あれは、ひとつの手紙だからね。全部の花詞までは知らないけど、わかっている部分だけでも、見ていて息が詰まった。あそこまで蔡才人にさせてしまう玄月も思いやりが足りないと、本音では思ったけど、それはまあ、事情が複雑すぎるから仕方ないとは思うし、なんといってもあのふたりの問題だしね」

遊圭は明々の両手を取って、ぎゅっと握りしめた。

「梅の小枝だけで、充分に明々の気持ちは伝わった。必ず生きて帰って、祝言を挙げようと思ったよ」

祝言という言葉に、明々の頰がぽっと赤く染まる。咲き初めた林檎の蕾のような、白に滲む紅の色だ。

「あ、そういえば。困った」

幸せに酔っていた遊圭はふと戸惑いの声を漏らした。

「何が？」

「殿中侍御史の官職をいただくことになった。だからその前に早く祝言を挙げて、明々を星家の正室として迎えないと」

「あ、そうね」

明々は頰を染めて袖で口を覆った。

「ご両親をここに呼び寄せるのに、何日かかるかな。仲人には蔡太守をお願いしたいけど、こちらも河西郡のにらみ合い次第では、いつ来れるかわからない」

すぐにでも片付けたいのに、定まらない案件についてふたりで悩んでいると、宮殿の一隅から胡娘が手を振っている。

「あ、蔡才人がお目覚めになったようだね。玄月の話を、してあげて大丈夫かな」

「ええ、最近は沈みっぱなしで、玄月さんのことも話されないけど、きっと聞きたいはずだと思う」

初夏の陽気を拒絶するかのような薄暗い部屋で、蔡才人は遊圭を迎えた。

「あのひとは、どうして帰ってこないの」

かつての快活で、賭け事と冗談が好きであった、享楽的な蔡才人の面影はまったくない。美容の権威を自任していた蔡才人が、やつれて艶のない肌を隠すこともしないで、幽鬼のような瞳で遊圭を見つめる。

永遠の愛を誓い、恋の成就と恋人の帰還、再会を実現する呪力を持つ花という花に、一針一針祈りを込めて縫い上げた花帯。その花々に懸けた想いは、天に届かなかったというのか！

遊圭は蔡才人に落ち着くよう、言い聞かせた。

「帰ってこないのではありません。玄月さんは負傷されて動けなくなり、敵陣に取り残されたのです」

蔡才人は真っ青になって、いまにも卒倒しそうになる。

「でも、ご無事です。なんとか連絡は取れました。危険な状態ではなく、体が治れば隙を見て必ず帰ると約束されました。むしろ、玄月さんを捕えた敵の小可汗に気に入られて、帰るに帰れない状態のようです。時間はかかるでしょうが、わたしたちも玄月さんを取り返すために、できるだけのことをします。約束します」

すべてを話すつもりであったが、あまりにも弱々しい蔡才人のようすに、遊圭はヤスミン姫のことを告白する勇気が挫かれてしまった。しかし、玄月の伝言は正しく伝える。

「主上の御子を、あのひとが養子に？ ふたりで育てよう、って？」

「そういうことが、可能かどうかはわかりませんが、陛下は赤ん坊を皇族の籍には入れず、密かに養子に出すおつもりです。だから、段階を踏めば陶家の嫡子として引き取ることはできると思います。陶家はいずれ養子を取る必要があるわけですし。玄月さんて、子どもが好きですよね」

玄月が小さな子を可愛がっているところを見たことはないが、翔皇太子とその弟妹を見る目は優しい。舎弟の菫児や郁金に向ける眼差しも、柔らかだ。かつては、自分にそういう目が向けられないことに忸怩たる思いを抱えていた遊圭だが、敵うはずもないのに背伸びをして、対等に張り合おうとしては、敗北を認めずに反感を露わにしていたのは遊圭なのだから、嫌われるのも当然であったと、いまは思う。

「赤子を愛しんでくれと？」

蔡才人は震える声でつぶやく。遊圭は力強く肯定した。

「玄月さんは、蔡才人の操が汚されたなんて、これっぽっちも思っていません。蔡才人がその胎内で十月もかけて育て、命懸けで産み落とした御子を、玄月さんも愛おしいと感じていますよ」

だからこそ、玄月は身重のヤスミンを敵襲に置き去りにすることができずに、引き返したのだ。日々大きくなってゆくヤスミンの腹に、蔡才人とその胎内に育つ赤子を重ねていたに違いない。

蔡才人は両の袖で顔を覆い、肩を震わせる。

「玄月さんは、花帯をとても喜んでいました。特に合歓と当帰のあたりを何度も指で触れて。懐に入れてからも、ずっと手で押さえていましたから。お気持ちは、ちゃんと伝わっています」

こらえきれず嗚咽を漏らし始めた蔡才人を胡娘と明々に任せて、遊圭は露台に出て風新緑を背景に、再会を待ち焦がれる色とりどりの芍薬が、満開に咲きそろって風に揺れている。天鳳行路には、いまごろどのような花が咲き乱れていることだろう。

やがて玲玉から呼び出しがあり、遊圭は慌ただしく蔡才人の宮室を退出した。心配そうな明々に、蔡才人についていてくれと言い残して、玲玉の居間へ行く。

午睡から醒めた翔皇太子に暸皇子、蓮華公主、駿王に歓迎され、両手と背中に子どもたちをぶら下げて、遊圭は叔母に拝跪した。

「すぐに会えなくてごめんなさいね。游。とても疲れていたものだから」

「暑くなりましたからね。無理はなさらないでください」

挨拶もそこそこに、遊圭は蔡才人の赤子がどうなったか訊ねる。玲玉は女官に目配せをして、赤ん坊を連れてこさせた。乳母の胸に抱かれて、ふくふくとした乳児が握った両手をしゃぶっている。

「予定よりも早く生まれたと聞いたので、心配していましたが、丸々と太って可愛い御子ですね」

おくるみの赤い絹を映してか、頬も健康的な濃い桃色だ。玲玉は憂い顔で、赤ん坊の頬を撫でた。

「皇族として認知しないのならば、そろそろ養子に出さねばならないのですが、主上がなかなか手放すご決意がつかないごようすで、毎日のように宮にお越しになって、赤ん坊の顔をご覧になって行かれるのです。ここまで主上のお心を奪った皇子も公主もいませんよ。母に愛されず、父の手からも放さねばならないとお思いだから、なおさら哀れに思し召しなのでしょうけども」

胡娘が参上して、蔡才人が赤子を見たがっていることを告げた。玲玉の表情が明るくなる。乳母から赤子を受け取って、いそいそと蔡才人の宮室へ向かう。遊圭もそのあとに続き、いきおい、四人の子どもたちも金魚の糞のごとくあとについて行く。

赤ん坊を渡されて腕に抱き、涙ぐむ蔡才人の姿を遠目に見た遊圭は、もう大丈夫だと思って子どもたちを庭に連れ出した。明々も出てきて、駿王の持ってきた毬を投げ合って遊ぶ。

平穏で幸せな午後が、夢のようだ。

ひとときの休息にすぎないとわかっていても、この時間が永遠に続けばいいと願わずにはいられない。

見上げた青い空には、白い月がかかっている。史安市の空にも、同じ月がかかっているはずだ。蔡才人に玄月も同じ月を見ているであろうと、あとで伝えようと遊圭は思った。

終章

天鳳行路の最東に位置する城邑、史安市。

朔露の大可汗ユルクルカタンの末弟であるイシュバル小可汗が、史安市の都令を任されてひと月半が経っていた。天鳳行路の周辺から集めた兵糧や物資を、かつて楼門関のあった方盤城の大可汗へ送り、近隣よりかき集めた新兵を鍛錬するのに忙しい。

夏沙王国の新王ザードが、戦うことなく朔露に服属したこともあり、史安市は戦禍による破壊や損害はない。城市の中央に建つ、三階建て煉瓦造りの政庁の一角で、陶玄月は慣れぬ羊皮紙と慣れぬ尖筆で異国語の目録を書き付けていた。楼門関に勤めていたときは、読む方はともかく書く機会のなかった康宇語の文字も、かなり早く書けるようになっている。

史安市に移住させられた金椛人の入植手続きを、なぜか玄月がさせられている。朔露領に強制連行された金椛人の出自は様々で、兵士はもちろん、牧民、農民、冶金職人、大工、家具職人など多岐にわたる。都市に住む者は都市に、郊外の土地を耕すことを願う者には土地を与え、めざましい職能や知識を持たない者や子どもたちは、奴隷として朔露の有力氏族に分配されてゆく。

文字を持たない朔露可汗国が、どのようにして広大な版図を支配しているのかという、玄月が長い間抱えていた疑問は、ここで解消された。降伏した都市の行政にはほとんど手を加えず、もともとそこにいた役人を、朔露の王族が支配するわけである。あるいは、どこからか掠奪してきた職能集団を、そのまま麦畑の苗でも移し替えるように移植する。

湖畔の夜襲のあとに帰還したイシュバルは、玄月が戦禍のために辺境で孤立した地元の牧民ではなく、金椛人の宦官であることを知って驚いた。金椛皇室から夏沙王国へ嫁いだ金椛公主に仕えた宦官であったこと、王都の陥落で公主が行方知れずになったため、帰京できずに国境付近に住み着いていたというヤスミンの話を信じた。

金椛帝国では、後宮の外へ宦官が出て行くことは稀ということもあり、その宦官が戦場で諜報活動にかかわっていることを疑うよりも、先王の正妃とともに消息を絶った金椛人侍従らが流民となり、辺境に住み着いたと考えた方が、イシュバルにとっては現実味があったのだ。

さらに玄月が公用胡語をいくらか読め、金椛語の公文書を自在に処理できることを知ったイシュバルは、ヤスミン母子専属の楽士と子守という仕事を取り上げ、代わりに金椛人移住者の管理という仕事を与えた。

玄月の毎日はとても忙しい。何が悲しくて、異国に来てまで金椛の後宮にいたときと似たような仕事に忙殺されることになるのか。そういうことを考える暇もないほど忙しかった。

玄月に与えられた事務室の扉が勢いよく開いて、イシュバル小可汗が現れた。

「マーハ、夕食の時間だ」

玄月は机の横にかけてあった丁字形の長い杖を取り、立ち上がって左の脇に挟んだ。

「まだ杖がないと歩けないか」

イシュバルが気遣わしげな顔で玄月の右足を眺める。

「毎日おなじことを訊ねる」

玄月の愛想のない応えに、イシュバルは苦笑する。

「部屋の中を歩くのは問題ないが、長くは歩けない。転ぶとやっかいだから、医者はあとひと月は杖を使えと言った」

「今日は違う答を聞いたな。医者が診察に来たか」

イシュバルは笑いながら踵を返して玄月の先に立ち、廊下に歩いて政庁を出た。政庁の前には輿が用意してある。玄月が輿に乗ると、騎乗したイシュバルは輿の横について、玄月に話しかけながら進む。

「骨折の治癒に、これほど時間がかかるとは思わなかったな」

「ひと月近くろくに歩くことができなかったから、足が弱り骨も衰えていたのだろう。ヤスミン妃が見ていないときに、枷をつけたまま膝を上げ下げして筋力は維持していたつもりだったが、座っている時間が長すぎた」

「そなたにはまことに、悪いことをした。ヤスミンも反省している」

海東軍の夜襲を受けた夜、ヤスミンの穹廬に戻って警告を発し、侍女たちを逃がしたものの、ヤスミンは事態を理解せず、恐怖に駆られて寝台から出てこようとしなかった。玄月はヤスミンを寝台から引きずりだし、抱き上げて穹廬を脱出した。

奇襲部隊の兵装と叫ぶ声から、玄月はかれらが金椛軍であることを悟った。燃える穹廬を切り裂き、物陰から飛び出しては襲いかかってくる兵士に顔を見せ、『自分は金椛人の捕虜だ、助けてくれ』と叫び、自分たちと同じ金椛語を聞き分けて驚く相手の隙をついて切り抜けた。

ヤスミンを抱えて、無我夢中で火の粉の飛び交う修羅場をくぐり抜けた玄月は、ようやく大可汗の後宮の、厚い護衛の内側に逃げ込んだ。泣き叫び、すがりつくヤスミンを置いて遊圭の後を追おうとしたが、そこで足をもつらせて、倒れてしまった。逃げていた間中、必死でこらえていた足の痛みのために、立ち上がることもできなくなっていた。

ヤスミンのために呼び出された医師に脚を診てもらったところ、右の下肢を骨折していると言われた。妊婦を抱き上げて走り回っただけで、骨が折れることがあるなど、玄月は想像したこともなかった。運動不足に加えて、栄養状態もあまりよくなかったせいだろう。他の肉も卵も手に入らないところで、可能な限り羊の肉を避けていたのが、自業自得であったかもしれない。

最近は羊の出産が続いていて、羊の乳で作った乾酪（チーズ）を食べるように医師に勧められている。

休戦協定ではかばかしい結果を出せなかった上に、金椛軍の奇襲を許してしまったイシュバルは、前線から後方の史安市へ転任を命じられた。脚の骨折という、命に別状こそないが、胸部挫傷なみに身動きのできない負傷のために、玄月はおとなしくヤスミンの侍女らと同じ馬車に乗せられて、史安市へと移動する羽目となった。

天月も天伯も失い、祖国はますます遠ざかる。

ガタガタと揺れる馬車の中で、サフランや他の侍女から手厚い看護を受けつつ、玄月は生きて金椛の地へ帰る希望を失うまいと、自分に言い聞かせてきた。史安市に着いてからは、杖をつきながら実務仕事に追われる毎日を過ごしている。

その日も傍らに馬を進めるイシュバルに、輿に揺られながらその日の実務の報告をしつつ、丘へ続く道を上ってゆく。城外の小高い丘に立ち並ぶ穹廬の群れが、イシュバル小可汗の『宮殿』であり、後宮であった。

ヤスミンの穹廬では、方盤城や湖畔に幕営していたときよりもずっと豊富な料理が並んでいた。季節のせいもあるだろう。早生りの李や木苺、毎日市内から届けられる焼きたての麵麭は柔らかい。羊肉を好まない玄月のために、ヤスミンは卵を産む鶏も取り寄せて、毎日の食卓に卵料理を載せるようにさせていた。

食事を終えたら、ヤスミンと赤ん坊のために箜篌の演奏をねだられる。イシュバルも家族の団欒に音曲を楽しむ。

イシュバルは朔露の小可汗には珍しく教養のある文化人だと、あの夜を玄月とヤスミンのあとを離れず逃げきり、生き延びたサフランは言う。とはいえ、朔露にも楽器はあり、ウードや二弦胡弓のような弦楽器や横笛、太鼓を奏する兵士や小可汗は少なくない。イシュバルは武器の弓に張った弦に馬の鞭をこすり合わせて、玄妙な即興曲を奏でることもできる。

その夜のイシュバルはしかし、どこか心ここにあらずといった風情で、音楽にもヤスミンのおしゃべりにも乗ってこなかった。そして不意に、ヤスミンに「すまぬ」と手をついて、玄月に向き直った。

「大可汗が、そなたを欲しがっている」

ヤスミンの表情が強ばり、玄月は少し眉を上げた。

「金椛人の通訳が、それも文書を作れる、そういう人間が必要だという。そなたの噂を聞きつけたようで、すぐにでも大可汗のもとに出仕させよと、命令が下った」

ヤスミンは夫と玄月の顔を不安そうに見比べる。赤ん坊を産み落としたあとも、気に入らないことがあるたびに癇癪を起こしては、侍女と玄月を悩ませるヤスミンではあるが、ことが大可汗の命令であれば、さすがにその重さを理解して押し黙った。

ヤスミンは、赤ん坊のように拳を口へもっていき、うかつなことを叫ばないようにと、指の背に歯をぎりっと当てた。

「選択の余地はないのだろう？」と、玄月は静かに応える。

「すまぬ」

イシュバルは膝に手を置き、肩を丸めてそう言った。イシュバルは、玄月を手元に置いて面倒を見ることが、妻と子の命を救った異国人の宦官に報いることだと考えている。

ヤスミンがイシュバルに語ったように、玄月が帰国しても行き場のない流浪の宦官であるというのが事実ならば、この豊かな都市の気のいい長官の秘書として好待遇で送る余生は、願ってもないものだったろう。だが、玄月はそうではない。

「私はかまわない」

大可汗の命令は絶対だ。金椛帝国で皇帝の命令が絶対であるように。

「足が、治ってからではだめなの？」

一縷の望みをかけて、ヤスミンが夫に訊ねる。

「馬にも駱駝にも乗れなければ輿か馬車を出せと、言われている」

玄月は淡々と応じる。

「駱駝なら乗れる。出発は？」

「明日」

大可汗の命令は、ただちに執行されなくてはならない。金椛帝国における皇帝の勅令が、そうであるように。

ヤスミンはぽろぽろと涙をこぼし、夫の肩にすがって、すすり泣く。

夜が更け、自分の小ぶりな穹廬に戻った玄月に、サフランが餞別を持ってきた。繰り返し、夜襲の夜にヤスミンを救ってくれた礼を言う。

「イシュバルさまとヤスミンさまは、あんたに嫁を娶らせるつもりでいたんだけどねぇ」

　西方では、金椛ほど厳格に、宦官の一生を後宮に縛りつけることはないという。こちらでは、去勢されるのは被征服民の奴隷に落とされた男たちで、奴隷の身分から解放される方法が何通りかあり、自由民になれば自分の所帯も持てるのだという。

　自らの命の危険を顧みず、あるじとその胎児を守り抜いたことは、西方の一般的な身分制度において、自由民の身分を購うのに充分な功績であった。自由民といっても、もとの所有者に手放す意思がなければ、どこに去るのも自由というわけではないらしい。

　史安市に連れて来られた玄月に、イシュバルは自由民の地位と独立した世帯として穹廬をひとつ与えた。そこからイシュバルの後宮や城下の政庁に通うという、金椛の慣習でいえば、遊圭と竹生のような、主人一家と家属といった関係に落ち着いている。

　その穏やかな暮らしも、大可汗の一声で終わりを迎えた。

　中着の腰に締めた花帯を、上着の上からそっと撫でて、玄月はため息をつくサフランに、柔らかく微笑み返す。

「私にはすでに許嫁がいる。必ず生きて帰ると約束したから、少しでも金椛の地に近づけるのは悪くはない」

「そうなんだ。待っていてくれてるといいねぇ」

　残念そうに、しかし母親のように優しい目をして、サフランは祝福の言葉を口にした。

　サフランとともに穹廬を出て、天鳳山脈の山の上にかかる満月を見上げる。

「マーハ」

サフランに名を呼ばれて、玄月はふり向く。

「あんたの本当の名前は、なんて言うんだい」

「本名でも、月だ。ただし、玄い月」

「新月とか、蝕の月かい？　あんたにぴったりだね。あたしらは、月を見上げるたびに、あんたのことを思い出すだろうよ」

サフランの言葉に、東の地平の彼方でも、小月と陽元、そして星遊圭は、この同じ月を見ているだろうかと玄月は思いを馳せる。

星伯圭の顔は、もはや覚えていない。国士太学に休学届を出して、冠に挿した雉の尾羽を宮城の濠に投げ捨てたあの日、話しかけてきた少年と交わした会話の記憶も断片的だ。ただ、次に会ったときには、もう少し話をしてみたいと思ったことは覚えている。

再会が叶うならば、遊圭とそういう話をしようと、玄月は思った。

あとがき

篠原悠希（しのはらゆうき）

お読みいただき、どうもありがとうございました。

本書をお買い上げくださった読者の皆様、素敵な装画を描いてくださった丹地陽子（たんじようこ）様、本作のシリーズ化にご尽力いただいた担当編集者様に、心からの感謝を申し上げます。

金椛国（ジンファ）は架空の王朝です。行政や後宮のシステム、度量衡などは唐（とう）代のものを、風俗や文化は漢（かん）代のものを参考にしております。

なお、作中の薬膳（やくぜん）や漢方などは実在の名称を用いていますが、呪術（じゅじゅつ）と医学が密接な関係にあった、古代から近世という時代の中医学観に沿っていますので、必ずしも現代の東洋・西洋医学の解釈・処方とは一致しておりませんということを添えておきます。

参考文献

ＮＨＫカルチャーラジオ『漢詩をよむ　愛　そのさまざまな形　人への愛』ＮＨＫ出版
『新訂　孫子』金谷治訳註　岩波文庫
『中国古典文学大系11　史記　中』司馬遷　野口定男訳　平凡社
『中国の愛の花ことば』中村公一　草思社

臥竜は漠北に起つ

金椛国春秋

篠原悠希

令和2年 9月25日　初版発行
令和6年 12月5日　4版発行

発行者●山下直久

発行●株式会社KADOKAWA
〒102-8177　東京都千代田区富士見2-13-3
電話　0570-002-301(ナビダイヤル)

角川文庫 22336

印刷所●株式会社KADOKAWA
製本所●株式会社KADOKAWA

表紙画●和田三造

ISBN 978-4-04-109680-2　C0193

角川文庫発刊に際して

角川源義

第二次世界大戦の敗北は、軍事力の敗北であった以上に、私たちの若い文化力の敗退であった。私たちの文化が戦争に対して如何に無力であり、単なるあだ花に過ぎなかったかを、私たちは身を以て体験し痛感した。西洋近代文化の摂取にとって、明治以後八十年の歳月は決して短かすぎたとは言えない。にもかかわらず、近代文化の伝統を確立し、自由な批判と柔軟な良識に富む文化層として自らを形成することに私たちは失敗して来た。そしてこれは、各層への文化の普及滲透を任務とする出版人の責任でもあった。

一九四五年以来、私たちは再び振出しに戻り、第一歩から踏み出すことを余儀なくされた。これは大きな不幸ではあるが、反面、これまでの混沌・未熟・歪曲の中にあった我が国の文化に秩序と確たる基礎を齎らすためには絶好の機会でもある。角川書店は、このような祖国の文化的危機にあたり、微力をも顧みず再建の礎石たるべき抱負と決意とをもって出発したが、ここに創立以来の念願を果すべく角川文庫を発刊する。これまで刊行されたあらゆる全集叢書文庫類の長所と短所とを検討し、古今東西の不朽の典籍を、良心的編集のもとに、廉価に、そして書架にふさわしい美本として、多くのひとびとに提供しようとする。しかし私たちは徒らに百科全書的な知識のジレッタントを作ることを目的とせず、あくまで祖国の文化に秩序と再建への道を示し、この文庫を角川書店の栄ある事業として、今後永久に継続発展せしめ、学芸と教養との殿堂として大成せんことを期したい。多くの読書子の愛情ある忠言と支持とによって、この希望と抱負とを完遂せしめられんことを願う。

一九四九年五月三日